James Hilton
Der verlorene Horizont

# James Hilton
# Der verlorene Horizont
*Roman*

Arche

Die englische Originalausgabe erschien 1933 u. d. T. *Lost Horizon*. Die Übersetzung von Herberth E. Herlitschka wurde für die vorliegende Ausgabe völlig überarbeitet.


Satz: Greiner & Reichel, Köln
Druck, Bindung: freiburger graphische betriebe, Freiburg
Printed in Germany
ISBN 3-7160-2267-5

# Der verlorene Horizont

# Prolog

Unsere Zigarren waren fast zu Ende geraucht, und allmählich spürten wir einen Anflug von jener Enttäuschung, die alte Schulkameraden meistens befällt, wenn sie als Männer wieder zusammenkommen und entdecken, daß sie weniger gemeinsam haben, als sie annahmen. Rutherford schrieb Romane. Wyland war Gesandtschaftssekretär; er hatte uns soeben zu einem Abendessen in Tempelhof eingeladen, nicht sehr begeistert, wie mir schien, sondern mit dem Gleichmut, den ein Diplomat für solche Gelegenheiten immer auf Lager haben muß. Wahrscheinlich hatte uns nur der Umstand, daß wir drei unverheiratete Engländer in einer fremden Hauptstadt waren, zusammengeführt, und ich war bereits zu dem Schluß gekommen, daß der leichte Ansatz zu Überheblichkeit, an den ich mich bei Wyland Tertius erinnerte, mit den Jahren und durch den Victoria-Orden nicht geringer geworden war. Rutherford gefiel mir besser: Das magere, frühreife Kind, das ich einst abwechselnd schikaniert und beschützt hatte, hatte sich gemausert. Und daß er wahrscheinlich viel mehr Geld verdiente und ein viel interessanteres Leben führte als wir beiden anderen, verursachte bei Wyland und mir das einzige Gefühl, das wir gemeinsam hatten – eine Spur von Neid.

Dennoch war der Abend keineswegs langweilig. Wir hatten einen guten Ausblick auf die großen Lufthansa-

Maschinen, die aus allen Teilen Mitteleuropas auf dem Flugplatz eintrafen, und als es dunkel wurde und die Scheinwerfer aufflammten, bekam die Szene einen theatralischen Glanz. Eins der Flugzeuge kam aus England, der Pilot schlenderte in voller Fliegerausrüstung an unserem Tisch vorbei und grüßte Wyland, der ihn zunächst nicht erkannte. Dann aber wurden alle einander vorgestellt, und der Fremde wurde aufgefordert, sich zu uns zu setzen. Es war ein angenehmer, netter junger Mann namens Sanders. Wyland bemerkte entschuldigend, wie schwer es sei, Leute zu erkennen, wenn sie Fliegeranzüge und Helme trügen, worauf Sanders lachend antwortete: »Ach, natürlich, ich kenne das nur zu gut. Vergessen Sie nicht, ich war in Baskul.« Auch Wyland lachte, aber weniger ungezwungen, und dann nahm das Gespräch eine andere Wendung.

Sanders fügte sich gut in unsere kleine Gesellschaft ein, und wir tranken alle zusammen ziemlich viel Bier. Gegen zehn Uhr verließ uns Wyland für einen Augenblick, um mit jemandem an einem Tisch in der Nähe zu sprechen, und Rutherford sagte in die plötzliche Gesprächspause hinein: »Übrigens, Sie haben vorhin Baskul erwähnt. Ich kenne den Ort ein wenig. Auf welches Ereignis spielten Sie an?«

Sanders lächelte etwas verlegen. »Ach, nur eine kleine Aufregung in der Zeit, als ich dort stationiert war.« Aber er war ein junger Mann, der sich nicht lange zurückhalten konnte. »Die Sache war die: Ein Afghane oder so etwas ging mit einer unserer Kisten durch, und nachher gab's ein höllisches Donnerwetter, wie Sie sich vorstellen können. Das Unverschämteste, wovon ich je gehört habe. Der Kerl lauerte dem Piloten auf, schlug ihn nieder, stahl seine Ausrüstung und kletterte ins Cockpit, ohne daß eine Menschenseele etwas merkte. Gab außerdem den Mechanikern die richtigen Signale und flog in großartigem Stil davon. Das Dumme war, daß er nie zurückkam.«

Rutherford schien interessiert. »Wann war das?«

»Oh – muß ungefähr vor einem Jahr gewesen sein. Mai 31. Wir evakuierten die Zivilbevölkerung aus Baskul nach Peshawar wegen des Aufstands – Sie erinnern sich vielleicht an die Geschichte. Es ging dort ein bißchen drunter und drüber, sonst hätte das Ganze wohl nicht passieren können. Aber es *passierte* – und das zeigt wieder einmal, daß Kleider Leute machen, nicht wahr?«

Rutherfords Interesse hatte noch nicht nachgelassen. »Ich hätte gedacht, daß ihr bei einer solchen Gelegenheit mehr als einen Mann für jedes Flugzeug zur Verfügung hattet.«

»Hatten wir auch, für alle normalen Truppentransportflugzeuge, aber das war eine Spezialmaschine, ursprünglich für irgendeinen Maharadscha gebaut – mit ganz raffinierten Extras. Die Leute vom indischen Vermessungsamt hatten sie für Höhenflüge in Kaschmir benutzt.«

»Und Sie sagten, sie kam nie in Peshawar an?«

»Nie, und sie landete auch sonst nirgends, soviel wir in Erfahrung bringen konnten. Das war das Sonderbare daran. Natürlich, wenn der Kerl von einem Eingeborenenstamm war, wollte er vielleicht in die Berge fliegen und dann von den Passagieren Lösegeld erpressen. Ich nehme an, sie wurden alle irgendwie getötet. Es gibt an der Grenze alle möglichen Gelegenheiten zum Abstürzen, ohne daß man je etwas davon erfährt.«

»Ja, ich kenne solche Gegenden. Wie viele Passagiere waren es?«

»Vier, glaube ich. Drei Männer und irgendeine Missionarin.«

»Hieß einer der Männer vielleicht Conway?«

Sanders machte ein überraschtes Gesicht. »Ja, allerdings, das stimmt. ›Conway der Ruhmreiche‹ – kannten Sie ihn?«

»Wir waren auf derselben Schule«, sagte Rutherford, ein wenig verlegen, denn es war zwar wahr, aber die Bemerkung paßte nicht zu ihm, und er wußte das.

»Er war ein feiner Kerl, nach allem zu urteilen, was er in Baskul tat«, fuhr Sanders fort.

Rutherford nickte. »Ja, zweifellos ... aber ist es nicht merkwürdig ... irgendwie merkwürdig ...« Seine Gedanken schienen eine Weile abzuschweifen, dann sammelte er sich und sagte: »Es stand nie in den Zeitungen, sonst hätte ich wohl etwas darüber lesen müssen. Wie kam das?«

Sanders war plötzlich sehr verlegen und schien, so kam es mir vor, fast zu erröten. »Um die Wahrheit zu sagen«, erwiderte er, »ich habe anscheinend mehr verraten, als ich hätte sollen. Aber vielleicht macht es jetzt nichts mehr aus – muß schon kalter Kaffee sein in jeder Messe, und erst recht auf den Basaren. Es wurde vertuscht, wissen Sie – ich meine, wie es dazu kam. Hätte schlechten Eindruck gemacht. Die Leute von der Regierung ließen nur verlauten, daß eine ihrer Maschinen vermißt sei, und nannten die Namen. So was erregt nicht besonders viel Aufsehen bei Außenstehenden.«

In diesem Augenblick kam Wyland an unseren Tisch zurück, und Sanders sagte fast entschuldigend zu ihm: »Hören Sie, Wyland, Ihre Freunde hier redeten von ›Conway dem Ruhmreichen‹. Ich fürchte, ich habe die Baskul-Geschichte ausgeplaudert. Ich hoffe, das macht nichts?«

Wyland schwieg einen Augenblick lang streng. Es war klar, daß er die Höflichkeit Landsleuten gegenüber mit der Korrektheit des Beamten in Einklang zu bringen versuchte. Schließlich sagte er: »Ich kann mir nicht helfen, aber ich habe das Gefühl, daß man aus so etwas nicht einfach eine Anekdote machen darf. Ich dachte immer, ihr Piloten seid auf Ehre verpflichtet, nicht aus der Schule zu plaudern.« Nachdem er den jungen Mann so abgefertigt hatte, wandte er sich bedeutend gnädiger an Rutherford: »Selbstverständlich ist in deinem Fall weiter nichts dabei, aber ich bin sicher, du siehst ein, daß man die Ereignisse oben an der Grenze manchmal in Geheimnisse gehüllt lassen muß.«

»Andererseits«, erwiderte Rutherford trocken, »juckt es einen ganz gewaltig, die Wahrheit zu erfahren.«

»Sie wurde niemals verheimlicht vor jemandem, der einen guten Grund hatte, es erfahren zu wollen. Das kann ich dir versichern, denn ich war damals in Peshawar. Kanntest du Conway gut – ich meine, auch nach der Schulzeit?«

»Nur ein wenig von Oxford her und von ein paar zufälligen Begegnungen seitdem. Hast *du* ihn oft getroffen?«

»Als ich in Angora stationiert war, trafen wir uns ein paarmal.«

»Mochtest du ihn?«

»Ich fand ihn klug, aber ziemlich träge.«

Rutherford lächelte. »Er war sicherlich klug. Er machte eine glänzende Karriere an der Universität – bis der Krieg ausbrach. Er war in der ersten Rudermannschaft, der Beste im Diskutierclub, gewann Preise für dies und jenes – und er war wohl der talentierteste Amateurpianist, den ich je hörte. Erstaunlich vielseitig, dieser Typ, in dem manche Leute den künftigen Premierminister gesehen hätten. Tatsächlich hörte man aber nach seiner Zeit in Oxford nicht mehr viel von ihm. Natürlich unterbrach der Krieg seine Karriere. Er war noch sehr jung und hat ihn, glaube ich, fast ganz mitgemacht.«

»Er wurde bei einem Angriff verschüttet oder so etwas«, erwiderte Wyland, »aber nichts sehr Ernstes. Hat sich gar nicht schlecht gehalten – bekam den Orden für herausragende Verdienste in Frankreich. Kehrte dann, glaube ich, für kurze Zeit als eine Art Lektor nach Oxford zurück. Ich weiß, daß er 21 nach Ostasien ging. Er konnte orientalische Sprachen, dadurch bekam er den Job ohne die üblichen Präliminarien. Dann war er auf verschiedenen Posten.«

Rutherford grinste noch breiter. »Ja, das erklärt alles. Die Geschichte wird nie an den Tag bringen, wieviel glänzende Begabung an das tägliche Einerlei, Depeschen des Foreign Office zu entschlüsseln und Kuchen bei Gesandtschaftstees zu reichen, verschwendet wird.«

»Er war nicht im diplomatischen, sondern im Konsulardienst«, sagte Wyland von oben herab. Es war offensichtlich, daß er keinen Sinn für solche Scherze hatte, und er erhob keinen Einspruch, als sich Rutherford nach einigem weiteren Geplänkel dieser Art aufbrach. Es war auch schon spät geworden, und ich sagte, ich würde ebenfalls gehen. Wylands Miene drückte beim Abschied noch immer stumm leidende amtliche Würde aus, Sanders aber war sehr herzlich und sagte, er hoffe, uns gelegentlich wiederzusehen.

Ich mußte zu schauderhaft früher Morgenstunde einen transkontinentalen Zug erreichen, und als wir auf ein Taxi warteten, fragte mich Rutherford, ob ich vielleicht die Zwischenzeit in seinem Hotel verbringen wolle. Er habe einen Salon, sagte er, und wir könnten plaudern. Ich sagte, das käme mir sehr entgegen, und er antwortete: »Schön. Dann können wir über Conway reden, wenn du Lust hast – falls dir diese Geschichte nicht schon zum Hals heraushängt.«

Ich sagte, das sei überhaupt nicht der Fall, ich hätte ihn allerdings kaum gekannt. »Er ging am Ende meines ersten Trimesters ab, und nachher bin ich ihm nie wieder begegnet. Aber einmal war er mir außerordentlich behilflich: Ich war neu, und es bestand für ihn nicht der geringste Grund, für mich das zu tun, was er tat. Es war weiter nichts von Bedeutung, aber ich habe es nie vergessen.«

Rutherford stimmte mir zu. »Ja, auch ich hatte ihn sehr gern, obgleich ich ihn überraschend wenig gesehen habe, wenn man es in Zeit umrechnet.«

Während des etwas sonderbaren Schweigens, das nun folgte, wurde uns klar, daß wir beide an jemanden dachten, der uns viel mehr bedeutet hatte, als es einer so beiläufigen Bekanntschaft entsprach. Ich hatte seither schon öfter den Eindruck, daß die Leute, auch wenn sie Conway nur ganz förmlich und flüchtig kennengelernt hatten, ihn immer in lebhafter Erinnerung behielten. Er war zweifellos ein bemerkenswerter junger Mann, und meine Erinnerung an ihn, der ich ihn kennenlernte, als ich noch für Helden schwärmte, ist auf fast romantische Weise bis heute sehr deutlich. Er war groß und außerordentlich gutaussehend und tat sich nicht nur in jedem Sport hervor, sondern trug auch alle Schulpreise davon, die es zu gewinnen gab. Ein etwas rührseliger Schulleiter sprach einmal von seinen »ruhmreichen« Leistungen, und daher stammte sein Spitzname. Wahrscheinlich hätte das jeden anderen erledigt. Einmal hielt er bei der Schulfeier eine Rede auf griechisch, wie ich mich erinnere, und er spielte absolut hervorragend Theater. Er hatte etwas Elisabethanisches an sich, die beiläufige Vielseitigkeit, das gute Aussehen, die hervorragende Kombination aus geistigen und körperlichen Aktivitäten. Unsere heutige Kultur bringt nicht mehr oft solche Menschen hervor. Ich sagte das zu Rutherford, und er antwortete: »Ja, das ist wahr, und wir haben ein besonders abfälliges Wort für solche Menschen – wir nennen sie Dilettanten. Ich vermute, manche Leute müssen Conway so genannt haben, Wyland zum Beispiel. Ich mag Wyland nicht sehr. Ich kann diesen Typ nicht ausstehen: so gekünstelt und ungeheuer wichtigtuerisch. Dabei im Denken ganz wie ein Oberlehrer – hast du's bemerkt? Diese kleinen Wendungen wie ›auf Ehre verpflichtet‹ und ›aus der Schule plaudern – als wäre das ganze Britische Empire die fünfte Klasse der St. Dominic School. Na ja, genug davon, ich falle ja immer über diese Sahibdiplomaten her.«

Wir fuhren schweigend ein paar Straßen weiter, dann sprach er weiter: »Immerhin hätte ich diesen Abend nicht missen mögen. Es war ein eigenartiges Erlebnis für mich, Sanders von dieser Geschichte in Baskul erzählen zu hören. Weißt du, ich hatte davon nämlich schon vorher gehört und nie wirklich daran geglaubt. Sie war Teil einer noch viel phantastischeren Geschichte, die zu glauben ich überhaupt keinen Grund sah – oder doch nur einen einzigen, allerdings sehr schwachen Grund. *Jetzt* gibt es *zwei* sehr schwache Gründe. Du wirst wohl sicher bemerkt haben, daß ich kein besonders leichtgläubiger Mensch bin. Ich habe einen ganz schön großen Teil meines Lebens auf Reisen zugebracht und weiß, daß es viele wunderliche Dinge auf der Welt gibt – wenn man sie mit eigenen Augen sieht, heißt das, aber nicht *gar* so viele, wenn man nur aus zweiter Hand von ihnen erfährt. Und trotzdem ...«

Er schien plötzlich zu merken, daß ich seinen Worten nicht viel entnehmen konnte, und brach lachend ab. »Eins ist jedenfalls sicher: Wyland werde ich wohl nicht ins Vertrauen ziehen. Das wäre so, als wollte man ein Epos bei einem Witzblatt unterbringen. Da versuche ich lieber mein Glück bei dir.«

»Ob du mich da nicht überschätzt?«

»Nach deinem Buch ist das nicht anzunehmen.«

Ich hatte mein fast rein fachwissenschaftliches Werk nicht erwähnt (Nervenheilkunde ist schließlich nicht jedermanns Sache) und war angenehm überrascht, daß Rutherford überhaupt davon gehört hatte. Das sagte ich auch, und er antwortete: »Tja, siehst du, es hat mich interessiert, denn Amnesie war zu einer bestimmten Zeit auch Conways Problem.«

Wir hatten das Hotel erreicht, und er mußte den Zimmerschlüssel von der Rezeption holen. Als wir in den fünften Stock hinauffuhren, sagte er: »Mit alledem habe ich nur um die Sache herumgeredet. Tatsache ist: Conway ist nicht tot. Zumindest lebte er vor ein paar Monaten noch.«

Eine Bemerkung dazu war wegen der Enge des Lifts und der Kürze der Fahrt nicht möglich. Im Korridor, ein paar Sekunden später, entgegnete ich: »Bist du dir sicher? Und woher weißt du das?«

Während er die Tür seines Zimmers aufschloß, antwortete er: »Weil ich im vergangenen November mit ihm auf einem japanischen Dampfer von Schanghai nach Honolulu gefahren bin.« Er sprach erst wieder, als wir uns in Lehnstühlen niedergelassen und mit Getränken und Zigarren versorgt hatten. »Ich war letzten Herbst im Urlaub in China, weißt du. Ich reise immer so durch die Gegend. Conway hatte ich seit Jahren nicht gesehen. Wir schrieben einander nie, und ich kann nicht behaupten, daß ich oft an ihn dachte, obwohl sein Gesicht eines der wenigen war, die mir immer sofort deutlich vor Augen standen, sobald ich sie mir vorzustellen versuchte. Ich hatte einen Freund in Hankou besucht und kehrte mit dem Peking-Expreß zurück. Im Zug kam ich zufällig ins Gespräch mit einer ganz reizenden Mutter Oberin irgendwelcher französischer Barmherziger Schwestern. Sie reiste nach Tschung-Kiang zu ihrem Kloster, und weil ich ein wenig Französisch konnte, schien sie gern mit mir über ihre Arbeit und ganz allgemeine Dinge zu plaudern. Tatsächlich habe ich für die übliche Missionstätigkeit nicht viel übrig, aber ich will gern zugeben, wie das heutzutage auch viele andere tun, daß die Römisch-Katholischen eine Klasse für sich sind, denn zumindest arbeiten sie hart und benehmen sich nicht wie Feldwebel in einer Welt voller Rekruten. Aber das gehört nicht hierher. Der Punkt ist der, daß diese Lady mir von dem Missionshospital in Tschung-Kiang und einem Fieberfall erzählte, der dort einige Wochen zuvor eingeliefert worden war, einem Mann, den sie für einen Europäer hielten, obgleich er keine Angaben über sich machen konnte und keinerlei Papiere besaß. Er war wie die allerärmsten Einheimischen gekleidet und zur Zeit seiner Aufnahme bei den Nonnen wirklich schwer krank. Er sprach fließend Chinesisch und recht gut Französisch, und meine Reisegefährtin beteuerte mir, daß er die Nonnen, bevor er ihre Nationalität kannte, auch, mit äußerst vornehmem Akzent, auf englisch angeredet hatte. Ich sagte, ich könne mir ein solches Phänomen nicht erklären, und neckte sie ein wenig damit, daß sie einen vornehmen Akzent festzustellen meinte bei einer Sprache, die sie nicht verstand. Wir scherzten über dies und jenes, und zum Schluß lud sie mich ein, die Mission zu besuchen, falls ich je in die Gegend käme. Das hielt ich damals natürlich für so unwahrscheinlich wie daß ich den Everest bestiege, und als der Zug in Tschung-Kiang einfuhr, verabschiedete ich mich von ihr mit aufrichtigem Bedauern, daß unsere zufällige Bekanntschaft schon zu Ende war. Es fügte sich aber, daß ich schon wenige Stunden später wieder in Tschung-Kiang war. Nach ein paar Meilen war die Lokomotive zusammengebrochen und hatte uns nur noch mit Mühe in den Bahnhof zurückschieben können, wo wir erfuhren, daß eine Ersatzlok frühestens in zwölf Stunden eintreffen werde. Solche Dinge erlebt man oft genug bei der chinesischen Eisenbahn. Es mußte also ein halber Tag in Tschung-Kiang überstanden werden – und das veranlaßte mich dazu, die gute Lady beim Wort zu nehmen und der Mission einen Besuch abzustatten.

Das tat ich, und ich wurde herzlich, wenngleich natürlich ein wenig erstaunt willkommen geheißen. Ich vermute, ein Nichtkatholik begreift nur schwer die Leichtigkeit, mit der ein Katholik offizielle Strenge und inoffizielle Vorurteilslosigkeit verbinden kann. Klingt das zu kompliziert? Egal, jedenfalls waren diese Missionsleute eine sehr angenehme Gesellschaft. Ich war noch keine Stunde bei ihnen, da hatten sie mir schon eine Mahlzeit zubereiten lassen, und ein junger christlicher chinesischer Arzt setzte sich mit mir zum Essen und unterhielt sich mit mir in einem lustigen Mischmasch aus Französisch und Englisch. Nachher führten er und die Mutter Oberin mich durch das ganze Hospital, auf das sie sehr stolz waren. Ich hatte ihnen erzählt, daß ich Schriftsteller sei, und sie waren naiv genug, aufgeregt zu sein, daß sie vielleicht einmal alle in einem meiner Bücher vorkommen könnten. Wir gingen an den Betten vorüber, wobei der Arzt die Fälle schilderte. Das Haus war makellos sauber und machte den Eindruck höchst sachgerechter Leitung. Ich hatte den geheimnisvollen Patienten mit dem vornehmen englischen Akzent völlig vergessen, bis mich die Mutter Oberin darauf aufmerksam machte, daß wir nun zu ihm kämen. Ich konnte nur den Hinterkopf des Mannes sehen; er schlief offenbar. Man schlug vor, ich solle ihn auf englisch anreden, und so sagte ich: ›Guten Tag‹, denn das war das erste – nicht gerade sehr Originelle –, was mir einfiel. Der Mann sah plötzlich zu uns herüber und antwortete auf englisch: ›Guten Tag.‹ Es stimmte: Sein Akzent war gebildet. Aber mir blieb gar keine Zeit zum Staunen, denn ich hatte ihn bereits erkannt, trotz seines Barts und ganz veränderten Äußeren und der langen Zeit, die wir einander nicht gesehen hatten. Es war Conway. Dessen war ich ganz sicher, und doch wäre ich bei einigem Nachdenken vielleicht zu dem Schluß gekommen, er könne es unmöglich sein. Glücklicherweise folgte ich einer augenblicklichen Eingebung. Ich rief seinen Namen und meinen eigenen, und obwohl er mich ohne irgendein Zeichen des Wiedererkennens ansah, war ich doch überzeugt, mich nicht geirrt zu haben. Da war dasselbe merkwürdige kleine Zucken der Gesichtsmuskeln, das ich seinerzeit an ihm beobachtet hatte, und er hatte dieselben Augen, von denen wir am Balliol-College sagten, sie seien weit eher Cambridge- als Oxford-blau. Doch von alledem abgesehen, war er ein Mann, den man einfach nicht verwechseln konnte – wenn man ihn einmal gesehen hatte, mußte man ihn immer wiedererkennen. Der Arzt und die Mutter Oberin waren natürlich in heller Aufregung. Ich sagte ihnen, daß ich wüßte, wer der Mann war, er sei Engländer und ein Freund von mir, und daß er mich nur deshalb nicht erkenne, weil er sein Gedächtnis völlig verloren haben müsse. Sie bestätigten das ziemlich überrascht, und wir berieten lange über den Fall. Sie hatten nicht einmal eine Vermutung, wie Conway in einem solchen Zustand nach Tschung-Kiang hatte gelangen können.

Kurz und gut, ich blieb länger als zwei Wochen dort und hoffte, Conway irgendwie so weit zu bringen, daß er sich wieder an etwas erinnerte. Damit hatte ich keinen Erfolg, aber er gewann seine körperlichen Kräfte wieder, und wir sprachen ziemlich viel miteinander. Als ich ihm ganz offen sagte, wer er sei und wer ich sei, war er fügsam genug, es nicht zu bestreiten. Er war sogar recht gut gelaunt, aber auf eine etwas abwesende Art, und schien ganz froh zu sein, daß ich ihm Gesellschaft leistete. Auf meinen Vorschlag, ihn nach Hause zu bringen, antwortete er einfach, daß er nichts dagegen habe. Dieser offenkundige Mangel jeglichen persönlichen Interesses war etwas entmutigend. Sobald ich konnte, traf ich Anstalten für unsere Abreise. Ich zog einen Bekannten im Konsulat in Hankou ins Vertrauen, und so wurde der erforderliche Paß ausgestellt und alles übrige erledigt, ohne den Ärger, den es sonst vielleicht gegeben hätte. Ich war überhaupt der Meinung, daß um Conways willen die ganze Sache vor dem Bekanntwerden und dem Fettgedruckten in Zeitungen bewahrt werden müsse, und ich bin froh sagen zu können, daß mir das gelang. Die Sache wäre natürlich ein Fressen für die Presse gewesen.

Wir verließen China ohne Zwischenfälle, fuhren den Yangtse hinunter nach Nanking und dann mit der Bahn nach Schanghai. Ein japanischer Dampfer ging noch in derselben Nacht nach San Francisco ab. Es war zwar eine richtige Hetzjagd für uns, aber wir gelangten doch rechtzeitig an Bord.«

»Du hast ungeheuer viel für ihn getan«, sagte ich.

Rutherford widersprach nicht. »Für einen anderen hätte ich wohl kaum soviel getan«, antwortete er, »aber es war etwas an diesem Kerl, seit jeher schon – was, läßt sich schwer erklären, aber es bewirkte, daß man gern sein möglichstes tat.«

»Ja«, stimmte ich zu. »Er besaß einen besonderen Charme, etwas Gewinnendes, an das ich mich bis heute gern erinnere, obgleich er mir natürlich noch immer als Schuljunge in einer Crickethose vor Augen steht.«

»Schade, daß du ihm nicht in Oxford begegnet bist. Er war einfach brillant – es gibt kein anderes Wort dafür. Nach dem Krieg sagten die Leute, er sei verändert. Ich selbst glaube das auch. Aber ich kann mir nicht helfen, ich habe das Gefühl, daß er mit all seinen Talenten Größeres hätte leisten müssen. Das ganze königlich großbritannische Zeug entspricht nicht gerade meiner Vorstellung von der Laufbahn eines großen Mannes. Und Conway *war* groß – oder er hätte es sein sollen. Wir beide, du und ich, haben ihn gekannt, und ich glaube, ich übertreibe nicht, wenn ich sage: Es war ein Erlebnis, das wir nie vergessen werden. Sogar als wir uns im innersten China begegneten und sein Gedächtnis ein weißer Fleck, seine Vergangenheit ein Rätsel war, hatte er noch immer diese sonderbare Anziehungskraft.«

Rutherford schwieg, in Erinnerung versunken, dann fuhr er fort: »Wie du dir vorstellen kannst, erneuerten wir unsere alte Freundschaft auf dem Schiff. Ich erzählte ihm, soviel ich wußte, über ihn selbst, und er hörte mir mit einer Neugier zu, die fast ein wenig absurd erscheinen konnte. Er erinnerte sich ganz deutlich an alles seit seiner Ankunft in Tschung-Kiang und an noch etwas, das dich interessieren dürfte: Sprachen hatte er nicht vergessen. Er sagte mir zum Beispiel, er wisse, daß er etwas mit Indien zu tun gehabt haben müsse, weil er Hindustani sprechen könne.

In Yokohama füllte sich das Schiff, und unter den neuen Passagieren war Sieveking, der Pianist, unterwegs zu einer Konzertreise durch die Staaten. Im Speisesaal saß er mit uns an einem Tisch, und manchmal sprach er

Deutsch mit Conway. Das wird dir beweisen, wie normal Conway äußerlich war. Abgesehen von dem Verlust seines Gedächtnisses, der sich im normalen Umgang nicht zeigte, erweckte nichts den Eindruck, daß etwas mit ihm nicht stimmte.

Ein paar Abende nach der Abreise von Japan wurde Sieveking gebeten, ein Konzert an Bord zu geben, und Conway und ich wohnten ihm bei. Er spielte natürlich gut, einiges von Brahms und Scarlatti und viel Chopin. Mehrmals warf ich einen Blick auf Conway und glaubte zu erkennen, daß er das Ganze genoß, was mir in Anbetracht seiner eigenen musikalischen Vergangenheit nur ganz natürlich zu sein schien. Nach dem eigentlichen Programm wurde das Konzert durch eine Reihe von Zugaben verlängert, zu denen Sieveking sich einigen um den Flügel gedrängten Kunstbegeisterten zuliebe freundlicherweise, wie ich fand, bereit erklärte. Wieder spielte er hauptsächlich Chopin, dessen Musik geradezu sein Spezialgebiet ist, mußt du wissen. Endlich stand er vom Klavier auf und ging zur Tür, noch immer von Bewunderern umschwärmt, aber offenbar mit dem Gefühl, genug für sie getan zu haben. Unterdessen ereignete sich etwas sehr Sonderbares. Conway hatte sich an die Tasten gesetzt und spielte ein schnelles, lebhaftes Stück, das mir nicht bekannt war, aber Sieveking dazu veranlaßte, sehr aufgeregt zurückzukommen und zu fragen, worum es sich handelte. Conway vermochte nach einem langen und recht befremdlichen Schweigen nur zu antworten, daß er es nicht wisse. Sieveking rief, das sei doch unmöglich, und geriet in noch größere Aufregung. Conway unternahm dann, wie es schien, gewaltige körperliche und geistige Anstrengungen, um sich zu erinnern, und sagte endlich, das Stück sei eine Chopin-Etüde. Ich selbst glaubte das nicht und war also nicht überrascht, als Sieveking es entschieden bestritt. Conway war jedoch plötzlich ganz aufgebracht über die Angelegenheit, was mich sehr verwunderte, denn bis dahin hatte er wenig Emotionen aus irgendeinem Anlaß gezeigt. ›Mein lieber Freund‹, protestierte Sieveking, ›ich kenne alles von Chopin und kann Ihnen versichern, daß er das, was Sie da spielten, nie geschrieben hat. Er hätte es ganz gut schreiben können, denn es ist durchaus sein Stil, aber er hat's eben nicht geschrieben. Ich wette, Sie können mir die Partitur in keiner Ausgabe zeigen.‹ Worauf Conway endlich antwortete: ›Ach ja, ich erinnere mich jetzt, es wurde nie gedruckt. Ich selbst kenne es nur durch eine Begegnung mit einem Mann, der ein Schüler Chopins war ... Hören Sie sich ein anderes unveröffentlichtes Stück an, das ich von ihm lernte.‹«

Rutherford bedeutete mir mit den Augen, ihn nicht zu unterbrechen, und sprach weiter: »Ich weiß nicht, ob du an Musik interessiert bist, aber auch wenn nicht, wirst du wohl imstande sein, dir Sievekings Aufregung ein wenig vorzustellen, und auch die meine, als Conway weiterspielte. Für mich war es natürlich ein jäher und völlig überraschender Einblick in seine Vergangenheit, die erste Spur eines Schlüssels zu ihrem Verständnis. Sieveking war dagegen selbstverständlich ganz von dem musikalischen Problem gefangengenommen, das verwirrend genug war, wie du einsehen wirst, wenn du dich daran erinnerst, daß Chopin 1849 starb.

Der ganze Vorfall war in gewissem Sinn unbegreiflich, und ich sollte daher vielleicht hinzufügen, daß wenigstens ein Dutzend Zeugen zugegen waren, unter ihnen ein Universitätsprofessor aus Kalifornien von einigem Ruf. Es ließ sich natürlich leicht einwenden, daß Conways Angabe zeitlich unmöglich oder fast unmöglich sei, aber dann blieben immer noch die Musikstücke selbst.

Wenn sie nicht von Chopin waren, wie Conway behauptete, von wem waren sie *dann*? Sieveking beteuerte mir, wenn diese beiden Stücke veröffentlicht würden, gehörten sie binnen sechs Monaten zum Repertoire jedes Virtuosen. Selbst wenn das eine Übertreibung war, zeigt es doch, was Sieveking von ihnen hielt. Wir diskutierten damals viel hin und her, konnten aber zu keinem Ergebnis kommen, denn Conway blieb bei seiner Geschichte, und als er Erschöpfung zu zeigen begann, dachte ich nur noch daran, ihn aus dem Gedränge weg und ins Bett zu bringen. Zuletzt ging es noch darum, ob Plattenaufnahmen von den Stücken gemacht werden könnten. Sieveking sagte, er werde alles Nötige veranlassen, sobald wir nach Amerika kämen, und Conway versprach, vor dem Mikrophon zu spielen. Ich denke oft, es war in jeder Hinsicht jammerschade, daß er sein Versprechen nicht halten konnte.«

Rutherford warf einen Blick auf seine Uhr und beruhigte mich, ich hätte noch reichlich Zeit, meinen Zug zu erreichen; seine Geschichte sei fast zu Ende. »Denn in dieser Nacht – der Nacht nach dem Konzert – fand Conway endlich sein Gedächtnis wieder. Wir waren beide zu Bett gegangen, und ich lag noch wach, als er in meine Kabine kam und es mir sagte. Sein Gesicht war, ich kann es nicht anders beschreiben, wie in überwältigender Traurigkeit erstarrt, einer Art allumfassender Traurigkeit, wenn du weißt, was ich meine – einer vagen, unpersönlichen *Wehmut*, einem *Weltschmerz*. Er sagte, er könne sich nun alles ins Gedächtnis zurückrufen, es sei ihm langsam eingefallen, während Sieveking spielte, wenn auch anfangs nur bruchstückhaft. Er saß lange auf dem Rand meines Bettes, und ich ließ ihm Zeit, es mir auf seine Weise zu erzählen. Ich sagte nur, ich freute mich, daß sein Gedächtnis zurückgekehrt sei, würde es aber bedauern, wenn er schon jetzt wünschte, es wäre nicht der Fall gewesen. Da sah er auf und sagte etwas, das ich stets als ein unglaublich großes Kompliment betrachten werde. ›Gott sei Dank, Rutherford‹, bemerkte er, ›daß du Vorstellungsgabe besitzt.‹ Nach einer Weile zog ich mich an und überredete ihn, sich auch anzukleiden, und wir gingen auf dem Deck auf und ab. Die Nacht war windstill, sternklar und sehr warm, das Meer sah bleich aus und klebrig wie Kondensmilch. Wäre die Vibration der Maschinen nicht gewesen, man hätte meinen können, auf einer Promenade spazierenzugehen. Ich ließ Conway weitersprechen, ohne Fragen zu stellen. Gegen Morgen begann er, zusammenhängend zu erzählen, und es war Zeit für das Frühstück und die Sonne schien heiß, als er zu Ende war. Wenn ich sage ›zu Ende‹, so meine ich nicht, daß es nach diesem ersten Geständnis nichts mehr zu erzählen gab. Er füllte während der nächsten vierundzwanzig Stunden noch recht viele Lücken. Er war sehr unglücklich und hätte ohnehin nicht schlafen können, also redeten wir fast die ganze Zeit. Mitte der nächsten Nacht sollte das Schiff in Honolulu landen. Abends nahmen wir noch ein paar Drinks in meiner Kabine. Gegen zehn Uhr verließ er mich, und ich sah ihn nie wieder.«

»Du willst doch nicht sagen –« Ich mußte an einen wohlüberlegten, in aller Ruhe ausgeführten Selbstmord denken, dessen Zeuge ich einmal auf dem Postschiff Holyhead – Kingstown wurde.

Rutherford lachte. »Ach Gott, nein – er war nicht von dieser Sorte. Er entwischte mir nur. Man konnte ganz leicht an Land kommen, aber es muß ihm schwergefallen sein, unauffindbar zu bleiben, als ich ihn suchen ließ, was ich natürlich tat. Später erfuhr ich, daß es ihm gelungen war, in die Crew eines Bananenschiffs zu kommen, das südwärts fuhr, nach Fidschi.«

»Wie hast du das erfahren?«

»Auf direktem Weg. Er schrieb mir drei Monate später aus Bangkok und legte einen Scheck bei für die Auslagen, die ich seinetwegen gehabt hatte. Er dankte mir und berichtete, daß es ihm gutginge. Am Schluß schrieb er, daß er gerade zu einer langen Reise aufbreche – in den Nordwesten. Das war alles.«

»Was meinte er damit? Wohin?«

»Ja, es klingt recht unbestimmt, nicht wahr? Nordwestlich von Bangkok müssen eine ganze Menge Orte liegen. Sogar Berlin, wenn man's genau nimmt.«

Rutherford machte eine Pause und füllte unsere Gläser nach. Es war eine seltsame Geschichte gewesen – oder sie hatte aus seinem Munde so geklungen, ich wußte nicht so recht, was zutraf. Der musikalische Teil, obgleich rätselhaft, interessierte mich weniger als das geheimnisvolle Auftauchen Conways in jenem chinesischen Missionshospital, und das sagte ich auch. Rutherford antwortete, beides seien tatsächlich Teile ein und desselben Problems. »Schön und gut, aber wie *kam* er eigentlich nach Tschung-Kiang?« fragte ich. »Vermutlich erzählte er dir doch auch das alles in jener Nacht auf dem Schiff?«

»Er erzählte mir davon, und es wäre lächerlich, nachdem ich dich soviel wissen ließ, den Rest geheimzuhalten. Nun ist es aber vor allem eine ziemlich lange Geschichte, die ich dir nicht einmal in Umrissen erzählen könnte, ohne daß du deinen Zug versäumst. Und außerdem gibt es zufällig einen viel bequemeren Weg. Ich zögere immer ein wenig, die Kniffe meines lichtscheuen Gewerbes zu enthüllen, aber die Wahrheit ist, daß mir Conways Geschichte bei späterem Nachdenken ausgesprochen gut gefiel. Nach unseren verschiedenen Gesprächen auf dem Schiff hatte ich angefangen, mir ganz kurze Notizen zu machen, um nicht die Einzelheiten zu vergessen. Später, als gewisse Aspekte an der Sache mich zu fesseln begannen, fühlte ich das Bedürfnis, doch etwas mehr zu tun und aus den Bruchstücken meiner Aufzeichnungen und meiner Erinnerung eine zusammenhängende Erzählung zu machen. Das soll nicht heißen, daß ich irgend etwas erfand oder abänderte. Was Conway mir erzählte, war Material genug: Er war ein guter Erzähler und besaß eine natürliche Gabe, dem Zuhörer die Stimmung des Augenblicks zu vermitteln. Auch fühlte ich vermutlich, daß ich den Mann selbst zu verstehen begann.« Er ging zu einer kleinen Aktentasche und nahm ein maschinengeschriebenes Manuskript heraus. »Da hast du die Geschichte jedenfalls, du kannst daraus machen, was du willst.«

»Was wohl heißen soll: Du erwartest von mir nicht, daß ich sie glaube?«

»Oh, es sollte keineswegs eine so ausdrückliche Warnung sein. Aber vergiß nicht: *Wenn* du es glaubst, dann wirst du es aus Tertullians berühmten Gründen tun – du erinnerst dich doch? – *quia impossibile est.* Vielleicht gar kein so schlechter Grund. Laß mich jedenfalls wissen, was du davon hältst.«

Ich nahm das Manuskript mit und las den größten Teil davon im Ostende-Expreß. Ich beabsichtigte, es mit einem langen Brief zurückzusenden, sobald ich nach England käme, aber es traten Verzögerungen ein, und bevor ich es noch zur Post geben konnte, erhielt ich eine kurze Mitteilung von Rutherford, daß er sich wieder auf eine seiner Reisen begebe und für etliche Monate keine ständige Anschrift haben werde. Er reise nach Kaschmir, schrieb er, und von dort »nach Osten«. Das überraschte mich nicht.

# Erstes Kapitel

Während jener dritten Maiwoche hatte sich die Lage in Baskul bedrohlich verschlechtert, und am 20. trafen weisungsgemäß aus Peshawar Flugzeuge der Air Force ein, um die Europäer zu evakuieren. Es waren ungefähr achtzig, und die meisten wurden heil und sicher in Truppentransportflugzeugen über das Gebirge gebracht. Auch einige Maschinen anderer Bauart wurden verwendet, darunter ein Kabinenflugzeug, das man beim Maharadscha von Tschandapur geliehen hatte. Etwa um zehn Uhr vormittags bestiegen es vier Passagiere: Miss Roberta Brinklow von der Fernost-Mission, Henry D. Barnard, amerikanischer Staatsbürger, Hugh Conway, königlich britischer Konsul, und Captain Charles Mallinson, königlich britischer Vizekonsul.

Dies die Namen, wie sie später in indischen und englischen Zeitungen zu lesen waren.

Conway war siebenunddreißig. In Baskul hatte er zwei Jahre lang einen Posten bekleidet, der nun, im Licht der Ereignisse besehen, wie ein hartnäckig wiederholter Einsatz auf das falsche Pferd erschien. Ein Abschnitt seines Lebens war zu Ende gegangen. In einigen Wochen oder vielleicht nach ein paar Monaten Urlaub in England würde er anderswo hingesandt werden: nach Tokio oder Teheran, Manila oder Maskat; Menschen seines Berufs wußten ja nie, was kam. Er hatte zehn Jahre im Konsulardienst gestanden, lange genug, um seine eigenen Aussichten ebenso gut abschätzen zu können wie die anderer Leute. Er wußte, daß die Rosinen im Kuchen nicht für ihn bestimmt waren, aber es war ein echter Trost, es waren nicht nur saure Trauben, wenn er sich sagte, daß Rosinen nicht sein Geschmack waren. Er zog die unkonventionelleren, malerischen Posten vor, die zu haben waren, und da das selten gute waren, schien er anderen zweifellos ein schlechter Spieler zu sein, während er selbst die Karten gar nicht schlecht ausgespielt zu haben glaubte. Er hatte ein abwechslungsreiches und nicht unerfreuliches Jahrzehnt hinter sich.

Conway war groß, sonnengebräunt, mit kurzgeschorenem braunem Haar und schieferblauen Augen. Er neigte dazu, streng und nachdenklich auszusehen, bis er lachte, und dann (aber das war selten) wirkte er jungenhaft. Nahe seinem linken Auge war ein leichtes nervöses Zucken zu bemerken, und zwar meist dann, wenn er zu hart arbeitete oder zuviel trank. Und da er vor der Evakuierung einen ganzen Tag und eine ganze Nacht Dokumente verpackt und vernichtet hatte, war dieses Zukken sehr auffällig, als er das Flugzeug bestieg. Er war erschöpft und überglücklich, daß er in dem luxuriösen Verkehrsflugzeug des Maharadschas noch einen Platz bekommen hatte statt in einem der überfüllten Truppentransportflugzeuge. Zufrieden rekelte er sich in dem Korbsitz, während das Flugzeug höher stieg. Er gehörte zu den Menschen, die sozusagen als Entschädigung für die großen Strapazen, an die sie gewöhnt sind, kleine Annehmlichkeiten genießen. Die schlechte Straße nach Samarkand etwa mochte er gut gelaunt ertragen, aber für einen Platz im *Golden Arrow* von London nach Paris gab er seine letzte Zehnpfundnote.

Sie waren schon über eine Stunde geflogen, als Mallinson sagte, er glaube, der Pilot halte nicht den direkten Kurs. Mallinson saß ganz vorn. Er war ein junger Mann Mitte Zwanzig, mit rosigen Wangen, intelligent, ohne intellektuell zu sein, mit allen Beschränkungen, aber auch allen Vorzügen englischer Internatserziehung. Eine nicht bestandene Prüfung war der Hauptgrund, daß er nach Baskul gesandt wurde, wo Conway sechs Monate lang mit ihm zusammengewesen war und begonnen hatte, ihn gernzuhaben.

Aber Conway hatte keine Lust zu der Anstrengung, die ein Gespräch im Flugzeug erfordert. Schläfrig öffnete er die Augen und erwiderte, der Pilot werde wohl am besten wissen, welchen Kurs er einzuhalten habe.

Eine halbe Stunde später, als Müdigkeit und das Dröhnen des Motors ihn fast in Schlaf gelullt hatten, störte ihn Mallinson abermals. »Hören Sie, Conway, ich dachte, Fenner fliegt unser Flugzeug?«

»Und, tut er das nicht?«

»Der Kerl drehte soeben den Kopf, und ich könnte schwören, daß es nicht Fenner ist.«

»Läßt sich durch die Glaswand schwer feststellen.«

»Fenners Gesicht erkenne ich überall.«

»Tja, dann muß es wohl ein anderer sein. Das macht doch keinen Unterschied.«

»Aber Fenner sagte mir, daß er diese Maschine ganz bestimmt lenken werde.«

»Es wird eben eine Änderung vorgenommen und ihm eine andere gegeben worden sein.«

»Wer ist dann der Mann da vorn?«

»Mein lieber Junge, woher soll ich das wissen? Sie glauben doch nicht, daß ich mir das Gesicht eines jeden Fliegerleutnants der Air Force merke, oder?«

»Ich kenne jedenfalls eine ganze Menge, aber diesen Menschen da nicht.«

»Dann muß er eben zu der winzigen Minderheit gehören, die Sie nicht kennen.« Conway lächelte und fügte hinzu: »Wir werden ja bald in Peshawar sein, da können Sie seine Bekanntschaft machen und ihn über ihn selbst ausfragen.«

»Auf diese Art werden wir überhaupt nicht nach Peshawar kommen. Der Mann ist ganz von seinem Kurs abgewichen, und das überrascht mich auch nicht – er fliegt so verdammt hoch, daß er nicht sehen kann, wo er ist.«

Conway kümmerte sich nicht weiter darum. Er war Flugreisen gewohnt und nahm all diese Dinge für gegeben hin. Überdies gab es in Peshawar nichts, was er dringend erledigen, und niemanden, den er dringend besuchen wollte, also war es ihm völlig gleichgültig, ob die Reise vier oder sechs Stunden dauerte. Er war unverheiratet, keine zärtliche Begrüßung erwartete ihn bei der Ankunft. Er hatte Freunde dort, und ein paar von ihnen nahmen ihn dann wohl in den Club auf einige Drinks mit; das war eine angenehme Aussicht, aber nicht gerade eine, nach der man voller Vorfreude seufzte.

Auch der Rückblick auf das ebenso angenehme, aber nicht ganz befriedigende vergangene Jahrzehnt entlockte ihm keinen Seufzer. Veränderlich; dazwischen Schönwetterperioden; im großen und ganzen recht unbeständig: So faßte er meteorologisch seine eigene Lage und die der ganzen Welt während dieser Zeit zusammen. Er dachte an Baskul, Peking, Macao und die anderen Städte – er hatte seinen Aufenthaltsort ziemlich oft gewechselt. Am weitesten entfernt lag Oxford, wo er nach dem Krieg zwei Jahre Lektor gewesen war, über die Geschichte des Orients gelesen, in sonnigen Bibliotheksräumen Staub geatmet und sein Fahrrad durch die Straßen gelenkt hatte. Dieser Rückblick gefiel ihm, ohne ihn zu rühren. In gewissem Sinn fühlte er sich noch immer als Teil von alledem, was er hätte sein können.

Ein wohlbekannter Ruck in den Eingeweiden sagte ihm, daß das Flugzeug zu sinken begann. Er war versucht, Mallinson wegen seiner Besorgnis aufzuziehen, und hätte es vielleicht getan, wenn der junge Mann nicht plötzlich aufgesprungen wäre, daß er mit dem Kopf gegen die Dekke stieß, und Barnard, den Amerikaner, geweckt hätte, der in seinem Sitz auf der anderen Seite des schmalen Mittelganges döste. »Um Himmels willen«, rief Mallinson, der aus dem Fenster blickte, »sehen Sie da hinunter!«

Conway sah hinunter. Der Anblick war keinesfalls der, den er erwartet hatte – falls er überhaupt etwas erwartet hatte. Statt der säuberlich geometrisch angelegten Baracken und der größeren Rechtecke der Hangars war nichts zu sehen als trüber Dunst, der eine ungeheure von der Sonne verbrannte Einöde verschleierte. Das Flugzeug sank zwar mit großer Geschwindigkeit, war aber noch immer in einer für normale Flüge außergewöhnlichen Höhe. Lange, zackige Bergketten wurden sichtbar, fast zwei Kilometer näher als die wolkigen Kleckse der Täler: typisch für die Grenzlandschaft, obgleich Conway sie nie zuvor aus solcher Höhe gesehen hatte. Es fiel ihm auf, daß diese Gegend seltsamerweise, soweit er sich erinnerte, nirgends in der Nähe von Peshawar sein konnte. »Diesen Teil der Welt kenne ich nicht«, bemerkte er. Dann flüsterte er Mallinson leiser, um die anderen nicht zu beunruhigen, ins Ohr: »Sieht aus, als hätten Sie recht. Der Mann hat sich verflogen.«

Das Flugzeug raste mit gewaltiger Geschwindigkeit abwärts, und währenddessen wurde die Luft immer heißer; die versengte Erde unten war wie ein Backofen, dessen Tür plötzlich geöffnet wurde. Eine Bergspitze nach der anderen erhob sich in zackigem Schattenriß über den Horizont. Sie flogen nun längs eines gewundenen Tals, dessen Sohle mit Felsblöcken und dem Geröll ausgetrockneter Wasserläufe bedeckt war. Es glich einem mit Nußschalen übersäten Fußboden. Das Flugzeug schwankte und rüttelte, wenn es in Luftlöcher geriet, so unangenehm wie ein Ruderboot in der Dünung. Alle vier Passagiere mußten sich an den Sitzen festhalten.

»Sieht aus, als wolle er landen!« rief der Amerikaner heiser.

»Kann er nicht!« gab Mallinson zurück. »Wenn er das versucht, ist er verrückt! Er wird abstürzen, und dann –«

Aber der Pilot landete doch. Eine kleine freie Fläche öffnete sich neben einer Schlucht, und mit beachtlicher Geschicklichkeit wurde die Maschine mit einem Ruck zum Stillstand gebracht. Aber was danach geschah, war noch verwirrender und beunruhigender. Ein Schwarm bärtiger Eingeborener mit Turbanen kam von allen Seiten herbei, umzingelte das Flugzeug und verhinderte, daß irgendwer außer dem Piloten ausstieg. Der kletterte nach unten und begann ein erregtes Gespräch mit ihnen, und dabei wurde deutlich, daß es nicht Fenner, ja überhaupt kein Engländer und wahrscheinlich nicht einmal ein Europäer war. Inzwischen wurden aus einer nahen Hütte Benzinkanister herbeigeschleppt und in die außergewöhnlich großen Tanks entleert. Die Rufe der vier eingeschlossenen Passagiere wurden nur mit Grinsen und schweigender Verachtung bestraft, während der leiseste Versuch auszusteigen ein Dutzend Gewehre in bedrohliche Stellung brachte. Conway, der ein wenig Pushtu konnte, redete auf die Männer, so gut er konnte, in dieser Sprache ein, aber ohne Erfolg, während der Pilot alle Bemerkungen, die in irgendeiner Sprache an ihn gerichtet wurden, nur mit einem vielsagenden Schwenken seines Revolvers beantwortete. Die

Mittagssonne, die auf das Dach brannte, erhitzte die Luft in der Kabine, bis die Insassen infolge der Hitze und der Bemühungen, ihren Protest zu äußern, einer Ohnmacht nahe waren. Sie waren völlig machtlos. Eine der Bedingungen der Evakuierung war gewesen, daß sie keine Waffen tragen durften.

Als die Tanks endlich wieder zugeschraubt waren, wurde ein Benzinkanister mit fast lauwarmem Wasser durch ein Kabinenfenster gereicht. Fragen wurden nicht beantwortet, obgleich die Männer selbst nicht feindlich wirkten. Nach weiteren Unterredungen kletterte der Pilot ins Cockpit zurück, ein Afghane drehte ungeschickt den Propeller, und der Flug ging weiter. Der Start auf dem begrenzten Raum und mit der Extraladung Treibstoff wurde noch geschickter durchgeführt als die Landung. Das Flugzeug stieg hoch in die Dunstschleier und wandte sich dann nach Osten, als schlüge es einen bestimmten Kurs ein. Es war inzwischen Nachmittag.

Eine ungewöhnliche und beunruhigende Sache! Die Passagiere konnten, während die kühlere Luft sie ein wenig erfrischte, kaum glauben, daß sie sich wirklich ereignet hatte. Es war eine Ungeheuerlichkeit ohnegleichen; keiner konnte sich an einen ähnlichen Übergriff in der ganzen Geschichte der Grenzwirren erinnern. Sie hätten es tatsächlich nicht geglaubt, wären nicht sie selbst die Opfer gewesen. Es war ganz natürlich, daß auf diese Ungläubigkeit zunächst ein Sturm der Entrüstung folgte und erst, als diese sich erschöpft hatte, ängstliche Spekulationen. Mallinson entwickelte dann die Theorie, die sie in Ermangelung einer anderen am annehmbarsten fanden: Sie wurden entführt, damit Lösegeld erpreßt werden konnte. Diese Idee war an sich nichts Neues, aber die spezielle Vorgehensweise mußte man immerhin als originell bezeichnen. Es war ein gewisser Trost, daß sie nicht ein ganz neues Stück Geschichte schrieben, denn solcher Menschenraub war schließlich schon früher vorgekommen und meist ganz gut ausgegangen. Die Eingeborenen hielten einen in irgendeinem Versteck in den Bergen gefangen, bis die Regierung zahlte, dann wurde man wieder freigelassen. Die Behandlung war ganz anständig, und da das erpreßte Geld nicht aus der eigenen Tasche bezahlt wurde, war die ganze Sache nur unangenehm, solange sie währte. Nachher sandten die Leute von der Air Force natürlich ein Geschwader von Bombenflugzeugen, und man hatte für den Rest seines Lebens eine spannende Geschichte zu erzählen. Mallinson war ein wenig nervös, als er diese Vermutungen aussprach, aber Barnard, der Amerikaner, gefiel sich in etwas schwerfälligem Humor. »Meine Herren, ich gebe zu, da hat jemand eine clevere Idee gehabt, aber es macht mir nicht gerade den Eindruck, als hätte sich Ihre Air Force mit Ruhm bekleckert. Ihr Briten macht Witze über die Überfälle in Chicago und so weiter, aber ich kann mich nicht erinnern, daß ein Gangster je mit einem von Uncle Sams Flugzeugen durchgebrannt wäre. Übrigens möchte ich gern wissen, was dieser Kerl mit dem richtigen Piloten angestellt hat. Wird ihm wohl eins über den Kopf gegeben haben, schätze ich.« Barnard gähnte. Er war ein großer, korpulenter Mann mit einem strengen Gesicht, in dem die gutmütigen Fältchen nicht ganz von pessimistischen Tränensäcken verdrängt wurden. Niemand in Baskul hatte Näheres über ihn gewußt, als daß er aus Persien gekommen war, wo er vermutlich irgend etwas mit Öl zu tun gehabt hatte.

Conway beschäftigte sich inzwischen mit einer sehr praktischen Aufgabe. Er hatte jedes Stückchen Papier, das sie bei sich trugen, gesammelt und schrieb Nachrichten in verschiedenen Eingeborenensprachen darauf, um sie von Zeit zu Zeit auf die Erde fallen zu lassen. Es war eine sehr geringe Chance in einer so dünn besiedelten Gegend, aber immerhin einen Versuch wert.

Miss Brinklow, der vierte Passagier, saß mit zusammengepreßten Lippen steif da; sie gab selten Kommentare von sich und klagte nicht. Sie war eine kleine, ziemlich zähe Frau mit einer Miene, als müßte sie an einer Party teilnehmen, auf der Dinge vorgingen, die sie nicht ganz billigen konnte.

Conway hatte weniger gesprochen als die beiden anderen Männer, denn SOS-Botschaften in verschiedene Dialekte zu übersetzen war eine Kopfarbeit, die Konzentration erforderte. Er hatte jedoch auf Fragen geantwortet und Mallinsons Entführungstheorie zögernd zugestimmt. Er hatte auch bis zu einem gewissen Grad Barnards Ausfällen gegen die Air Force zugestimmt. »Man kann sich allerdings ausmalen, wie das Ganze passiert ist. Bei dem Durcheinander, das dort herrschte, sah im Fliegeranzug wohl ein Mann aus wie der andere. Niemandem wäre es eingefallen, einen Mann zu verdächtigen, der die richtige Uniform trug und sich auf seine Arbeit zu verstehen schien. Und dieser Kerl *muß* sich darauf verstehen – die Signale und so weiter ... Es ist auch ziemlich klar, daß er sich aufs Fliegen versteht ... Trotzdem gebe ich zu, daß irgendwer für einen solchen Vorfall ordentlich Ärger bekommen sollte. Und irgendwer wird ihn bestimmt auch kriegen, aber wahrscheinlich nicht der, der ihn verdient.«

»Also, ich muß sagen«, erwiderte Barnard, »ich bewundere wirklich die Art, wie Sie beide Seiten des Falls zu sehen vermögen. Das ist zweifellos der richtige Weg, auch wenn man gerade wider Willen auf eine Spritztour mitgenommen wird.«

Amerikaner, dachte Conway, haben die Gabe, gönnerhafte Dinge zu sagen, ohne beleidigend zu wirken. Er lächelte nachsichtig, setzte aber das Gespräch nicht fort. Seine Müdigkeit war so lähmend, daß selbst die größte drohende Gefahr sie nicht hätte verscheuchen können. Als Barnard und Mallinson, die über irgend etwas diskutierten, sich am Spätnachmittag mit einer Frage an ihn wandten, stellten sie fest, daß er eingeschlafen war.

»Total fertig«, bemerkte Mallinson. »Wundert mich auch gar nicht, nach diesen letzten paar Wochen.«

»Sie sind sein Freund?« fragte Barnard.

»Ich habe mit ihm im Konsulat gearbeitet. Ich weiß zufällig, daß er die letzten vier Nächte nicht ins Bett gekommen ist. Wir haben wirklich verdammtes Glück, daß er in einer solchen Klemme bei uns ist. Abgesehen davon, daß er die Sprachen kennt, hat er so eine eigene Art, Menschen zu behandeln. Wenn irgendwer uns aus dieser Patsche helfen kann, dann er. Er behält fast immer einen kühlen Kopf.«

»Na, dann lassen Sie ihn lieber schlafen«, meinte Barnard.

Miss Brinklow machte eine ihrer seltenen Bemerkungen. »Ich finde, er sieht aus wie ein sehr tapferer Mann«, sagte sie.

Conway war keineswegs so überzeugt, daß er wirklich ein sehr tapferer Mann war. Aus schlichter körperlicher Müdigkeit hatte er die Augen geschlossen, ohne aber wirklich zu schlafen. Er konnte jede Bewegung des Flugzeugs spüren, und er hörte, mit gemischten Gefühlen, die Lobrede Mallinsons auf ihn selbst. Denn jetzt begannen auch ihm Zweifel zu kommen; er kannte dieses krampfige Gefühl im Magen, mit dem er regelmäßig körperlich auf eine beunruhigende geistige Einschätzung einer Situation reagierte. Er gehörte, wie er aus Erfahrung wußte, nicht zu den Leuten, die die Gefahr um der Gefahr willen lieben. In einem gewissen Sinn genoß er sie manchmal – als eine Aufregung und wegen ihrer läuternden Wirkung auf ein träges Gemüt –, aber er war weit davon entfernt, sein Leben gern aufs Spiel zu setzen. Vor zwölf Jahren hatte er die Gefahren der Schützengräben in Frankreich hassen gelernt und war mehrmals dem Tod entgangen, weil er es abgelehnt hatte, heldenhaft das Unmögliche zu versuchen. Sogar seinen Verdienstorden hatte er sich nicht so sehr durch echten Mut als durch eine gewisse, kaum entwickelte Technik des Ausharrens erworben. Und seit dem Krieg war er, wo immer Gefahren lauerten, ihnen mit wachsendem Unbehagen entgegengetreten, wenn sie nicht eine ganz ungewöhnliche Ausbeute an Nervenkitzel versprachen.

Er hielt die Augen immer noch geschlossen. Mallinsons Worte hatten ihn gerührt und ein wenig erschreckt. Es war sein Los, daß sein Gleichmut immer für Mut gehalten wurde, während er in Wirklichkeit etwas weit Leidenschaftsloseres und viel weniger Männliches war. Sie waren alle in einer verdammt unangenehmen Lage, wie ihm schien, und er fühlte alles andere als Tapferkeit in sich, vielmehr empfand er einen ungeheuren Widerwillen gegen die Schwierigkeiten, die ihnen bevorstehen mochten. Da war zum Beispiel Miss Brinklow. Er sah voraus, daß er unter gewissen Umständen so werde handeln müssen, als wäre sie, weil sie eine Frau war, viel wichtiger als er und die beiden anderen zusammen, und er scheute eine Situation, die ein so unangemessenes Verhalten vielleicht unvermeidbar machen würde.

Dennoch richtete er, als er wieder Zeichen von Wachsein gab, das Wort zuerst an Miss Brinklow. Er stellte fest, daß sie weder jung noch hübsch war – negative Vorzüge, aber äußerst nützlich in solchen Schwierigkeiten, wie sie sie vielleicht bald zu bestehen hätten. Sie tat ihm auch leid, weil er vermutete, daß weder Mallinson noch der Amerikaner Missionare leiden konnten, am allerwenigsten weibliche. Er selbst war unvoreingenommen, fürchtete aber, daß sie seine Vorurteilslosigkeit noch weniger gewohnt wäre und daher noch entmutigender fände. »Wir stecken, so scheint es, ziemlich in der Patsche«, sagte er, sich zu ihrem Ohr vorneigend, »aber ich bin froh, daß Sie es so ruhig hinnehmen. Ich glaube wirklich nicht, daß uns etwas Schreckliches passieren wird.«

»Sicher nicht, solange Sie es verhindern können«, antwortete sie, und das tröstete ihn gar nicht.

»Sie müssen es mich wissen lassen, wenn wir es Ihnen irgendwie behaglicher machen können.«

Barnard fing das Wort auf. »Behaglich«, echote er rauh, »aber natürlich haben wir's behaglich. Wir genießen unseren Ausflug mächtig. Schade, daß wir keine Spielkarten haben – wir könnten eine Runde Bridge spielen.«

Conway war die Stimmung, mit der diese Bemerkung gemacht wurde, willkommen, obgleich er kein Freund von Bridge war. »Miss Brinklow spielt wohl nicht, oder?« sagte er lächelnd.

Aber die Missionarin drehte sich lebhaft um: »Doch, und ich konnte auch nie etwas Schlechtes am Kartenspiel finden. In der Bibel steht nichts dagegen.«

Alle lachten und schienen ihr dankbar, daß sie ihnen Anlaß zum Lachen gegeben hatte. Jedenfalls ist sie nicht hysterisch, dachte Conway.

Den ganzen Nachmittag war das Flugzeug durch die dünnen Dunstschleier der höheren Luftschichten gejagt, viel zu hoch, als daß man eine klare Sicht auf das, was unter einem lag, hätte haben können. Manchmal, in großen Abständen, riß der Schleier auf und enthüllte den zackigen Umriß eines Bergs oder das Glitzern eines unbekannten Flusses. Die Richtung ließ sich nach der Sonne annähernd bestimmen: Sie flogen noch immer nach Osten, mit gelegentlichen Abweichungen nach Norden. Aber wo sie inzwischen waren, hing von der Fluggeschwindigkeit ab, die Conway nicht mit Genauigkeit abschätzen konnte. Es war jedoch wahrscheinlich, daß das Flugzeug einen beträchtlichen Teil des Treibstoffs verbraucht hatte, obgleich auch das von unbekannten Faktoren abhing. Conway kannte sich in der Luftfahrtechnik nicht aus, aber er war überzeugt, daß der Pilot, wer immer er auch war, ein Experte sein mußte. Die Landung in dem mit Felsbrocken übersäten Tal und auch andere Einzelheiten seither hatten das gezeigt. Und Conway konnte das Gefühl nicht unterdrücken, das er stets angesichts hervorragender und unbestreitbarer Fähigkeiten hatte. Er war so daran gewöhnt, um Hilfe gebeten zu werden, daß schon das Bewußtsein, jemand werde sie weder erbitten noch brauchen, etwas Beruhigendes hatte, sogar angesichts der schwierigen Aufgaben, die die Zukunft möglicherweise bereithielt. Er erwartete von seinen Gefährten jedoch nicht, daß sie solche subtilen Gefühle teilten. Er sah ein, daß sie wahrscheinlich viel persönlichere Gründe zur Besorgnis hatten als er selbst. Mallinson zum Beispiel war mit einem Mädchen in England verlobt; Barnard war vielleicht verheiratet; Miss Brinklow hatte ihre Arbeit, ihre Berufung oder wofür sie es sonst hielt. Mallinson war übrigens am wenigsten gefaßt. Je mehr Stunden vergingen, desto reizbarer zeigte er sich und schien Conway sogar ins Gesicht sagen zu wollen, daß er ihm gerade diese Kühle übelnahm, für die er ihn hinter seinem Rücken gelobt hatte. Einmal erhob sich über dem Dröhnen des Motors ein heftiger Wortschwall. »Nun hören Sie mal«, rief Mallinson zornig, »müssen wir wirklich hier stillsitzen und Däumchen drehen, während der Wahnsinnige da vorn einfach tut, was ihm verdammt noch mal paßt? Warum schlagen wir nicht die Glasscheibe ein und rechnen mit ihm ab?«

»Einfach nur deswegen«, erwiderte Conway, »weil er bewaffnet ist und wir nicht und weil keiner von uns nachher die Maschine heil nach unten bringen könnte.«

»Das kann doch nicht so schwer sein, Sie brächten das bestimmt fertig.«

»Mein lieber Mallinson, warum erwarten Sie gerade von *mir* solche Wunder?«

»Also jedenfalls geht mir die Geschichte höllisch auf die Nerven. Können wir den Kerl nicht *zwingen*, endlich zu landen?«

»Wie stellen Sie sich das vor?«

Mallinson wurde immer aufgeregter. »Na, er ist doch *da*, nicht wahr? Keine zwei Meter von uns entfernt, und wir sind drei Mann gegen einen! Müssen wir die ganze Zeit seinen verdammten Buckel anstarren? Wir könnten ihn doch wenigstens dazu bringen, uns zu sagen, was das Ganze soll.«

»Na schön, mal sehen!« Conway ging ein paar Schritte bis zu der Trennwand zwischen der Kabine und dem Cockpit, das ganz vorn und etwas erhöht gelegen war. Durch ein verschließbares Glasfenster, ungefähr fünfzehn Zentimeter im Quadrat, konnte der Pilot, wenn er den Kopf drehte und sich ein wenig duckte, mit den Passagieren sprechen. Conway klopfte mit den Knöcheln an die Scheibe. Die Wirkung war fast komisch, so sehr entsprach sie seinen Erwartungen. Die Glasscheibe glitt zur Seite, und ein Revolverlauf kam zum Vorschein. Sonst nichts, kein Wort. Conway zog sich widerspruchslos zurück, und die Scheibe glitt an ihren alten Platz.

Mallinson, der den Vorfall beobachtet hatte, war noch immer nicht zufrieden: »Ich glaube kaum, daß er zu schießen gewagt hätte«, bemerkte er. »Es ist wahrscheinlich nur Bluff.«

»Gewiß«, stimmte Conway zu, »aber ich überlasse es lieber Ihnen, sich davon zu überzeugen.«

»Ich finde nur, daß wir uns doch irgendwie unserer Haut wehren sollten, bevor wir klein beigeben.«

Conway hatte Verständnis für dieses Gefühl. Er erkannte darin die alte Konvention mit all ihrem Beiwerk von rotröckigen Soldaten und Geschichtsschulbüchern: Engländer fürchten nichts, ergeben sich nie und werden nie besiegt. Er sagte: »Kämpfen ohne die geringsten Chancen auf Erfolg ist ein aussichtsloses Unterfangen, und ich gehöre nicht zu dieser Art von Helden.«

»Ganz recht«, stimmte Barnard überzeugt zu. »Wenn einen jemand schon beim Genick hat, kann man sich auch gleich fügen und es sich eingestehen. Was mich betrifft, werde ich mich des Lebens freuen, solange es dauert, und mir eine Zigarre anzünden. Oder finden Sie am Ende, daß es uns auf ein wenig Gefahr mehr oder weniger ankommt?«

»Ich persönlich nicht, aber vielleicht stört es Miss Brinklow.«

Barnard beeilte sich, den Verstoß wiedergutzumachen. »Verzeihen Sie, Madam, aber hätten Sie etwas dagegen, daß ich rauche?«

»Gar nichts«, antwortete sie liebenswürdig. »Ich selbst rauche zwar nicht, aber den Geruch einer Zigarre liebe ich geradezu.«

Conway fand, daß sie zweifellos die typischste von allen Frauen war, die eine solche Bemerkung hätten machen können. Jedenfalls hatte sich Mallinsons Aufregung ein wenig gelegt, und um zu beweisen, daß er ihm nichts nachtrug, bot Conway ihm eine Zigarette an, ohne sich selbst eine anzuzünden. »Ich weiß, wie Ihnen zumute ist«, sagte er beschwichtigend. »Die Sache sieht schlimm aus, und in gewissem Sinne ist es um so schlimmer, als wir gar nichts dagegen tun können.«

»Und darum andererseits um so besser«, fügte er im stillen hinzu. Denn er fühlte sich noch immer unendlich müde. Auch lag in seinem Wesen ein Zug, den manche Leute Trägheit genannt hätten, obgleich es nicht ganz das war. Niemand konnte härter arbeiten, wenn es sein mußte, und wenige vermochten besser, Verantwortung auf sich zu nehmen; aber Tatsache blieb, daß er Betriebsamkeit nicht gerade leidenschaftlich liebte und Verantwortlichkeit nicht ausstehen konnte. Seine Position vereinigte beides, und er wurde dem durchaus gerecht, war jedoch stets bereit, jedem anderen seinen Platz zu überlassen, der ihn ebensogut oder besser ausfüllte. Dies war zweifellos eine der Ursachen, daß sein Erfolg im Dienst nicht so groß war, wie er hätte sein können. Conway war nicht ehrgeizig genug, sich an anderen vorbeizudrängen oder sein Nichtstun als wichtig zu verkaufen, wenn es wirklich nichts zu tun gab. Seine Berichte waren manchmal bis zur Grobheit knapp gehalten, und seine Ruhe in kritischen Situationen wurde zwar bewundert, aber häufig verdächtigt, Gleichgültigkeit zu sein. Vorgesetzte sehen es gern, wenn ein Mann sich Anstrengungen auferlegt und seine anscheinende Gelassenheit nichts als ein Mantel ist, der über den wahren, wohlerzogenen Gefühlen getragen wird. Was Conway betraf, so war manchmal der dunkle Verdacht allgemein verbreitet gewesen, er sei wirklich so gelassen, wie er aussah, und gebe um alles, was geschehen mochte, keinen Deut. Aber auch das war, wie die Trägheit, eine ungenügende Interpretation. Was den meisten Beobachtern an ihm entging, war überraschend einfach: eine Vorliebe für Ruhe, stille Betrachtung und Alleinsein.

Nun lehnte er sich, da er diese Neigung besaß und es nichts anderes zu tun gab, in den Korbstuhl zurück und schlief wirklich ein. Als er erwachte, bemerkte er, daß auch die anderen, trotz ihrer unterschiedlichen Befürchtungen, ebenso erlegen waren. Miss Brinklow saß kerzengerade mit geschlossenen Augen da wie irgendein trübseliges, aus der Mode gekommenes Idol; Mallinsons Kopf, das Kinn in die Hand gestützt, war nach vorn gesunken. Der Amerikaner schnarchte sogar. Sehr vernünftig von ihnen allen, dachte Conway. Es hatte keinen Sinn, sich mit Geschrei zu ermüden. Aber gleich darauf wurde er sich gewisser physischer Empfindungen bewußt: leichte Benommenheit, Herzklopfen und die Tendenz zur Kurzatmigkeit. Er erinnerte sich, schon einmal ähnliche Symptome gehabt zu haben – in den Schweizer Alpen.

Er wandte sich zum Fenster und blickte hinaus. Der Himmel ringsum hatte sich völlig geklärt, und im Spätnachmittagslicht bot sich ihm ein Bild, das ihm für den Augenblick völlig den Atem raubte. Ganz fern, gerade erst in Sicht, lagen Schneegipfel, Bergkette um Bergkette, von Gletschern bekränzt und scheinbar auf riesigen Wolkenschichten schwimmend. Sie füllten den ganzen Gesichtskreis und gingen im Westen in einen Horizont von krassen, fast schreienden Farben über, einen impressionistischen Bühnenhintergrund, von einem halbverrückten Genie gemalt. Unterdessen dröhnte das Flugzeug auf dieser gewaltigen Bühne über einen Abgrund vor einer jähen, weißen Wand, die ein Teil des Himmels selbst zu sein schien, bis das Sonnenlicht sich in ihr fing.

Dann flammte sie wie ein Dutzend aufeinandergetürmter, von Mürren aus gesehener »Jungfrauen« in funkelnder, blendender Glut auf.

Conway ließ sich nicht leicht beeindrucken und schwärmte in der Regel nicht für »schöne Aussichten«, am wenigsten für die berühmten, vor denen aufmerksame Stadtverwaltungen Ruhebänke aufstellen. Einmal, als man ihn auf den Tiger Hill bei Darjeeling führte, damit er den Sonnenaufgang über dem Everest sehen konnte, war der höchste Berg der Welt ganz entschieden eine Enttäuschung für ihn gewesen. Aber dieses furchteinflößende Schauspiel jenseits der Fensterscheibe war von ganz anderem Kaliber; es erweckte nicht den Anschein, sich der Bewunderung darzubieten. Es war etwas Unverfälschtes und Ungeheures an diesen abweisenden Eisklippen, und es lag eine gewisse sublime Frechheit darin, sich ihnen so zu nähern. Er überlegte, rief sich Landkarten ins Gedächtnis, berechnete im Geist Entfernungen, schätzte Zeiten und Geschwindigkeiten. Dann merkte er, daß auch Mallinson aufgewacht war. Er berührte den jungen Mann am Arm.

# Zweites Kapitel

Es war bezeichnend für Conway, daß er wartete, bis die anderen von selbst aufwachten, und auf ihre erstaunten Ausrufe kaum etwas erwiderte. Später jedoch, als Barnard ihn nach seiner Meinung fragte, äußerte er sie mit der kühlen Gewandtheit eines Universitätsprofessors, der ein Problem erläutert. Er halte es für wahrscheinlich, sagte er, daß sie noch immer in Indien seien. Sie seien seit mehreren Stunden nach Osten geflogen, zu hoch, um viel zu sehen, aber der Kurs führe wahrscheinlich ein Flußtal entlang, das sich ungefähr westwärts erstrecke. »Ich wünschte, ich müßte mich nicht nur auf mein Gedächtnis verlassen, aber nach meinem Eindruck paßt alles ganz gut auf das obere Indus-Tal. Das müßte uns nunmehr zu einem der imposantesten Teile der Welt gebracht haben – und wie Sie sehen, ist das der Fall.«

»Sie wissen also, wo wir sind?« unterbrach ihn Barnard.

»Das gerade nicht – ich war nie zuvor auch nur in der Nähe, aber es sollte mich nicht überraschen, wenn dieser Berg da der Nanga Parbat wäre, wo Mummery ums Leben kam. Der Beschaffenheit und allgemeinen Gestalt nach scheint er mit allem übereinzustimmen, was ich über ihn gehört habe.«

»Sie sind selbst Bergsteiger?«

»Als ich noch jünger war, war ich ein leidenschaftlicher Bergsteiger. Natürlich nur die üblichen Schweizer Touren.«

Mallinson mischte sich gereizt ein: »Es wäre gescheiter, sich darüber zu unterhalten, wohin wir fliegen. Wollte Gott, jemand könnte uns das sagen!«

»Na ja, es sieht mir danach aus, als steuerten wir auf die Kette dort zu«, sagte Barnard, »meinen Sie nicht, Conway? Sie werden wohl entschuldigen, daß ich Sie so nenne, aber wenn wir alle ein kleines Abenteuer miteinander zu bestehen haben, sollten wir nicht so viel Wert auf Förmlichkeiten legen.«

Conway fand es ganz natürlich, daß jeder ihn nur bei seinem Namen nannte, und hielt Barnards Entschuldigung für ein wenig überflüssig. »Natürlich«, stimmte er zu und ergänzte: »Ich glaube, die Kette muß der Karakorum sein. Es gibt dort mehrere Pässe, wenn unser Mann ihn zu überfliegen beabsichtigt.«

»Unser Mann?« rief Mallinson. »Sie meinen: unser Verrückter! Ich glaube, es ist an der Zeit, die Entführungshypothese fallenzulassen. Wir sind schon weit über das Grenzgebiet hinaus, und hier herum leben keine Eingeborenenstämme. Die einzige Erklärung, die ich finden kann, ist die, daß der Kerl einfach wahnsinnig ist. Würde irgend jemand, außer einem Wahnsinnigen, in eine solche Gegend fliegen?«

»Ich weiß nur, daß niemand außer einem verdammt guten Flieger das *könnte*«, gab Barnard zurück. »Ich war nie gut in Geographie, aber wie ich höre, sind dies die höchsten Berge der Welt, und wenn das stimmt, ist es schon eine recht erstklassige Leistung, sie zu überfliegen.«

»Und auch Gottes Wille«, warf Miss Brinklow unerwartet ein.

Conway äußerte keine Meinung. Gottes Wille oder Menschenwahn – bei den meisten Dingen hatte man wohl nur diese Wahl, wenn man einen hinreichenden Grund für sie suchte. Oder auch (das fiel ihm ein, während er die bescheidene Ordentlichkeit der Kabine mit der wilden Naturszenerie jenseits des Fensters verglich): Menschenwille und Gottes Wahn. Es müßte einem Befriedigung geben zu wissen, von welcher Seite es zu betrachten sei. Dann, während er noch hinausschaute und nachdachte, trat eine seltsame Wandlung ein. Das Licht über dem ganzen Berg nahm eine bläuliche Färbung an, während sich die unteren Hänge zu Violett verdunkelten. Etwas Unergründlicheres als seine gewohnte Reserviertheit erwachte in ihm – nicht ganz Erregung, noch weniger Furcht, sondern eine aufs äußerste gespannte Erwartung. Er sagte: »Sie haben ganz recht, Barnard, die Geschichte wird immer merkwürdiger.«

»Merkwürdig oder nicht, ich habe keine Lust zu öffentlichen Dankesbezeugungen«, beharrte Mallinson. »Wir haben nicht darum gebeten, hierhergebracht zu werden, und der Himmel weiß, was wir tun werden, wenn wir dort sind – wo immer dieses *Dort* sein mag. Ich sehe keineswegs ein, daß es ein geringeres Verbrechen ist, weil der Bursche zufällig eine Fliegerkanone ist. Auch wenn er's ist, kann er ebensogut wahnsinnig sein. Ich hörte einmal von einem Piloten, der in der Luft verrückt wurde. Dieser Kerl muß von Anfang an verrückt gewesen sein. Das ist meine Ansicht, Conway.«

Conway schwieg. Er fand es lästig, fortwährend das Getöse des Motors überschreien zu müssen, und überdies hatte es wenig Sinn, über bloße Möglichkeiten zu streiten. Aber als Mallinson durchaus seine Meinung hören wollte, sagte er: »Sehr gut organisierter Wahnsinn, wissen Sie. Denken Sie an die Landung, um Treibstoff nachzutanken, und daran, daß es die einzige Maschine war, die bis in solche Höhen aufsteigen kann.«

»Das beweist nicht, daß er nicht doch verrückt ist. Er war vielleicht verrückt genug, alles so einzurichten.«

»Ja, das ist natürlich möglich.«

»Nun, dann müssen wir uns über einen Aktionsplan klar werden. Was werden wir tun, wenn er gelandet ist? Das heißt, wenn er dabei nicht abstürzt und wir alle umkommen. Was werden wir also *tun*? Zu ihm hinstürmen und ihn zu seinem wundervollen Flug beglückwünschen, vermute ich.«

»Nie im Leben!« antwortete Barnard. »Ich überlasse Ihnen das Hinstürmen.«

Wieder hatte Conway keine Lust, den Meinungsstreit weiterzuführen, besonders da der Amerikaner mit seinem vernünftigen Spott ganz gut allein damit fertig zu werden schien. Conway fand bereits, daß die kleine Reisegesellschaft viel unharmonischer hätte zusammengesetzt sein können. Nur Mallinson neigte zur Streitsucht, und daran war vielleicht zum Teil die große Höhe schuld. Dünne Luft wirkt verschieden auf die Menschen: Conway zum Beispiel gewann ihr die nicht unangenehme Verknüpfung von geistiger Klarheit und körperlicher Apathie ab. Ja, er atmete die klare, kalte Luft voll Zufriedenheit in kleinen, krampfhaften Zügen. Die ganze Situation war zweifellos entsetzlich, aber er hatte im Augenblick nicht die Kraft, sich über etwas zu ärgern, das so zielbewußt und interessant vor sich ging.

Und es kam auch, während er auf diesen prachtvollen Berg starrte, eine warme Woge von Befriedigung über ihn, daß es immer noch solche Orte auf der Erde gab – fern, unnahbar und von Menschenhand unberührt. Das eisige Bollwerk des Karakorum hob sich nun eindrucksvoller denn je vom nördlichen Himmel ab, der ein drohendes Mausgrau angenommen hatte. Die Gipfel schimmerten kalt. Unsäglich majestätisch und distanziert, besaß gerade ihre Namenlosigkeit Würde. Die paar hundert Meter, um die sie niedriger als die bekannten Riesen waren, retteten sie vielleicht auf ewig vor allen Ersteigungsexpeditionen; sie boten dem Rekordbrecher ein weniger lockendes Ziel. Conway war das Gegenteil eines solchen Typus; er neigte dazu, das Ideal der westlichen Welt, die von lauter Superlativen lebte, gewöhnlich und billig zu finden, und »das Äußerste für das Größte« schien ihm ein weniger vernünftiger und vielleicht abgedroschenerer Leitsatz zu sein als »Viel für das Große«. Kurz, er war nicht für übermäßiges Streben, und bloße Heldentaten langweilten ihn.

Noch während er das Landschaftsbild betrachtete, tauchte das Zwielicht die Tiefen allmählich in ein üppiges Samtdüster, das sich wie Farbe nach oben ausbreitete. Dann verblaßte die ganze, nun viel näher gerückte Kette zu neuem Glanz. Der Vollmond ging auf und berührte nacheinander jeden Gipfel wie ein himmlischer Laternenanzünder, bis sich der langgestreckte Horizont glitzernd von einem blauschwarzen Himmel abhob. Es wurde kalt, es kam Wind auf und warf das Flugzeug unangenehm hin und her. Die Stimmung der Passagiere wurde durch die neuen Unannehmlichkeiten nicht besser. Sie hatten auch nicht geglaubt, daß der Flug bis in die Dunkelheit fortdauern werde, und nun lag ihre letzte Hoffnung in der Erschöpfung des Treibstoffvorrats. Die mußte immerhin bald eintreten. Mallinson begann, davon zu sprechen, und Conway äußerte etwas widerwillig, denn er wußte es wirklich nicht, die Einschätzung, daß die weiteste Strecke höchstens etwa 1500 Kilometer betragen könne, wovon sie das größte Stück schon zurückgelegt haben mußten. »Und wo werden wir dann sein?« fragte der Jüngere deprimiert.

»Das läßt sich nicht leicht sagen, aber wahrscheinlich

irgendwo in Tibet. Wenn dies das Karakorumgebirge ist, liegt Tibet dahinter. Einer der Gipfel muß übrigens der K2 sein, der allgemein als der zweithöchste Berg der Erde gilt.«

»Da kommt er also gleich nach dem Everest?« bemerkte Barnard. »Herrje, ist das eine Landschaft!«

»Und für einen Bergsteiger viel schwieriger als der Everest. Der Herzog der Abruzzen gab ihn als einen absolut nicht zu besteigenden Gipfel auf.«

*»O Gott!«* murmelte Mallinson ungeduldig, aber Barnard lachte. »Ich schätze, Sie müssen den offiziellen Führer bei diesem Ausflug machen, Conway, und ich muß sagen, wenn ich eine Thermosflasche Kaffee mit Kognak bei mir hätte, wäre es mir gleich, ob es Tibet oder Tennessee ist.«

»Aber was sollen wir unternehmen?« drängte Mallinson abermals. »Warum sind wir hier? Was ist der Sinn des Ganzen? Ich verstehe nicht, wie Sie Witze darüber machen können.«

»Ach, das ist ebenso sinnvoll, wie eine Szene deswegen zu machen, junger Mann. Überdies, wenn der Kerl *wirklich* verrückt ist, wie Sie behaupten, steckt wahrscheinlich *gar kein* Sinn darin.«

»Er *muß* irre sein. Ich kann mir keine andere Erklärung denken. Wissen Sie eine, Conway?«

Conway verneinte.

Miss Brinklow wandte den Kopf wie während der Pause im Theater. »Da Sie mich nicht nach meiner Meinung gefragt haben, sollte ich sie vielleicht nicht äußern«, begann sie mit übertriebener Bescheidenheit, »aber ich möchte nur sagen, daß ich Mr. Mallinson zustimme. Ich bin überzeugt, der arme Mensch kann nicht ganz richtig im Kopf sein. Der Pilot, meine ich natürlich. Es gäbe auch gar keine Entschuldigung für ihn, wenn er *nicht* verrückt wäre.« Den Lärm übertönend, fügte sie vertraulich schreiend hinzu: »Und wissen Sie, es ist meine erste Flugreise! Die allererste! Nichts hätte mich früher dazu bewegen können, obwohl eine Freundin mich um jeden Preis überreden wollte, von London nach Paris zu fliegen.«

»Und nun fliegen Sie statt dessen von Indien nach Tibet«, sagte Barnard. »Es kommt immer anders, als man denkt.«

Sie fuhr fort: »Ich kannte einmal einen Missionar, der in Tibet gewesen war. Er sagte, die Tibetaner seien ein ganz sonderbares Volk. Sie glauben, wir stammen von Affen ab.«

»Unerhört scharfsinnig von ihnen.«

»Ach, nein, ich meine nicht auf die moderne Art. Sie haben diesen Glauben seit Jahrhunderten, es ist nur so ein Aberglaube von ihnen. Ich selbst bin natürlich gegen all das, und ich finde Darwin weit ärger als jeden Tibetaner. Ich halte es mit der Bibel.«

»Fundamentalistin wahrscheinlich?«

Aber Miss Brinklow schien den Ausdruck nicht zu verstehen. »Ich gehörte der L. M. S. an«, schrie sie, »aber ich war nicht mit ihren Ansichten über die Kindstaufe einverstanden.«

Das Gefühl, daß dies eine sehr komische Bemerkung sei, verließ Conway auch dann noch nicht, als ihm längst eingefallen war, daß es die drei Anfangsbuchstaben der London Missionary Society und nicht der London Midland & Scottish Railway waren. Während er sich noch immer die Schwierigkeiten vorstellte, eine theologische Disputation im Bahnhof Euston zu führen, sagte er sich, daß Miss Brinklow beinahe etwas Faszinierendes hatte. Er fragte sich sogar, ob er ihr vielleicht eins seiner Kleidungsstücke für die Nacht anbieten sollte, entschied dann aber, daß sie wahrscheinlich abgehärteter war als er. Also zog er sich in sich selbst zurück, schloß die Augen und schlief ganz mühelos und friedlich ein.

Und der Flug ging weiter.

Plötzlich wurden sie alle durch einen Ruck des Flugzeugs geweckt. Conway stieß mit dem Kopf gegen das Fenster und war einen Augenblick lang benommen. Ein neuerlicher Stoß warf ihn in den Gang zwischen den Sitzen und ließ ihn dort Halt suchen. Es war jetzt viel kälter. Das erste, was er ganz automatisch tat, war, auf seine Uhr zu sehen. Sie zeigte halb zwei – er mußte längere Zeit geschlafen haben. Er hatte ein lautes, klatschendes Geräusch in den Ohren, das er zuerst für Einbildung hielt, bis er merkte, daß der Motor abgestellt worden war und das Flugzeug einem Sturm entgegenraste. Dann spähte er durchs Fenster und sah, daß die Erde ganz nah war; undeutlich und schneckengrau jagte sie unter ihm dahin. »Er wird landen!« rief Mallinson, und Barnard, der auch aus seinem Sitz geschleudert worden war, antwortete mit einem düsteren: »Wenn er Glück hat.« Miss Brinklow, die von der ganzen Sache am wenigsten beunruhigt schien, rückte ihren Hut mit solcher Gelassenheit zurecht, als käme soeben der Hafen von Dover in Sicht.

Plötzlich berührte das Flugzeug den Boden. Aber diesmal war es eine schlechte Landung. »O mein Gott, verflucht schlecht, *verflucht* schlecht!« stöhnte Mallinson, als er sich während der zehn Sekunden des Aufprallens und Schwankens an seinen Sitz klammerte. Etwas knirschte und brach, und einer der Reifen platzte. »Das hat noch gefehlt«, fügte er im Ton schmerzlichen Pessimismus' hinzu. »Eine gebrochene Fahrwerkstrebe und wir werden bleiben müssen, wo wir jetzt sind, das ist sicher.«

Conway, der in kritischen Momenten nie gesprächig

war, streckte die steifen Beine aus und befühlte seinen Kopf, wo er ans Fenster gestoßen war. Eine Beule – nichts von Bedeutung. Er mußte etwas tun, um den anderen zu helfen. Aber er war der letzte der vier, der aufstand, als das Flugzeug zum Stillstand kam. »Vorsicht!« rief er Mallinson zu, der die Tür der Kabine aufriß und auf die Erde hinunterspringen wollte. Und in der plötzlichen Stille klang die Antwort des jungen Mannes fast geisterhaft: »Wozu Vorsicht – das sieht hier aus wie das Ende der Welt – jedenfalls keine Menschenseele weit und breit.«

Einen Augenblick später, frierend und zitternd, merkten sie alle, daß das stimmte. Ohne einen anderen Laut zu hören als die heftigen Windstöße und ihre eigenen knirschenden Schritte, fühlten sie sich etwas Unerbittlichem und wild Melancholischem ausgeliefert – einer Stimmung, von der Erde und Luft durchtränkt waren. Es sah aus, als wäre der Mond hinter Wolken verschwunden, und das Sternenlicht erhellte eine ungeheure Öde, die im Wind erzitterte. Ohne es zu wissen oder darüber nachzudenken, konnte man erraten, daß diese trostlose Welt bergehoch lag und daß die Gipfel, die sich aus ihr erhoben, selber auf Berge getürmt waren. Eine Bergkette schimmerte am fernen Horizont wie eine Reihe von Hundezähnen.

Mallinson kletterte bereits hastig in das Cockpit. »Ich fürchte mich auf der Erde nicht vor dem Kerl, wer immer er ist!« rief er. »Den werde ich mir gleich vorknöpfen ...«

Die anderen sahen ihm, gebannt durch das Schauspiel solcher Energie, aber auch Schlimmes befürchtend, zu. Conway eilte ihm nach, aber zu spät, um ihn daran zu hindern. Nach ein paar Sekunden jedoch ließ sich der junge Mann wieder herabgleiten, ergriff ihn am Arm und stammelte in einem heiseren, nüchternen Stakkato: »Hören Sie, Conway, das ist merkwürdig … ich glaube, der Kerl ist krank oder tot oder sonst was … Ich kann kein Wort aus ihm herauskriegen. Kommen Sie rauf und sehen Sie selbst … Ich habe jedenfalls seinen Revolver genommen.«

»Geben Sie ihn lieber mir«, sagte Conway, und obgleich noch immer ziemlich benommen von dem Stoß am Kopf, raffte er sich auf und handelte. Von allen Zeiten, Orten und Situationen der Welt schienen ihm diese hier die schrecklichsten Unannehmlichkeiten miteinander zu verbinden. Er hievte sich steif auf eine Stelle hinauf, von der er allerdings nicht sehr gut in das geschlossene Cockpit sehen konnte. Es roch stark nach Treibstoff, daher wagte er es nicht, ein Streichholz anzuzünden. Er konnte gerade noch den Piloten ausmachen, dessen Körper nach vorn gesunken war und dessen Kopf über den Schalthebeln lag. Er schüttelte ihn, schnallte den Helm los und lockerte die Kleidung am Hals. Einen Augenblick später wandte er sich um und berichtete: »Ja, es ist ihm irgendwas zugestoßen. Wir müssen ihn hier herauskriegen.« Aber ein Beobachter hätte hinzufügen können, daß auch Conway etwas zugestoßen war. Seine Stimme war schärfer, schneidender, sie klang nicht mehr, als zögerte er an der Schwelle eines tiefen Zweifels. Zeit, Ort, Kälte, Müdigkeit waren nun von geringerer Bedeutung. Es gab eine Aufgabe, die einfach erfüllt werden mußte, und der pflichtbewußte Teil seines Wesens gewann die Oberhand und bereitete sich darauf vor, diese Aufgabe zu erfüllen.

Mit Hilfe von Barnard und Mallinson wurde der Pilot aus seinem Sitz gezogen und auf die Erde heruntergetragen. Er war bewußtlos, nicht tot. Conway besaß keine besonderen medizinischen Kenntnisse, aber wie so vielen

Menschen, die an fernen Orten gelebt haben, waren ihm die meisten Krankheitssymptome vertraut. »Wahrscheinlich ein Herzanfall infolge der großen Höhe«, diagnostizierte er, während er sich über den Unbekannten beugte. »Wir können ihm hier draußen nicht viel helfen – nirgends Schutz vor diesem höllischen Wind. In die Kabine mit ihm und mit uns auch! Wir haben keine Ahnung, wo wir sind, und bevor es hell wird, ist es aussichtslos, etwas zu unternehmen.«

Entscheidung und Vorschlag wurden ohne Widerrede angenommen. Sogar von Mallinson. Sie trugen den Mann in die Kabine und legten ihn zwischen die Sitze auf den Boden. Im Innern war es nicht wärmer als draußen, aber sie waren hier wenigstens vor dem Wind geschützt, dem Wind, der bald ihre Hauptsorge wurde, sozusagen das Leitmotiv des ganzen traurigen Notturnos. Es war kein gewöhnlicher Wind. Es war nicht einfach ein starker oder ein kalter Wind. Es war so etwas wie eine Raserei, die rings um sie wütete, das Toben eines Herrschers, der über sein Reich dahinstampft. Er kippte das beladene Flugzeug und schüttelte es böswillig, und als Conway durch das Fenster blickte, hatte er den Eindruck, daß der Sturm Lichtsplitter aus den Sternen wirbelte.

Der Fremde lag regungslos, während Conway, durch das Dunkel und die Enge behindert, ihn, so gut er konnte, im Licht von Streichhölzern untersuchte. Er fand jedoch nicht viel heraus. »Das Herz schlägt schwach«, sagte er endlich, und da verursachte Miss Brinklow, nachdem sie in ihrer Handtasche umhergetastet hatte, eine kleine Sensation. »Vielleicht hilft das dem Armen ein wenig«, sagte sie herablassend und hielt Conway etwas hin. »Ich selbst rühre so etwas nicht an, aber ich hab's immer bei mir für Unglücksfälle, und das hier *ist* doch wohl eine Art Unglücksfall, oder?«

»Das will ich meinen«, erwiderte Conway grimmig. Er schraubte die Flasche auf, roch daran und träufelte dem Mann ein paar Tropfen Brandy zwischen die Lippen. »Gerade das Richtige für ihn, danke.« Nach einer Weile war eine ganz schwache Bewegung der Augenlider sichtbar. Mallinson wurde plötzlich hysterisch. »Ich kann mir nicht helfen«, rief er und lachte wild, »wir sehen doch alle idiotisch aus, wie wir da Streichhölzer anzünden über einer Leiche ... Und der Kerl ist nicht eben eine Schönheit, wie? Ein Chinese, würde ich sagen, wenn er überhaupt ein Mensch ist.«

»Möglich.« Conways Stimme klang ruhig und ziemlich streng. »Aber bis jetzt ist er noch keine Leiche. Mit ein wenig Glück werden wir ihn wohl zu sich bringen.«

»Glück? Für ihn, nicht für uns.«

»Seien Sie dessen nicht so sicher. Und vorläufig halten Sie jedenfalls den Mund.«

In Mallinson steckte noch genug von einem Schuljungen, um dem schroffen Befehl eines Älteren zu gehorchen, obgleich er sich nur schlecht beherrschen konnte. Conway tat er zwar leid, aber die unmittelbare Aufgabe, die der Pilot darstellte, war wichtiger, da der als einziger von ihnen vielleicht eine Erklärung für ihre mißliche Lage zu geben vermochte. Conway hatte keine Lust, die Sache noch weiter spekulativ zu erörtern; das hatten sie während des Flugs zur Genüge getan. Stärker als seine anhaltende Neugier wurde nun seine Sorge, denn er war sich bewußt, daß die ganze Situation aufgehört hatte, auf aufregende Weise gefährlich zu sein, und nun drohte, eine Probe ihrer Ausdauer zu werden und mit einer Katastrophe zu enden. Während er in dieser stürmischen Nacht Wache hielt, blickte er den Tatsachen darum nicht weniger offen ins Auge, daß er sich nicht bemühte, sie den anderen mitzuteilen. Er nahm fast mit Sicherheit an, daß der Flug weit über den westlichen Himalaya hinaus bis zu den weniger bekannten Höhen des Kuen-Lun geführt hatte. In diesem Fall hatten sie nun den höchsten und unwirtlichsten Teil der Erdoberfläche erreicht – das Plateau von Tibet, dessen tiefste Talsohlen noch in einer Höhe von dreitausend Metern liegen, ein ungeheures, unbewohntes und zum größten Teil unerforschtes Gebiet sturmgepeitschten Hochlands. Irgendwo in diesem weltvergessenen Land saßen sie fest, unter viel ungünstigeren Bedingungen als auf der verlassensten Insel. Dann trat plötzlich, wie um seine Neugier durch deren Steigerung zu beantworten, eine fast Ehrfurcht einflößende Veränderung ein. Der Mond, den er durch Wolken verborgen glaubte, schwang sich über die Kante einer schattenhaften Erhebung und erhellte, während er selbst sich noch nicht zeigte, die Finsternis vor Conways Augen. Er konnte die Umrisse eines langgestreckten Tals erkennen, mit abgerundeten, traurig aussehenden niedrigen Anhöhen zu beiden Seiten, die schwarz wie Jett gegen das tiefe, elektrische Blau des Nachthimmels standen. Aber das Ende dieses Tals war es, was seinen Blick unwiderstehlich anzog, denn hier in dieser Lücke erhob sich, prachtvoll im vollen Glanz des Mondlichts aufragend, ein Berg, der ihm als der schönste auf Erden erschien. Es war ein fast vollkommener Schneekegel, einfach im Umriß, als hätte ein Kind ihn gezeichnet, und unmöglich in seiner Größe, Höhe oder Entfernung einzuschätzen. Er war so strahlend, so voll heiterer Ruhe, daß Conway sich einen Augenblick fragte, ob er überhaupt real sei. Aber da verschleierte ein kleines Wölkchen, während er hinsah, die Kante der Pyramide und verlieh der Erscheinung vor ihm Leben, ehe das schwache Donnern einer Lawine es bestätigte.

Er fühlte sich versucht, die anderen zu wecken, damit

auch sie dieses Schauspiel genießen konnten, entschied aber nach einigem Nachdenken, daß die Wirkung vielleicht nicht beruhigend wäre. Vom Standpunkt des gesunden Menschenverstands aus war sie das auch nicht; solch jungfräuliche Pracht vertiefte nur noch das Gefühl der Einsamkeit und Gefahr. Aller Wahrscheinlichkeit nach waren die nächsten menschlichen Siedlungen Hunderte von Kilometern entfernt. Und sie hatten keine Lebensmittel, keine Waffen, außer einem Revolver. Das Flugzeug war beschädigt und fast ohne Treibstoff, auch wenn einer von ihnen es zu lenken verstanden hätte. Sie besaßen keine für die schreckliche Kälte und die Stürme geeignete Kleidung. Mallinsons Automobiljacke und sein eigener Ulster waren ganz unzulänglich, und auch Miss Brinklow, in wollene Schals gehüllt wie für eine Polarexpedition (was er beim ersten Anblick lächerlich gefunden hatte), konnte sich nicht sehr wohl fühlen. Sie waren außerdem alle, er selbst ausgenommen, von der großen Höhe angegriffen. Sogar Barnard war unter der Anstrengung in Schwermut versunken. Mallinson murmelte vor sich hin. Es war klar, was mit ihm geschehen würde, wenn diese Strapazen noch lange währten. Angesichts solch schlechter Aussichten konnte Conway sich nicht davon abhalten, einen bewundernden Blick auf Miss Brinklow zu werfen. Sie war, überlegte er, kein normaler Mensch. Eine Frau, die Afghanen Kirchenlieder beibrachte, konnte man allerdings sowieso nicht als normal bezeichnen. Aber sie war nach all diesen Katastrophen doch normal unnormal geblieben, und er war ihr dafür sehr dankbar. »Ich hoffe, Sie fühlen sich nicht gar zu schlecht«, sagte er voll Mitgefühl, als ihr Blick dem seinen begegnete.

»Die Soldaten im Weltkrieg hatten Schlimmeres zu ertragen«, erwiderte sie.

Der Vergleich schien Conway nicht sehr glücklich zu sein. Tatsächlich hatte er selbst – im Gegensatz zu vielen anderen – niemals eine so schreckliche Nacht im Schützengraben verbracht. Er richtete seine Aufmerksamkeit auf den Piloten, der nun stoßweise atmete und sich manchmal ein wenig regte. Wahrscheinlich hatte Mallinson mit seiner Vermutung, daß der Mann Chinese war, recht. Nase und Backenknochen waren, ungeachtet der geglückten Verkörperung eines britischen Fliegerleutnants, typisch mongolisch. Mallinson hatte ihn häßlich genannt, aber Conway, der in China gelebt hatte, fand, daß er ein ganz leidliches Exemplar war, obwohl die gelbliche Haut und der klaffende Mund jetzt im Lichtkreis der Streichholzflamme nicht gerade hübsch aussahen.

Die Nacht schleppte sich dahin, als wäre jede Minute etwas Materielles, etwas Schweres, das weggeschoben werden müßte, um Platz für die nächste zu machen. Das Mondlicht verblaßte nach einiger Zeit und mit ihm der ferne, geisterhafte Berg. Dann wurde das dreifache Unglück von Dunkelheit, Kälte und Sturm immer schlimmer, bis zum Morgengrauen. Wie auf dessen Wink hin flaute der Wind ab und ließ die Welt in mitleidiger Stille verharren. Vorn, in dem bleichen Dreieck, zeigte sich der Berg abermals, anfangs grau, dann silbern und später, als die ersten Sonnenstrahlen den Gipfel trafen, rosig. In der abnehmenden Düsterkeit gewann das Tal selbst Gestalt, enthüllte seinen ansteigenden Boden voller Felsbrocken und Steine. Es war kein freundliches Bild, aber Conway fand, als er es überblickte, eine seltsame Reinheit darin, etwas, das gar nichts romantisch Anziehendes hatte, sondern etwas Stählernes, eine fast geistige Qualität. Die weiße Pyramide in der Ferne erzwang sich die Zustimmung des Geistes so leidenschaftslos wie ein euklidischer Lehrsatz. Und als sich die Sonne endlich an einem Himmel von tiefem Rittersspornblau erhob, fühlte er sich wieder fast wohl.

Als es wärmer wurde, erwachten die anderen, und er schlug vor, den Piloten ins Freie zu tragen, wo die frische, trockene Luft und der Sonnenschein vielleicht helfen würden, ihn wiederzubeleben. Sie taten das und begannen so eine zweite, weniger unangenehme Wacht. Endlich öffnete der Mann die Augen und begann, stoßweise zu sprechen. Seine vier Passagiere neigten sich über ihn und lauschten angestrengt den Lauten, die bedeutungslos für sie waren, außer für Conway, der bisweilen antwortete. Nach einiger Zeit wurde der Mann schwächer, sprach mit zunehmender Mühe und starb schließlich. Das war um die Mitte des Vormittags.

Conway wandte sich an seine Gefährten: »Leider teilte er mir sehr wenig mit – wenig, meine ich, verglichen mit dem, was wir gern gewußt hätten. Nur, daß wir in Tibet seien, was offensichtlich ist. Er gab keinen zusammenhängenden Bericht, warum er uns hierhergebracht hat, aber er schien die Örtlichkeit zu kennen. Er sprach eine Art Chinesisch, die ich nicht sehr gut verstehe, aber ich glaube, er sagte etwas von einem Lamakloster hier in der Nähe – weiter oben im Tal, soviel ich verstanden habe –, wo wir Nahrung und Obdach finden könnten. Shangri-La nannte er es. *La* ist das tibetanische Wort für Gebirgspaß. Er legte großen Nachdruck darauf, daß wir dorthin gehen sollten.«

»Was mir gar kein Grund zu sein scheint hinzugehen«, sagte Mallinson. »Schließlich war er wahrscheinlich doch nicht bei Sinnen, oder?«

»Darüber wissen Sie soviel wie ich. Aber wenn wir nicht dorthin gehen, wohin sonst?«

»Wohin Sie wollen, mir ist's gleich. Ich bin nur von einem überzeugt: Wenn dieses Shangri-La wirklich in dieser Richtung liegt, muß es noch ein paar Kilometer weiter von aller Zivilisation entfernt sein. Mir wäre wohler, wenn wir die Entfernung verringern würden, nicht vergrößern. Verdammt noch mal, Mensch, wollen Sie uns denn nicht zurückführen?«

Conway antwortete geduldig: »Ich glaube, Sie schätzen die Lage nicht ganz richtig ein, Mallinson. Wir sind in einem Teil der Welt, über den niemand besonders viel weiß, außer, daß er schwierig und gefährlich ist, sogar für eine gut ausgerüstete Expedition. Da uns wahrscheinlich auf allen Seiten Hunderte von Kilometern dieser Art Gegend umgeben, erscheint mir der Gedanke, schnurstracks nach Peshawar zurückzumarschieren, nicht gerade sehr aussichtsreich.«

»Ich glaube nicht, daß ich es schaffen würde«, sagte Miss Brinklow ernst.

Barnard nickte. »Sieht aus, als hätten wir noch verdammtes Glück, wenn dieses Lamakloster *wirklich* nur um die Ecke liegt.«

»Vergleichsweise vielleicht«, stimmte Conway zu. »Schließlich haben wir keine Lebensmittel, und wie Sie ja selbst sehen können, ist das Land nicht von der Art, daß man davon leben könnte. In ein paar Stunden werden wir alle schrecklich Hunger leiden, und heute nacht, wenn wir hier bleiben, werden wir wieder den Wind und die Kälte aushalten müssen. Keine angenehme Aussicht. Unsere einzige Hoffnung, so scheint mir, liegt darin, Menschen zu finden. Und wo sonst sollten wir zu suchen beginnen als dort, wo es, wie man uns gesagt hat, welche gibt?«

»Und wenn's eine Falle ist?« fragte Mallinson, aber Barnard lieferte die Antwort. »Eine nette, warme Falle«, sagte er, »mit einem Stück Käse darin, das wäre genau das richtige für mich.«

Alle lachten, mit Ausnahme von Mallinson, dem Verzweiflung und Erschöpfung anzumerken waren. Endlich fuhr Conway fort: »Ich nehme also an, daß wir alle mehr oder weniger einverstanden sind? Das Tal bietet uns einen vorgezeichneten Weg – es sieht nicht zu steil aus, aber auch so werden wir langsam gehen müssen. Auf keinen Fall können wir hier etwas tun. Ohne Dynamit können wir nicht einmal diesen Mann begraben. Überdies werden uns die Leute in dem Lamakloster vielleicht Träger für die Rückreise zur Verfügung stellen können. Wir werden sie brauchen. Ich schlage vor, sogleich aufzubrechen, damit wir, falls wir den Ort bis zum Spätnachmittag nicht finden können, noch Zeit haben, für die nächste Nacht zur Kabine zurückzugehen.«

»Und was, *wenn* wir ihn finden?« fragte Mallinson, noch immer nicht überzeugt. »Haben wir eine Sicherheit, daß wir nicht ermordet werden?«

»Nein. Aber ich glaube, es ist eine geringere und vielleicht auch annehmbarere Gefahr, als zu verhungern oder zu erfrieren.« Und da er fühlte, daß solch eiskalte Logik der Gelegenheit nicht ganz angemessen war, fügte er hinzu: »Tatsächlich ist Mord wohl das Allerletzte, was man in einem buddhistischen Kloster erwarten würde. Es ist viel weniger wahrscheinlich, als in einer englischen Kathedrale ermordet zu werden.«

»Wie der heilige Thomas von Canterbury«, sagte Miss Brinklow und nickte zustimmend, verdarb damit aber vollständig die beabsichtigte Wirkung seiner Worte. Mallinson zuckte die Achseln und erwiderte mit düsterer Gereiztheit: »Na schön, dann also auf nach Shangri-La! Wo immer es ist und was es auch ist, wir wollen's versuchen. Aber hoffentlich liegt es nicht auf halbem Weg zum Gipfel.«

Bei seinen Worten richteten alle den Blick auf den glitzernden Kegel, auf den das Tal zuführte. Im vollen Tageslicht sah er einfach großartig aus. Und dann erstarrte ihr Blick, denn sie sahen, ganz in der Ferne, das Tal herabsteigende und sich ihnen nähernde Gestalten.

»Vorsehung«, flüsterte Miss Brinklow.

# Drittes Kapitel

Etwas in Conway verhielt sich stets als Zuschauer, wie aktiv auch immer der Rest sein mochte. Und jetzt, während sie auf das Näherkommen der Fremden warteten, weigerte er sich, sich über die Frage Gedanken zu machen, was er in allen möglichen gegebenen Fällen täte oder unterließe. Das war weder Tapferkeit noch Gelassenheit noch höheres Vertrauen auf seine Fähigkeit, nach der Eingebung des Augenblicks Entschlüsse zu fassen. Es war, wenn man es im ungünstigsten Licht betrachtete, eine Art Trägheit, eine Unlust, seine Teilnahme als bloßer Zuschauer an den Vorgängen aufzugeben.

Während der Zug sich weiter das Tal herabbewegte, stellte sich heraus, daß es sich um einen Trupp von etwa zwölf Menschen handelte, die eine überdachte Sänfte mit sich trugen. In dieser wurde bald darauf eine blaugekleidete Gestalt sichtbar. Conway konnte sich nicht vorstellen, wohin die Reise ging, aber es schien wirklich, wie Miss Brinklow gesagt hatte, ein Werk der Vorsehung zu sein, daß eine solche Schar gerade hier und jetzt vorbeikam. Sobald sie in Rufweite war, verließ er seine Gefährten und ging voraus, wenn auch nicht eilig, denn er wußte, daß Orientalen das Zeremoniell einer Begegnung schätzen und sich gern Zeit dabei lassen. Als er nur noch einige Schritte entfernt war, blieb er stehen und verneigte sich mit gebührender Höflichkeit. Zu seiner großen

Überraschung stieg die blaugewandete Gestalt aus der Sänfte, kam mit würdevoller Entschlossenheit auf ihn zu und reichte ihm die Hand. Conway erwiderte den Händedruck und gewahrte einen alten oder jedenfalls älteren Chinesen, grauhaarig, glattrasiert und in seinem bestickten Seidengewand dezent geschmückt. Er schien seinerseits Conway derselben raschen Abschätzung zu unterziehen. Dann sagte er in gemessenem und vielleicht etwas zu exaktem Englisch: »Ich komme von dem Lamakloster Shangri-La.«

Conway verneigte sich abermals und begann nach einer entsprechenden Pause kurz die Umstände zu erklären, die ihn und seine drei Gefährten in einen so wenig besuchten Teil der Welt geführt hatten. Als er geendet hatte, machte der Chinese eine Gebärde des Verstehens. »Es ist wirklich merkwürdig«, sagte er und blickte nachdenklich auf das beschädigte Flugzeug. Dann fügte er hinzu: »Mein Name ist Tschang, wenn Sie so gütig wären, mich Ihren Freunden vorzustellen.«

Conway brachte ein verbindliches Lächeln fertig. Er fand einiges Gefallen an dieser neuen Wendung – einem Chinesen, der perfekt Englisch sprach und die gesellschaftlichen Formen der Bond Street in der Wildnis Tibets einhielt. Er wandte sich zu den anderen, die inzwischen nähergekommen waren und diese Begegnung mehr oder weniger erstaunt beobachtet hatten. »Miss Brinklow – Mr. Barnard, er ist Amerikaner – Mr. Mallinson – und ich selbst heiße Conway. Wir freuen uns alle, Sie kennenzulernen, obgleich die Begegnung fast so rätselhaft ist wie die Tatsache, daß wir selbst uns hier befinden. Eigentlich wollten wir gerade zu Ihrem Kloster aufbrechen, und es ist daher ein doppelt glückliches Zusammentreffen. Wenn Sie uns Weisungen für den Weg geben könnten –«

»Das ist nicht nötig. Es wird mir ein Vergnügen sein, Ihnen als Führer zu dienen.«

»Das ist außerordentlich gütig von Ihnen. Ich glaube nicht, daß ich Ihnen das zumuten will, aber wenn der Weg nicht allzu weit ist –«

»Er ist nicht weit, aber er ist auch nicht leicht. Es wird mir eine Ehre sein, Sie und Ihre Freunde zu begleiten.«

»Aber nicht doch –«

»Ich muß darauf bestehen.«

Conway fand, daß diese Auseinandersetzung an einem solchen Ort und unter solchen Umständen lächerlich zu werden drohte. »Dann bitte«, gab er nach. »Wir sind Ihnen gewiß alle sehr verbunden.«

Mallinson, der diesen Austausch von Höflichkeiten düster über sich hatte ergehen lassen, mischte sich nun in einem fast schrillen, scharfen Kasernenhofton ein: »Unser Aufenthalt wird nicht lange dauern«, erklärte er kurz und bündig. »Wir werden für alles bezahlen, was wir brauchen, und möchten gern einige Ihrer Leute mieten, damit sie uns auf der Rückreise helfen. Wir wollen so bald als möglich zur Zivilisation zurückkehren.«

»Sind Sie so überzeugt, daß Sie fern von ihr sind?« Die sehr sanft gestellte Frage stachelte den jungen Mann zu nur noch größerer Schärfe an. »Ich bin ganz überzeugt, sehr weit von dort entfernt zu sein, wo ich zu sein wünsche. Das gilt für uns alle. Wir wären für ein zeitweiliges Obdach sehr dankbar, aber noch viel dankbarer werden wir sein, wenn Sie uns zur Rückreise verhelfen. Wie lange schätzen Sie, wird die Reise nach Indien dauern?«

»Das wüßte ich wirklich nicht zu sagen.«

»Ich hoffe, wir werden keine Schwierigkeiten haben. Ich habe einige Erfahrung im Mieten von eingeborenen Trägern, und wir erwarten von Ihnen, daß Sie Ihren Einfluß dahin geltend machen, daß wir nicht übervorteilt werden.«

Conway hatte das Gefühl, daß das alles doch recht unnötig herausfordernd klang, und wollte gerade eingreifen, als mit unendlicher Würde die Antwort erfolgte: »Ich kann Ihnen nur versichern, daß man Sie ehrenvoll behandeln wird und daß Sie letztlich nichts bedauern werden.«

*»Letztlich?«* rief Mallinson, indem er sich auf das Wort stürzte. Aber nun ließ sich ein Streit leicht vermeiden, weil inzwischen Wein und Obst gereicht worden waren, die die andere Reisegesellschaft ausgepackt hatte, stämmige Tibetaner in Schafpelzen, Pelzmützen und Stiefeln aus Yakleder. Der Wein schmeckte angenehm, nicht unähnlich gutem Rheinwein, und unter dem Obst waren ganz reife Mangos, die nach so vielen Stunden des Fastens fast schmerzhaft köstlich schmeckten. Mallinson aß und trank mit Genuß und ohne Neugierde. Conway aber, unmittelbarer Sorgen enthoben und nicht willens, sich welche um die Zukunft zu machen, fragte sich, wie Mangos in solcher Höhe gezogen werden konnten. Außerdem erregte der Berg am Ende des Tals sein Interesse. Es war ein in jeder Hinsicht aufsehenerregender Gipfel, und er wunderte sich, daß noch kein Reisender ihn in einem jener Bücher gepriesen hatte, die unausweichlich das Ergebnis einer jeden Reise nach Tibet sind. Im Geist bestieg er ihn, während er ihn betrachtete, und wählte den Anstieg über Paß und Grat, bis ein Ausruf Mallinsons seine Aufmerksamkeit auf die Erde zurücklenkte. Er sah sich um und bemerkte, daß der Chinese ihn aufmerksam musterte. »Sie haben den Berg betrachtet, Mr. Conway?« fragte er.

»Ja, ein herrlicher Anblick. Er hat wohl einen Namen?«

»Er wird Karakal genannt.«

»Ich glaube nicht, schon von ihm gehört zu haben. Ist er sehr hoch?«

»Über achttausend Meter.«

»Wirklich? Ich war mir nie bewußt, daß es einen so hohen Berg außerhalb des Himalaya geben könnte. Ist er korrekt vermessen worden? Von wem stammen die Höhenangaben?«

»Von wem wohl, was glauben Sie, mein Herr? Ist Klosterleben mit Trigonometrie etwa unvereinbar?«

Conway kostete den Satz aus und erwiderte: »Oh, keineswegs, keineswegs.« Dann lachte er höflich. Er fand, es sei ein dürftiger Scherz, aber vielleicht wert, möglichst gewürdigt zu werden. Bald darauf wurde der Weg nach Shangri-La angetreten.

Den ganzen Vormittag stiegen sie bergauf, langsam und in leichten Etappen, aber auch so war die körperliche Anstrengung in solcher Höhe beträchtlich, und niemand hatte Kraft zum Sprechen. Der Chinese saß behaglich in seiner Sänfte, und das hätte unhöflich gewirkt, wenn es nicht lächerlich gewesen wäre, sich Miss Brinklow in so königlichem Staat vorzustellen. Conway, dem die dünne Luft weniger Beschwerden verursachte als den übrigen, bemühte sich, die Worte zu verstehen, die manchmal zwischen den Sänftenträgern gewechselt wurden. Er konnte sehr wenig Tibetanisch, nur gerade genug, um ihnen zu entnehmen, daß die Männer froh waren, ins Lamakloster zurückzukehren. Auch wenn er es gewollt hätte, hätte er sich nicht weiter mit ihrem Führer unterhalten können, da dieser, die Augen geschlossen und das Gesicht halb hinter den Vorhängen verborgen, die Kunst zu meistern schien, auf der Stelle und wann es ihm beliebte einzuschlafen.

Es war warm in der Sonne, Hunger und Durst waren gelindert, wenn auch nicht gestillt; und die Luft, so rein, als käme sie von einem anderen Planeten, wurde mit jedem Atemzug köstlicher. Man mußte bewußt und überlegt atmen, was zwar anfangs beklemmend war, nach einer Weile aber eine fast ekstatische Gemütsruhe bewirkte. Der ganze Körper bewegte sich in einem einzigen Rhythmus des Atmens, Gehens und Denkens. Die Lungen, nicht länger etwas Unbewußtes und Mechanisches, wurden zur Harmonie mit Geist und Gliedern erzogen. Conway, in dem ein mystischer Zug sich seltsam mit Skeptizismus verband, wunderte sich über diese fast beglükkende Empfindung. Ein paarmal richtete er ein aufheiterndes Wort an Mallinson, aber dem jungen Mann machte der anstrengende Aufstieg sehr zu schaffen. Auch Barnard keuchte kurzatmig, während Miss Brinklow in eine Art grimmigen Lungenkriegs verwickelt war, den sie aus irgendeinem Grund zu verheimlichen trachtete. »Wir sind schon fast oben«, sagte Conway aufmunternd.

»Ich bin einmal gerannt, um einen Zug zu erreichen, und mir ging es dabei genauso«, antwortete sie.

Es gab, dachte Conway, auch Leute, die fanden, daß Apfelwein genau wie Champagner schmecke. Es war eine Sache des Gaumens.

Er war erstaunt, daß er selbst außer einer leichten Verwunderung wenig Befürchtungen hegte, am allerwenigsten für sich selbst. Es gibt Augenblicke im Leben, in denen man die Seele weit öffnet, wie etwa die Geldbörse, wenn eine Abendunterhaltung sich als unerwartet kostspielig, aber auch unerwartet neuartig erweist. Ebenso bereitwillig, erleichtert und doch nicht aufgeregt, ging Conway an diesem atemlosen Vormittag im Angesicht des Karakal auf das neue Erlebnis ein, das sich ihm bot. Nach zehn Jahren in verschiedenen Teilen Asiens hatte er ziemlich hohe Ansprüche an Örtlichkeiten und Vorfälle entwickelt, aber dies hier, so mußte er sich eingestehen, versprach Ungewöhnliches.

Nach etwa drei Kilometern talaufwärts wurde der Anstieg steiler, aber nun war die Sonne von Wolken verdeckt, und ein silbriger Nebel trübte die Sicht. Von den Schneefeldern hoch oben donnerten Lawinen. Die Luft wurde erst kühl, dann – auf die jähe Art, wie im Gebirge Veränderungen eintreten – bitter kalt. Es kamen Windstöße und Schneeregen auf, durchnäßten sie alle und steigerten ihr Unbehagen maßlos. Sogar Conway hatte einen Augenblick lang das Gefühl, daß es unmöglich wäre, noch viel weiter zu gehen. Aber bald darauf schien die Höhe des Kammes erreicht zu sein, denn die Sänftenträger hielten zum Schulterwechseln an. Der Zustand von Barnard und Mallinson, die beide heftig litten, führte zu neuerlichen Verzögerungen. Die Tibetaner aber waren sichtlich darauf bedacht, möglichst rasch vorwärts zu kommen, und deuteten durch Zeichen an, daß der Rest des Wegs weniger ermüdend sein werde.

Nach diesen Beteuerungen war es um so enttäuschender, als sie plötzlich Seile ausrollten. »Wollen sie uns schon jetzt hängen?« brachte Barnard mit verzweifeltem Witz hervor. Die Führer aber bewiesen bald, daß ihre Absicht weniger finster war und nur dahin ging, die Gesellschaft auf übliche Bergsteigerart anzuseilen. Als sie bemerkten, daß Conway mit Seiltechnik vertraut war, wurden sie bedeutend ehrerbietiger und gestatteten ihm, seine Begleiter auf seine Art und Weise zu verteilen. Er reihte sich hinter Mallinson ein, ein paar Tibetaner vor und hinter sich, und Barnard, Miss Brinklow und etliche Tibetaner noch weiter hinten. Es entging ihm nicht, daß die Männer, während ihr Anführer weiterschlief, bereit zu sein schienen, ihn als dessen Stellvertreter anzusehen. Er verspürte dieses wohlbekannte Anerkennen seiner Autorität. Wenn es irgendwelche Schwierigkeiten gäbe, würde er tun, was er tun zu können glaubte: Vertrauen einflößen und die Führung übernehmen. Er war seinerzeit ein hervorragender Bergsteiger gewesen und zweifellos noch immer ein recht guter. »Sie müssen sich um Barnard kümmern«, sagte er zu Miss Brinklow halb im Scherz, halb im Ernst, und sie erwiderte schüchtern wie ein Adler: »Ich werde mein möglichstes tun, aber Sie müssen wissen, ich bin noch nie im Leben angeseilt gewesen.«

Die nächste Etappe jedoch war, obgleich zuweilen aufregend, weniger schwierig, als er erwartet hatte, und eine Erlösung von der lungensprengenden Anstrengung des Aufstiegs. Der Pfad bestand aus einem in die Felswand gehauenen Quergang, die oben von Nebel verdeckt war. Vielleicht verhüllte er barmherzig auch den Abgrund unter ihnen, obwohl Conway, der schwindelfrei war, gern gesehen hätte, wo er sich befand. Der Pfad war stellenweise kaum mehr als einen halben Meter breit, und die Art, wie die Träger an solchen Stellen die Sänfte manövrierten, erweckte seine Bewunderung fast ebensosehr wie die Nerven des Insassen, der während der ganzen Zeit zu schlafen vermochte. Die Tibetaner waren zwar durchaus verläßlich, schienen sich aber doch wohler zu fühlen, als der Pfad breiter wurde und sich ein wenig senkte. Dann begannen sie miteinander zu singen, auf- und absteigende einfache Melodien, die Conway sich von Massenet für irgendein tibetanisches Ballett instrumentiert vorstellen konnte. Der Regen hörte auf, die Luft wurde wärmer. »Eins ist jedenfalls sicher. Allein hätten wir den Weg hierher nie gefunden«, sagte Conway, in der Absicht, aufheiternd zu wirken, aber Mallinson fand die Bemerkung nicht besonders tröstlich.

Tatsächlich war er sehr erschrocken und nun, da das Schlimmste überstanden war, in größter Gefahr, es sich anmerken zu lassen. »Da hätten wir wohl nicht viel versäumt«, gab er erbittert zurück. Der Pfad führte jetzt steiler bergab, und an einer Stelle fand Conway einige Edelweiß, die ersten willkommenen Anzeichen wirtlicherer Zonen. Er sagte das zu Mallinson, den das aber noch weit weniger tröstete. »Du lieber Gott, Conway, bilden Sie sich ein, Sie kletterten in den Alpen herum? In was für einen Höllenschlund geraten wir da, das möchte ich gern wissen. Und wenn wir ankommen, was dann? *Was werden wir tun?*«

Conway erwiderte ruhig: »Wenn Sie soviel Erfahrung hätten wie ich, wüßten Sie, daß es Augenblicke im Leben gibt, wo es das Angenehmste ist, nichts zu tun. Die Dinge geschehen, man läßt sie einfach geschehen. Mit dem Krieg war es so ähnlich. Man hat schon Glück, wenn, wie es hier der Fall ist, eine Spur von Neuartigkeit die Unannehmlichkeit würzt.«

»Sie sind mir zu verdammt philosophisch. Während des Wirbels in Baskul waren Sie keineswegs in solcher Stimmung.«

»Natürlich nicht, denn damals bestand einige Aussicht, daß ich durch mein Eingreifen die Ereignisse beeinflussen könnte. Hier aber, wenigstens für den Augenblick, besteht eine solche Aussicht nicht. Wir sind hier, weil wir hier sind, wenn Sie unbedingt einen Grund brauchen. Ich habe den gewöhnlich sehr beruhigend gefunden.«

»Vermutlich wissen Sie doch selber, was für eine schreckliche Mühe es machen wird, auf demselben Weg wieder zurückzukehren. Seit einer Stunde krabbeln wir an einer senkrechten Felswand entlang – ich hab' gut aufgepaßt.«

»Ich auch.«

»So?« Mallinson räusperte sich aufgeregt. »Ich gebe zu, daß ich Ihnen lästig werde, aber ich kann nichts dafür. Mir kommt das Ganze verdächtig vor. Wir tun für meinen Geschmack viel zu sehr, was diese Kerle wollen. Sie drängen uns in die Ecke.«

»Auch wenn sie das tun, hatten wir nur noch die Wahl, draußen zu bleiben und zugrunde zu gehen.«

»Das ist ganz logisch, ich weiß, aber es hilft uns offenbar nicht. Ich fürchte, ich kann mich nicht so leicht wie Sie mit der Lage abfinden. Ich kann nicht vergessen, daß wir vor zwei Tagen noch im Konsulat in Baskul waren. Wenn ich daran denke, was seither alles passiert ist, überwältigt es mich ein wenig. Tut mir leid, aber ich bin überreizt. Jetzt wird mir klar, was für ein Glück ich hatte, den Krieg zu verpassen – ich glaube, da wäre ich sehr bald hysterisch geworden. Die ganze Welt um mich herum scheint verrückt geworden zu sein. Und ich selbst muß ziemlich irre sein, daß ich so mit Ihnen rede.«

Conway schüttelte den Kopf. »Keineswegs, mein lieber Junge. Sie sind vierundzwanzig Jahre alt und irgendwo vier Kilometer hoch in der Luft – Gründe genug für alles, was Sie in diesem Augenblick vielleicht empfinden. Ich glaube, Sie haben eine schwere Prüfung außerordentlich gut bestanden – besser, als ich es in Ihrem Alter getan hätte.«

»Aber empfinden nicht auch *Sie* die Verrücktheit des Ganzen? Wie wir da über diese Berge geflogen sind, und dieses schreckliche Warten im Sturm und wie der Pilot starb und wie wir dann diese Kerle getroffen haben, erscheint das Ganze nicht wie ein Alptraum und unglaublich, wenn man darauf zurückblickt?«

»Zugegeben.«

»Dann möchte ich wissen, wie Sie es fertigbringen, bei alledem so ruhig zu bleiben.«

»Möchten Sie das wirklich wissen? Ich werde es Ihnen sagen, wenn Sie wollen, aber Sie werden mich vielleicht für einen Zyniker halten. So vieles andere, worauf ich zurückblicken kann, erscheint mir nämlich auch wie ein Alptraum. Dies hier ist nicht der einzige verrückte Teil der Welt, Mallinson. Schließlich, wenn Sie durchaus an Baskul denken wollen, erinnern Sie sich, wie, gerade bevor wir abflogen, die Revolutionäre ihre Gefangenen folterten, um Informationen aus ihnen herauszubekommen? Eine ganz gewöhnliche Wäschemangel – durchaus wirksam, selbstverständlich, aber ich habe wohl kaum je eine possierlichere Grausamkeit gesehen. Und erinnern Sie sich an die letzte Depesche, die uns erreichte, bevor wir abgeschnitten waren? Es war das Rundschreiben einer Textilfirma in Manchester, ob es in Baskul Absatzmöglichkeiten für Schnürleibchen gäbe! Scheint Ihnen das nicht verrückt genug? Glauben Sie mir, das Schlimmste, was uns passieren konnte, indem wir hierherkamen, war, daß wir die eine Form von Wahnsinn für eine andere eingetauscht haben. Und was den Krieg betrifft, wenn Sie den mitgemacht hätten, hätten Sie dasselbe getan wie ich – gelernt, wie man sich mit zusammengebissenen Zähnen aus dem Ärgsten raushält.«

Sie waren noch im Gespräch, als ein steiler, aber kurzer Anstieg ihnen den Atem raubte, so daß sie nach wenigen Schritten wieder die frühere Anstrengung empfanden. Bald darauf wurde der Grund jedoch eben, und sie traten aus dem Nebel in klare, sonnige Luft. Vor ihnen, in geringer Entfernung, lag das Lamakloster Shangri-La.

Conway der es zuerst sah, hätte es für eine Vision halten können, die aus dem eintönigen Rhythmus aufstieg, mit dem der Mangel an Sauerstoff alle seine Sinne umfangen hielt. Es war wahrhaftig ein seltsamer, fast unglaublicher Anblick. Eine Gruppe bunt bemalter Pavillons haftete am Berghang, nicht grimmig entschlossen wie eine Burg am Rhein, sondern eher mit der selbstverständlichen Zierlichkeit von Blütenblättern, die sich an einem Felszacken verfangen hatten. Herrlich und unvergleichlich. Eine erhabene Empfindung trug den Blick aufwärts von milchblauen Dächern zu der grauen Felsenbastion darüber, gewaltig wie das Wetterhorn über Grindelwald. Und darüber wiederum erhoben sich – eine blendende Pyramide – die Schneeflanken des Karakal. Es mochte wohl, so dachte Conway, die furchteinflößendste Berglandschaft der Welt sein, und er stellte sich den ungeheuren Druck der Schnee- und Gletschermassen vor, gegen den der Fels wie ein riesenhafter Damm wirkte. Eines Tages würde sich vielleicht der ganze Berg spalten und die Hälfte der eisigen Pracht des Karakal ins Tal herabstürzen. Er fragte sich, ob er die Tatsache, daß eine solche Katastrophe einerseits sehr unwahrscheinlich, aber andererseits so furchterregend war, nicht sogar angenehm anregend finden sollte.

Kaum weniger reizvoll war der Ausblick nach unten, denn die Bergwand fiel fast senkrecht ab in eine Schlucht, die nur das Ergebnis einer längst vergangenen erdgeschichtlichen Katastrophe sein konnte. Der ferne dunstige Talboden grüßte das Auge mit üppigem Grün. Vor Winden geschützt und von dem Kloster mehr überblickt als beherrscht, erschien es Conway als ein köstlich begünstigter Ort, obwohl die Leute dort, wenn es bewohnt war, durch die aufragenden, geradezu unerklimmbaren Kämme auf der anderen Seite völlig abgeschnitten sein mußten. Nur zu dem Lamakloster schien es einen ersteigbaren Ausgang zu geben. Conway fühlte bei diesem Anblick, daß sich seine Befürchtungen ein wenig verdichteten. Mallinsons Argwohn war vielleicht nicht ganz außer acht zu lassen. Aber dieses Gefühl war nur flüchtig und ging bald in dem tieferen, halb mystischen, halb visuellen Eindruck auf, endlich einen Ort erreicht zu haben, der einen Schlußpunkt darstellte, etwas Endgültiges.

Er erinnerte sich später nie genau daran, wie er und die anderen im Lamakloster eintrafen und mit welchen Förmlichkeiten sie empfangen, vom Seil losgeknüpft und hineingeleitet wurden. Diese dünne Luft hatte etwas Traumhaftes an sich und glich darin dem Porzellanblau des Himmels. Mit jedem Atemzug und jedem Blick sog er eine tiefe, betäubende Stille ein, die ihn unempfindlich machte, sowohl für Mallinsons Besorgtheit als auch für Barnards Witze und Miss Brinklows gezierte Darstellung einer Dame, die auf das Schlimmste gefaßt ist. Er erinnerte sich dunkel seiner Überraschung, als sich das Innere geräumig, gut geheizt und völlig sauber zeigte. Aber es blieb nur gerade genug Zeit, das alles flüchtig wahrzunehmen, denn der Chinese hatte seine Sänfte verlassen und führte sie bereits durch mehrere Vorräume. Er war nun von größter Liebenswürdigkeit. »Ich muß um Entschuldigung bitten«, sagte er, »daß ich Sie unentwegt sich selbst überlassen habe, aber eigentlich vertrage ich Reisen dieser Art nur schlecht und muß auf mich achten. Ich hoffe, Sie haben sich nicht überanstrengt?«

»Es ging gerade noch«, erwiderte Conway mit einem sauren Lächeln.

»Vortrefflich. Und nun, wenn Sie mit mir kommen wollen, werde ich Ihnen Ihre Zimmer zeigen. Sie werden zweifellos alle gern ein Bad nehmen. Die Unterkunft bei uns ist einfach, aber, wie ich hoffe, angemessen.«

In diesem Augenblick stieß Barnard, der noch immer

unter kurzem Atem litt, ein keuchendes Lachen hervor. »Na ja«, sagte er stockend, »ich kann nicht behaupten, daß ich euer Klima schon liebgewonnen hätte – die Luft scheint ein wenig in der Brust zu stechen –, aber Sie haben sicher eine famose Aussicht aus Ihren vorderen Fenstern. Müssen wir alle Schlange stehen vor dem Badezimmer oder ist das hier ein amerikanisches Hotel?«

»Ich hoffe, Sie werden alles zu Ihrer Zufriedenheit finden, Mr. Barnard.«

Miss Brinklow nickte affektiert. »Das will ich auch hoffen.«

»Und nachher«, fuhr der Chinese fort, »wird es mir eine große Ehre sein, Sie alle zum Abendessen bei mir einzuladen.«

Conway dankte höflich. Nur Mallinson hatte keine Stellungnahme zu all diesen unerwarteten Annehmlichkeiten abgegeben. Ebenso wie Barnard hatte auch er unter der großen Höhe gelitten, nun aber hatte er, mit etwas Mühe, genug Atem, um sich zu ereifern: »Und nachher, wenn Sie nichts dagegen haben, wollen wir einen Plan entwerfen, wie wir wieder von hier wegkommen. Was mich betrifft, je eher, desto besser.«

# Viertes Kapitel

Sie sehen also«, schloß Tschang, »daß wir keine solchen Barbaren sind, wie Sie erwarteten ...«

Conway hätte das später an diesem Abend keineswegs bestreiten wollen. Er genoß die wohltätige Mischung aus körperlicher Ruhe und geistiger Aktivität, die ihn unter allen Empfindungen die kultivierteste schien. Soviel er bisher herausgefunden hatte, war die Ausstattung von Shangri-La ganz wie er sie sich nur wünschen konnte, jedenfalls weit besser, als er je hätte erwarte können. Daß ein tibetanisches Kloster Zentralheizung besaß, war vielleicht nicht so bemerkenswert in einem Zeitalter, im dem sogar Lhasa mit Telefonen versorgt war, aber daß es die Technik westlicher Hygiene mit so vielem anderen verband, das aus dem Osten und aus alten Überlieferungen stammte, das erschien ihm als etwas völlig Einzigartiges. Die Wanne zum Beispiel, in der er vor kurzem geschwelgt hatte, war aus zartgrünem Porzellan gewesen, der Beschriftung nach das Erzeugnis einer Fabrik in Akron, Ohio. Der Einheimische jedoch, der ihm zur Hand gegangen war, hatte ihn auf chinesische Art bedient, ihm Ohren und Nase gereinigt und mit einem kleinen Seidenbäuschchen über die unteren Augenlider gewischt. Conway hatte sich dabei gefragt, ob seine drei Gefährten mit ähnlichen Aufmerksamkeiten bedacht wurden.

Er hatte fast zehn Jahre lang in China gelebt, nicht nur

in den größeren Städten, und betrachtete diese Zeit alles in allem als die glücklichste seines Lebens. Er hatte die Chinesen gern und fühlte sich in chinesischen Bräuchen zu Hause. Eine ganz besondere Vorliebe hatte er für die chinesische Küche mit ihren feinen Geschmacksnuancen, und seine erste Mahlzeit in Shangri-La hatte daher für ihn etwas willkommen Vertrautes. Er vermutete auch, daß sie ein Gewürz oder eine Droge enthalten hatte, die die Atmung erleichterte, denn er fühlte nicht nur selbst diesen Unterschied, sondern bemerkte auch an seinen Gefährten ein größeres Wohlbefinden. Tschang aß, wie er feststellte, nichts als etwas grünen Salat und trank keinen Wein. »Sie werden mich wohl entschuldigen«, hatte er gleich zu Anfang erklärt, »aber meine Diät ist sehr strikt. Ich bin gezwungen, auf mich zu achten.«

Denselben Grund hatte er auch vorher schon angeführt, und Conway fragte sich, woran er wohl leiden mochte. Als er ihn nun genauer betrachtete, fand er es schwer, sein Alter zu schätzen. Seine feinen und gewissermaßen der Einzelheiten entbehrenden Züge und seine Haut, die wie feuchter Lehm wirkte, gaben ihm ein Aussehen, das sowohl das eines vorzeitig gealterten jungen als auch das eines bemerkenswert gut erhaltenen alten Mannes sein konnte. Es fehlte ihm keineswegs etwas Anziehendes; eine gewisse, in strenge Formen gebannte Höflichkeit umgab ihn wie ein Duft, zu zart, als daß man ihn hätte entdecken können, bevor man aufgehört hatte, daran zu denken. In seinem bestickten Überkleid aus blauer Seide mit dem üblichen an der Seite geschlitzten Rock und der eng um die Knöchel schließenden Hose, alles in der Farbe des Himmels, wie er auf Aquarellen dargestellt ist, hatte er einen kühl metallischen Charme, der Conway gefiel, obgleich er wußte, daß er nicht nach jedermanns Geschmack war.

Die Atmosphäre war tatsächlich mehr chinesisch als im strengen Sinn tibetanisch, und das versetzte Conway in das angenehme Gefühl des Zuhauseseins; allerdings konnte er auch von dieser Stimmung nicht erwarten, daß die anderen sie teilten. Schon das Zimmer selbst gefiel ihm: Es hatte eine beeindruckende Größe und war nur spärlich mit Wandbehängen und ein paar edlen Lackmöbeln eingerichtet. Das Licht kam aus Papierlaternen, die bewegungslos in der stillen Luft hingen. Er fühlte eine behagliche Ruhe an Leib und Seele, und als er sich wiederum fragte, ob es vielleicht auf irgendeine Droge zurückzuführen sei, war die Frage fast frei von Sorge. Was immer es war – wenn die Annahme überhaupt zutraf –, so hatte es jedenfalls Barnards Atemnot und ebenso Mallinsons Trotz vertrieben. Beide hatten gut gegessen und sich mehr der Mahlzeit als dem Gespräch gewidmet. Auch Conway war recht hungrig gewesen und hatte es nicht bedauert, daß die Landessitte nur eine allmähliche Annäherung an Dinge von Wichtigkeit gestattete. Er hatte nie gern einen Zustand verkürzt, der an sich erfreulich war, so daß diese Vorgehensweise ihm sehr zusagte. Erst als er sich eine Zigarette angezündet hatte, ließ er seiner Neugier sacht den Zügel lockerer und bemerkte, zu Tschang gewandt: »Sie scheinen eine vom Glück begünstigte Gemeinschaft zu sein und sehr gastfreundlich gegenüber Fremden. Ich kann mir allerdings nicht vorstellen, daß Sie oft welche empfangen.«

»Tatsächlich nur selten«, erwiderte der Chinese gemessen. »Dieser Teil der Welt wird nicht sehr viel bereist.«

Conway lächelte. »Sie drücken das sehr mild aus. Mir schien es, als ich herkam, der abgeschiedenste Ort, den ich je gesehen habe. Hier könnte eine eigene Kultur blühen, ohne Verseuchung durch die Außenwelt.«

»Verseuchung würden Sie es nennen?«

»Ich beziehe das Wort auf Tanzorchester, Kinos, Leuchtreklamen und so weiter. Ihre sanitären Einrichtungen sind wirklich so modern, wie sie nur sein können, sie sind das einzig Positive, was – meiner Meinung nach – der Osten vom Westen übernehmen kann. Die Römer waren zu beneiden, ihre Zivilisation umfaßte sogar heiße Bäder, ohne der verhängnisvollen Kenntnis von Maschinen zu bedürfen.«

Conway verstummte. Er hatte aus dem Stegreif gesprochen, mit einer Geläufigkeit, die zwar nicht unecht war, aber doch dahin zielte, eine gute Stimmung zu schaffen und zu kontrollieren. Er traf so etwas besonders gut. Nur die Bereitwilligkeit, auf die ausgesuchte Höflichkeit seines Gastgebers einzugehen, hinderte ihn daran, seine Neugier unverhohlener zu zeigen.

Miss Brinklow hingegen hatte keine solchen Bedenken.

»Bitte«, sagte sie, aber das Wort klang keineswegs bescheiden, »würden Sie uns etwas über das Kloster erzählen?«

Tschang hob mit leichter Mißbilligung solcher Unvermitteltheit die Brauen. »Es wird mir das größte Vergnügen bereiten, Madam, soweit ich es vermag. Was wünschen Sie genau zu wissen?«

»Zunächst einmal, wie viele Sie hier sind und welcher Nation Sie angehören?« Es war klar, daß ihr ordnungsliebender Geist hier nicht weniger professionell arbeitete als im Missionshaus in Baskul.

Tschang erwiderte: »Derer unter uns, die die volle Lamawürde besitzen, sind etwa fünfzig; außerdem gibt es noch ein paar andere, die, wie ich selbst, noch nicht die letzten Weihen erlangt haben. Es ist zu hoffen, daß wir im weiteren Verlauf dahin gelangen. Bis zu diesem Zeitpunkt sind wir Halblamas – Anwärter, könnte man sagen. Was Herkunft und Abstammung betrifft, so befinden sich Vertreter einer großen Anzahl von Nationen unter uns, obgleich, wie es vielleicht naturgemäß ist, Tibetaner und Chinesen die Mehrzahl ausmachen.«

Miss Brinklow schrak nie vor einer Schlußfolgerung zurück, nicht einmal vor einer falschen: »Ich verstehe. Es ist also in Wirklichkeit ein Eingeborenenkloster. Ist Ihr Oberlama Tibetaner oder Chinese?«

»Keines von beidem.«

»Sind auch Engländer hier?«

»Mehrere.«

»Ach, wirklich? Das ist doch sehr merkwürdig.«

Miss Brinklow machte nur eine Pause, um Atem zu schöpfen, bevor sie fortfuhr: »Und nun sagen Sie mir, woran Sie alle glauben.«

Conway lehnte sich ziemlich belustigt und erwartungsvoll zurück. Er fand immer Gefallen am Zusammenstoß gegensätzlicher Geisteshaltungen, und Miss Brinklows pfadfinderinnenhafte Geradlinigkeit, auf lamaistische Philosophie angewandt, versprach reichlich Unterhaltung. Andererseits wollte er nicht, daß sein Gastgeber eingeschüchtert wurde. »Das ist eine recht komplizierte Frage«, sagte er, um ihm Zeit zu geben.

Aber Miss Brinklow war nicht in der Stimmung, ihm Zeit zu geben. Der Wein, der die anderen ruhiger gemacht hatte, schien ihr besondere Lebhaftigkeit verliehen zu haben. »Selbstverständlich«, sagte sie mit einer großmütigen Geste, »glaube ich selbst an die wahre Religion, aber ich bin tolerant genug, um zuzugeben, daß andere Menschen – Ausländer, meine ich – sehr häufig ganz ehrlich in ihrem Glauben sind. Natürlich kann ich in einem Kloster nicht erwarten, Übereinstimmung mit dem meinen zu finden.«

Ihr Zugeständnis hatte eine formvollendete Verneigung des Chinesen zur Folge. »Aber warum nicht, Madam?« erwiderte er in seinem präzisen, genußvollen Englisch. »Müssen wir denn, weil eine Religion wahr ist, alle anderen für unbedingt falsch halten?«

»Natürlich, das ist doch wohl einleuchtend, nicht?«

Conway mischte sich abermals ein. »Ich glaube wirklich, wir sollten darüber nicht diskutieren. Miss Brinklow teilt gewiß meine eigene Neugier auf den Leitgedanken dieser einzigartigen Einrichtung.«

Tschang antwortete sehr langsam und fast im Flüsterton: »Wenn ich es in wenige Worte fassen soll, mein werter Herr, dann möchte ich sagen, daß wir vor allem an Maßhalten glauben. Wir lehren die Tugend der Vermeidung jeglichen Übermaßes, ein Übermaß an Tugend selbst inbegriffen, wenn Sie das Paradoxon gestatten wollen. In dem Tal, das Sie gesehen haben und in dem mehrere tausend Bewohner unter der Leitung unseres Ordens leben, hat es sich herausgestellt, daß dieser Grundsatz ein beträchtliches Maß an Glück bewirkt. Wir herrschen mit mäßiger Strenge und sind dafür mit mäßigem Gehorsam zufrieden. Und ich kann wohl behaupten, daß unser Volk mäßig nüchtern, mäßig keusch und mäßig ehrlich ist.«

Conway lächelte. Er fand das gut ausgedrückt, und überdies kam es seinem eigenen Temperament entgegen. »Ich glaube zu verstehen. Wahrscheinlich gehören die Burschen, denen wir heute morgen begegneten, zu den Leuten Ihres Tals?«

»Ja. Ich hoffe, Sie haben unterwegs nichts an ihnen auszusetzen gehabt?«

»O nein, durchaus nichts. Ich bin froh, daß sie jedenfalls mehr als mäßig trittsicher waren. Übrigens haben Sie angedeutet, daß der Regel der Mäßigung gerade *die-*

*se* Leute unterstehen – darf ich daraus folgern, daß sie nicht auch für die Priesterschaft gilt?«

Darauf antwortete Tschang nur mit einem Kopfschütteln. »Ich bedaure, mein Herr, daß Sie einen Punkt berühren, über den ich nicht sprechen darf. Ich kann nur hinzufügen, daß unsere Gemeinschaft verschiedene Glaubensrichtungen und Rituale pflegt, aber die meisten von uns sind in dieser Hinsicht mäßige Ketzer. Ich bin tief betrübt, daß ich im Augenblick nicht mehr sagen kann.«

»Sie brauchen sich nicht zu entschuldigen. Es bleiben mir die angenehmsten Vermutungen überlassen.« Etwas in seiner eigenen Stimme, ja in seinen körperlichen Empfindungen gab Conway von neuem das Gefühl, daß man ihm ein leichtes Betäubungsmittel verabreicht habe. Mallinson schien unter einem ähnlichen Einfluß zu stehen, obgleich er die Gelegenheit nutzte, um zu sagen: »Das alles war sehr interessant, aber ich glaube wirklich, es ist Zeit, unsere Pläne zu besprechen, wie wir von hier wegkommen. Wir wollen sobald als möglich nach Indien zurückkehren. Wie viele Träger können uns zur Verfügung gestellt werden?«

Diese so praktische und kompromißlose Frage durchbrach die Schutzschicht der Liebenswürdigkeit, ohne sicheren Boden darunter zu finden. Erst nach einer langen Pause antwortete Tschang: »Leider, Mr. Mallinson, bin nicht ich es, an den Sie sich da wenden müssen. Allerdings glaube ich kaum, daß sich die Angelegenheit sogleich bewerkstelligen ließe.«

»Aber irgend etwas *muß* sich bewerkstelligen lassen. Wir müssen alle zu unserer Arbeit zurück, und unsere Freunde und Verwandten werden sich um uns sorgen. Wir *müssen* einfach zurück. Wir sind Ihnen sehr verbunden für die freundliche Aufnahme, aber wir dürfen hier wirklich nicht herumfaulenzen. Wenn es sich irgendwie machen läßt, möchten wir spätestens morgen aufbrechen. Ich nehme an, daß sich ziemlich viele von Ihren Leuten freiwillig melden würden, uns zu begleiten – und wir würden sie für ihre Mühe bestimmt nicht schlecht belohnen.«

Mallinson beendete den Satz nervös, als hätte er gehofft, schon früher durch eine Antwort unterbrochen zu werden, vermochte Tschang jedoch nicht mehr zu entlocken als ein gelassenes und fast vorwurfsvolles: »Aber das alles fällt kaum in meinen Aufgabenbereich, müssen Sie wissen.«

»Nicht? Nun ja, aber vielleicht können Sie doch *irgend etwas* tun. Wenn Sie uns zum Beispiel eine Landkarte in großem Maßstab verschaffen würden, wäre das schon eine Hilfe. Es sieht so aus, als hätten wir eine lange Reise vor uns, und das ist Grund genug, frühzeitig aufzubrechen. Sie besitzen doch Karten?«

»O ja, sehr viele.«

»Dann möchten wir einige entleihen, wenn Sie nichts dagegen haben. Wir können sie Ihnen nachher zurücksenden – Sie müssen doch von Zeit zu Zeit Verbindung mit der Außenwelt haben. Es wäre auch eine gute Idee, Nachrichten vorauszusenden, um unsere Freunde zu beruhigen. Wie weit ist es bis zur nächsten Telegrafenstation?«

Tschangs runzliges Gesicht schien den Ausdruck unendlicher Geduld angenommen zu haben, aber er antwortete nicht.

Mallinson wartete einen Augenblick und fuhr dann fort: »Wohin wenden Sie sich, wenn Sie etwas brauchen? Irgend etwas aus der Zivilisation, meine ich.« Seine Augen und seine Stimme verrieten eine Spur von Angst. Plötzlich stieß er seinen Stuhl zurück und stand auf. Er war bleich und strich sich erschöpft über die Stirn. »Ich bin so müde«, stammelte er und sah im Zimmer umher. »Es kommt mir vor, als versuchte nicht ein einziger von Ihnen, mir wirklich zu helfen. Ich stelle doch nur eine einfache Frage. Es ist klar, daß Sie die Antwort darauf kennen müssen. Als Sie alle diese modernen Badezimmer einrichteten, wie wurde damals das Zeug hergeschafft?«

Es folgte wieder ein Schweigen.

»Sie wollen es mir also nicht sagen? Vermutlich gehört das zum Geheimnis. Conway, ich muß schon sagen, Sie sind verdammt träge. Warum bringen *Sie* nicht die Wahrheit an den Tag? Ich bin vorläufig ganz kaputt – aber morgen, wissen Sie, morgen *müssen* wir weg, das steht außer Frage –«

Er wäre zu Boden geglitten, wenn Conway ihn nicht aufgefangen und zu einem Stuhl geführt hätte. Dann erholte er sich ein wenig, sagte aber nichts mehr.

»Morgen wird es ihm schon viel besser gehen«, sagte Tschang sanft. »Die Luft hier bereitet einem Fremden anfangs Schwierigkeit, aber man paßt sich bald an.«

Conway fühlte sich aus einer Trance erwachen. »Es war alles ein wenig anstrengend für ihn«, bemerkte er mit beinahe wehmütiger Milde. Etwas lebhafter fügte er hinzu: »Ich glaube, wir alle spüren es ein wenig. Wir sollten diese Unterredung vielleicht vertagen und zu Bett gehen. Barnard, werden Sie sich um Mallinson kümmern? Und auch *Sie*, Miss Brinklow, werden Schlaf nötig haben.« Es war offenbar irgendein Zeichen gegeben worden, denn in diesem Augenblick erschien ein Diener. »Ja, wir gehen alle – gute Nacht – gute Nacht – ich komme gleich nach.« Er schob die anderen fast aus dem Zimmer und wandte sich dann mit so wenig Förmlichkeit, daß es auffällig von seinem früheren Benehmen abwich, an den Gastgeber. Mallinsons Vorwurf hatte ihn angestachelt.

»Also, mein Herr, ich will Sie nicht lange aufhalten und möchte daher gleich zur Sache kommen. Mein Freund ist ein wenig impulsiv, aber ich kann es ihm nicht übelnehmen – er hat ganz recht, die Dinge klären zu wollen. Unsere Rückreise muß vorbereitet werden, und das können wir nicht ohne Ihre Hilfe oder die von anderen hier. Ich sehe natürlich ein, daß es unmöglich ist, schon morgen abzureisen, und was mich selbst betrifft, so denke ich, daß ein kurzer Aufenthalt sehr interessant wäre. Aber das ist vielleicht nicht gerade die Auffassung meiner Gefährten. Wenn es also wahr ist, was Sie sagen, daß Sie selbst für uns nichts tun können, dann bringen Sie uns, bitte, mit jemandem in Verbindung, der es vermag.«

Der Chinese antwortete: »Sie sind weiser als Ihre Freunde, mein werter Herr, und daher weniger ungeduldig. Das freut mich.«

»Das ist keine Antwort.«

Tschang begann zu lachen – ein stoßweises, hohes Kichern, so gekünstelt, daß Conway darin die höfliche Geste erkannte, mit der ein Chinese auf einen imaginären Scherz eingeht und so in peinlichen Augenblicken »sein Gesicht wahrt«. »Seien Sie überzeugt, Sie haben keinen Grund, sich darüber Sorgen zu machen«, kam nach einer Pause die Antwort. »Zweifellos werden wir zu gegebener Zeit imstande sein, Ihnen jede benötigte Hilfe zu gewähren. Wie Sie sich vorstellen können, sind Schwierigkeiten damit verbunden, aber wenn wir alle mit Vernunft an die Frage herangehen und ohne ungebührliche Eile –«

»Ich dränge nicht zur Eile. Ich möchte nur Erkundigungen über Träger einholen.«

»Mein werter Herr, das bringt uns auf einen anderen Punkt. Ich zweifle sehr, daß Sie so leicht Männer finden werden, die gewillt sind, eine solche Reise zu unternehmen. Sie haben ihr Zuhause unten im Tal und verlassen es nicht gern, um lange und anstrengende Reisen nach draußen anzutreten.«

»Immerhin lassen sie sich doch wohl dazu überreden, denn warum und wohin haben sie Sie sonst heute morgen begleitet?«

»Heute morgen? Ach, das war etwas anderes.«

»Inwiefern? Traten Sie nicht soeben eine Reise an, als meine Freunde und ich Ihnen zufällig begegneten?«

Als er keine Antwort erhielt, fuhr Conway ruhiger fort: »Ich verstehe. Es war wohl *keine* zufällige Begegnung. Tatsächlich hatte ich die ganze Zeit meine Zweifel. Sie kamen also mit Absicht, um uns abzufangen. Das legt den Gedanken nahe, daß Sie im voraus von unserer Ankunft wußten. Und die interessante Frage ist: *Woher?*«

Seine Worte brachten einen Hauch von Gespanntheit in die gepflegte Ruhe der Szene. Das Laternenlicht beleuchtete das Gesicht des Chinesen; es war unbewegt und wie das einer Statue. Plötzlich, mit einer kleinen Handbewegung, löste Tschang die Spannung. Einen seidenen Vorhang beiseite schiebend, öffnete er eine Glastür, die auf einen Balkon führte. Er berührte Conway leicht am Arm und führte ihn so in die kalte, kristallklare Luft hinaus. »Sie sind klug«, sagte er träumerisch, »aber Sie haben nicht ganz recht. Aus diesem Grund würde ich Ihnen raten, Ihre Freunde nicht mit solchen rein hypothetischen Erwägungen zu beunruhigen. Glauben Sie mir, weder Sie selbst noch Ihre Freunde sind in Shangri-La in Gefahr.«

»Aber es ist nicht die Gefahr, die uns Sorgen macht, sondern die Verzögerung.«

»Ich begreife das. Und natürlich *kann* eine gewisse Verzögerung eintreten, das ist ganz unvermeidlich.«

»Wenn es nur für kurze Zeit und wirklich unvermeidlich ist, dann werden wir uns natürlich damit abfinden müssen, so gut wir können.«

»Sehr, sehr vernünftig, denn wir wünschen nichts mehr, als daß Sie und Ihre Gefährten jeden Augenblick Ihres Aufenthaltes hier genießen mögen.«

»Das ist alles schön und gut, und wie ich Ihnen schon sagte, habe ich persönlich nicht viel dagegen. Es ist eine neue und interessante Erfahrung, und auf jeden Fall brauchen wir einige Erholung.«

Er blickte hinauf zu der schimmernden Pyramide des Karakal. In diesem Augenblick, im hellen Mondlicht, sah sie aus, als könnte man sie mit ausgestreckter Hand berühren, so scharf und klar hob sie sich von der blauen Unendlichkeit dahinter ab.

»Morgen«, sagte Tschang, »werden Sie es vielleicht noch interessanter finden. Und im übrigen gibt es, wenn Sie erschöpft sind, nicht viele bessere Orte in der Welt.« Wirklich überkam Conway, je länger er hinsah, eine desto tiefere Ruhe, als wäre es ebenso ein lohnender Anblick für den Geist wie für das Auge. Kaum ein Windhauch regte sich im Gegensatz zu den Hochlandstürmen, die in der vergangenen Nacht getobt hatten. Das ganze Tal, so empfand er es jetzt, war wie ein Binnenhafen, über dem der Karakal wie ein Leuchtturm aufragte. Dieser Vergleich wurde, während er ihn zog, noch treffender, denn es war wirklich ein Licht auf dem Gipfel, ein eisigblaues Leuchten, das dem Leuchten des Gestirns ebenbürtig war, das er reflektierte. Irgend etwas brachte ihn dann dazu, nach der wörtlichen Bedeutung des Namens zu fragen, und Tschangs Antwort klang wie das geflüsterte Echo seiner eigenen Gedanken. »Karakal heißt im Dialekt dieses Tals ›Blauer Mond‹«, sagte der Chinese.

Conway erwähnte gegenüber seinen Gefährten nichts von seiner Schlußfolgerung, daß ihre und seine Ankunft in Shangri-La auf irgendeine Weise von dessen Bewohnern erwartet worden war. Er hatte es zwar vorgehabt und war sich bewußt, daß die Sache wichtig war, aber als es Morgen wurde, beunruhigte ihn dieses Bewußtsein so wenig, außer rein theoretisch, daß er davor zurückschreckte, den anderen zu noch größerer Besorgnis Grund zu geben. Ein Teil seiner selbst beharrte darauf, daß der Ort etwas ausgesprochen Unheimliches hatte, daß die Haltung Tschangs am vergangenen Abend keineswegs beruhigend schien und daß er mit seinen Gefährten so gut wie gefangen war, falls nicht und bis die Leitung des Klosters etwas für sie zu tun beschloß. Und es war natürlich seine Pflicht, sie zum Handeln zu zwingen. Er war immerhin ein Vertreter der britischen Regierung, und es war ein Affront, daß die Insassen eines tibetanischen Klosters ihm ein angemessenes Ersuchen abschlugen … Das wäre zweifellos der normale zu erwartende amtliche Standpunkt, und ein Teil von Conway war normal und amtlich. Niemand verstand es besser, gelegentlich den starken Mann zu spielen. Während der letzten schwierigen Tage vor der Evakuierung hatte er sich auf eine Weise hervorgetan, die ihm (so dachte er bitter) mindestens die Erhebung in den Ritterstand eintragen und ihn zum Helden eines Bestsellers im Stile G. A. Hentys mit dem Titel *Mit Conway in Baskul* machen müßte. Er hatte die Führung über einige Dutzend zusammengewürfelter Zivilisten, darunter Frauen und Kinder, auf sich genommen, allen in einem kleinen Konsulat während einer von fremdenfeindlichen Agitatoren angestifteten erbitterten Revolte Schutz geboten und den Revolutionären so lange gedroht und gut zugeredet, bis sie eine vollständige Evakuierung durch Flugzeuge gestatteten – und das war, wie er fand, keine schlechte Leistung. Vielleicht könnte er durch Beziehungen und das Abfassen endloser Berichte bei den nächsten Titelverleihungen am Neujahrstag etwas für sich herausschlagen. Jedenfalls hatte es ihm Mallinsons glühende Bewunderung eingetragen. Daher mußte der junge Mann jetzt leider doppelt von ihm enttäuscht sein. Das war natürlich schade, aber Conway war es nun schon gewohnt, daß die Leute ihn nur gernhatten, weil sie ihn mißverstanden. Er war in Wirklichkeit keiner von diesen willensstarken, hart durchgreifenden Weltreicherbauern. Das, was danach aussah, war nur ein kleiner Einakter, den er von Zeit zu Zeit nach Übereinkunft mit dem Schicksal und dem Außenministerium aufführte, und zwar für ein Gehalt, das jedermann im Amtskalender nachschlagen konnte.

Die Wahrheit war, daß das Rätsel von Shangri-La und seiner Ankunft hier ihn zu faszinieren und zu bezaubern begann. Jedenfalls fand er kaum einen Anlaß für persönlichen Groll. Sein Amt konnte ihn jeden Augenblick in die seltsamsten Winkel der Erde führen, und je seltsamer sie waren, desto weniger litt er in der Regel unter Langeweile. Warum also murren, daß der Zufall und nicht ein Dienstbefehl der britischen Regierung ihn an diesen seltsamsten aller Orte gesandt hatte?

Er war auch wirklich weit entfernt davon zu murren. Als er am Morgen aufstand und durch das Fenster das sanfte Lasurblau des Himmels sah, hätte er an keinem anderen Ort der Erde sein mögen – weder in Peshawar noch in Piccadilly. Er freute sich zu sehen, daß die Nachtruhe auch auf die anderen ermutigend gewirkt hatte. Barnard konnte wieder gutgelaunt seine Witze machen über Betten, Bad, Frühstück und andere gastfreundliche Annehmlichkeiten. Miss Brinklow gab zu, daß das gründlichste Absuchen ihres Zimmers keine Mängel zutage gefördert hatte, auf die sie durchaus gefaßt gewesen war. Sogar Mallinson zeigte einen Anflug von etwas beleidigter Zufriedenheit. »Vermutlich werden wir heute doch nicht wegkommen«, murmelte er, »wenn nicht jemand sehr dahinter her ist. Diese Kerle sind typische Orientalen – man kann sie nicht dazu bringen, irgend etwas rasch und effizient durchzuführen.«

Conway nahm die Bemerkung hin. Mallinson war zwar noch kein ganzes Jahr von England weg – aber das war zweifellos lange genug, um eine Verallgemeinerung zu rechtfertigen, die er wahrscheinlich noch nach zwanzig Jahren im Ausland wiederholen würde. Bis zu einem gewissen Grad war es selbstverständlich wahr. Conway hatte jedoch nie den Eindruck, daß die östlichen Völker ungewöhnlich träge seien, sondern vielmehr, daß Engländer und Amerikaner in einem Zustand beständiger und recht lächerlicher Fieberhaftigkeit durch die Gegend rasten. Er erwartete nicht, daß ein anderer Westler seine Ansicht teilen werde, aber er hielt immer mehr an ihr fest, je älter er wurde und je mehr Erfahrungen er sammelte. Andererseits stimmte es natürlich, daß Tschang ein raffinierter Wortverdreher und Mallinsons Ungeduld nur zu sehr berechtigt war. Conway wünschte fast, selber auch ungeduldig sein zu können. Das hätte die Dinge für den Jüngeren bedeutend leichter gemacht.

Er sagte: »Ich glaube, wir warten lieber ab, was der heutige Tag bringt. Es war vielleicht zu optimistisch, damit zu rechnen, daß diese Leute schon gestern abend etwas täten.«

Mallinson sah ihn scharf an. »Sie finden wahrscheinlich, daß ich mich gestern zum Narren gemacht habe, weil ich so drängte? Ich konnte nicht anders. Ich hatte den Eindruck, daß an diesem Chinesen etwas faul sei, und habe ihn noch. Konnten Sie irgend etwas Vernünftiges aus ihm herausbekommen, nachdem ich schlafen gegangen bin?«

»Wir sprachen nachher nicht mehr lange miteinander. Er antwortete auf alles ziemlich unbestimmt und unverbindlich.«

»Heute werden wir ihn wohl ein wenig straffer an die Leine nehmen müssen.«

»Gewiß«, stimmte Conway ohne besondere Begeisterung zu. »Inzwischen wollen wir uns diesem ausgezeichneten Frühstück widmen.« Es bestand aus Grapefruits, Tee und Tschapati-Fladen, vorzüglich zubereitet und schön angerichtet. Gegen Ende der Mahlzeit trat Tschang ein und begann mit einer leichten Verneigung den Austausch höflicher Begrüßungsformeln, die auf englisch doch ein wenig schwerfällig klangen. Conway hätte lieber Chinesisch gesprochen, aber bisher hatte er es niemanden wissen lassen, daß er eine östliche Sprache beherrschte. Er fand, es könnte vielleicht ein nützliches As im Ärmel sein. Er lauschte mit ernster Miene Tschangs Höflichkeiten und beteuerte dann, daß er gut geschlafen habe und sich viel besser fühle. Tschang gab seiner Freude darüber Ausdruck und fügte noch hinzu: »Wahrlich, wie Ihr Nationaldichter gesagt hat: ›Schlaf, der des Grams verworr'n Gespinst entwirrt‹.«

Diese Zurschaustellung von Gelehrsamkeit wurde nicht sehr positiv aufgenommen. Mallinson beantwortete sie mit der üblichen leisen Verachtung, die jeder gesund denkende Engländer bei der Erwähnung von Poesie fühlt. »Sie meinen vermutlich Shakespeare, obgleich ich das Zitat nicht zuordnen kann. Aber ich kenne ein anderes, das lautet: ›Erwartet nicht, daß wir euch erst entlassen, Geht all' zugleich.‹ Ohne unhöflich sein zu wollen: Das ist es, was wir alle gern möchten. Und ich würde gern unverzüglich nach diesen Trägern Ausschau halten, noch diesen Vormittag, wenn sie nichts dagegen haben.«

Der Chinese nahm dieses Ultimatum ganz unbewegt auf und erwiderte endlich: »Es tut mir leid, Ihnen sagen zu müssen, daß das wenig Zweck hätte. Ich fürchte, wir haben keine Leute verfügbar, die gewillt wären, Sie so weit von ihrer Heimat weg zu begleiten.«

»Aber, großer Gott, Mann, glauben Sie denn wirklich, daß wir uns mit dieser Antwort abspeisen lassen?«

»Zu meinem aufrichtigen Bedauern wüßte ich keine andere.«

»Sie scheinen sich das alles seit gestern abend ausgetüftelt zu haben«, warf Barnard ein. »Gestern waren Sie der Sache nicht annähernd so sicher.«

»Ich wollte Sie nicht enttäuschen, solange Sie von der Reise so erschöpft waren. Nun, nach einer erholsamen Nacht, darf ich hoffen, daß Sie die Dinge aus einem etwas vernünftigeren Blickwinkel betrachten werden.«

»Nun hören Sie mal«, mischte sich Conway entschieden ein, »diese Herumrederei und diese Ausflüchte gehen so nicht weiter. Sie wissen, wir können nicht endlos hierbleiben. Es ist ebenso klar, daß wir ohne Hilfe nicht wegkommen. Was schlagen Sie also vor?«

Tschang antwortete mit einem strahlenden Lächeln, das offensichtlich für Conway allein bestimmt war. »Mein werter Herr, es ist mir ein Vergnügen, den Vorschlag zu machen, den ich längst im Sinn hatte. Auf die Haltung Ihres Freundes gab es keine Antwort, aber das Begehren eines weisen Mannes findet immer Erwiderung. Es wurde gestern, wie Sie sich erinnern werden, die Bemerkung gemacht – ebenfalls von Ihrem Freund, glaube ich –, daß wir bisweilen Verbindung mit der Außenwelt haben müssen. So verhält es sich auch in der Tat. Von Zeit zu Zeit benötigen wir gewisse Dinge aus entfernten *Entrepots,* und wir sind gewohnt, sie auch pünktlich zu erhalten – auf welche Weise und unter welchen Umständen, damit will ich Sie nicht weiter belästigen. Wichtig ist nur, daß eine solche Sendung in Kürze erwartet wird, und da die Männer, die sie bringen, nachher zurückkehren werden, erscheint es mir durchaus möglich, daß Sie ein Übereinkommen mit ihnen werden treffen können. Ich vermag mir wirklich keinen besseren Plan zu denken und hoffe, nach der Ankunft des Transports –«

»Und *wann* wird das sein?« unterbrach ihn Mallinson barsch.

»Der genaue Zeitpunkt läßt sich natürlich unmöglich voraussagen. Sie kennen ja aus eigener Erfahrung die Schwierigkeiten, sich in diesem Teil der Welt zu bewegen. Hunderterlei Dinge können Verzögerungen herbeiführen – Wetterumstürze –«

Wieder mischte sich Conway ein. »Wir wollen da einmal Klarheit schaffen. Sie schlagen also vor, daß uns die Männer als Träger dienen sollen, die demnächst hier mit einem Warentransport eintreffen werden. Das wäre soweit keine schlechte Idee, aber wir müssen etwas mehr darüber wissen. Erstens – diese Frage wurde Ihnen bereits gestellt: Wann werden diese Leute erwartet? Und zweitens: Wohin werden sie uns führen?«

»Das ist eine Frage, die Sie ihnen selbst werden stellen müssen.«

»Werden sie uns nach Indien bringen?«

»Das zu sagen, ist mir wohl kaum möglich.«

»Gut, dann beantworten Sie mir die andere Frage: Wann werden die Leute hier sein? Ich frage nicht nach dem Tag, ich möchte nur ungefähr wissen, ob es nächste Woche oder nächstes Jahr sein kann.«

»Es kann noch etwa einen Monat dauern. Wahrscheinlich nicht mehr als zwei Monate.«

»Oder drei, vier oder fünf Monate«, fuhr Mallinson heftig dazwischen. »Und Sie glauben, wir werden hier auf diesen Transport oder diese Karawane oder was es sonst ist warten, damit sie uns, irgendwann, in ferner Zukunft, Gott weiß wohin führt?«

»Ich glaube, mein Herr, der Ausdruck ›ferne Zukunft‹ ist fehl am Platze. Wenn nicht etwas Unvorhergesehenes eintritt, sollte die Wartezeit nicht länger dauern, als ich sagte.«

»Aber *zwei Monate*! Zwei Monate hier! Lächerlich! Conway, darauf können Sie sich doch nicht ernstlich einlassen. Zwei Wochen wären das Äußerste!«

Tschang raffte mit einer kleinen abschließenden Geste sein Gewand zusammen. »Ich bedaure sehr, ich wollte niemanden kränken. Das Kloster bietet Ihnen auch weiterhin umfassendste Gastfreundschaft, solange Sie das Unglück haben, hierbleiben zu müssen. Mehr kann ich nicht sagen.«

»Gar nicht nötig!« gab Mallinson wütend zurück. »Und wenn Sie glauben, daß Sie uns in der Hand haben, so werden Sie verdammt schnell herausfinden, daß Sie sich irren! Wir werden uns so viele Träger verschaffen, wie wir brauchen, verlassen Sie sich drauf! Da können Sie Verneigungen und Kratzfüße machen, soviel Sie wollen –«

Conway legte ihm beschwichtigend die Hand auf den Arm. Mallinson wirkte, wenn er in Wut geriet, wie ein Kind; er war dann imstande, alles zu sagen, was ihm gerade einfiel, egal ob es unsinnig oder taktlos war. Conway fand das leicht verzeihlich bei einem Menschen, der so veranlagt und in eine solche Lage geraten war, fürchtete aber, es könnte die zartere Empfindlichkeit eines Chinesen kränken. Glücklicherweise hatte sich Tschang schon mit bewundernswertem Takt hinausbegeben und entging so dem Schlimmsten.

# Fünftes Kapitel

Sie verbrachten den Rest des Vormittags damit, die Sache zu besprechen. Es war natürlich ein harter Schlag für diese vier, die es sich normalerweise in den Clubs und Missionshäusern von Peshawar hätten gutgehen lassen, statt dessen nun zwei Monate in einem tibetanischen Kloster vor sich zu haben. Aber die Dinge lagen nun einmal so, daß der Schock, den sie bei der Ankunft erlitten hatten, ihnen nur geringe Reserven an Entrüstung oder Erstaunen gelassen hatte; sogar Mallinson war nach seinem ersten Ausbruch in eine Stimmung verwirrter Schicksalsergebenheit versunken. »Ich kann schon nicht mehr darüber reden, Conway«, sagte er, mit nervöser Gereiztheit eine Zigarette paffend. »Meine Meinung kennen Sie ja. Ich habe immer gesagt, daß da etwas nicht mit rechten Dingen zugeht. Da ist etwas faul. Am liebsten möchte ich auf der Stelle weg.«

»Das kann ich Ihnen nicht verdenken«, erwiderte Conway. »Leider handelt es sich nicht darum, was dem einen oder dem anderen von uns lieb ist, sondern womit wir uns alle abzufinden haben. Offen gesagt, wenn die Leute hier erklären, daß sie uns die nötigen Träger nicht zur Verfügung stellen können oder wollen, bleibt uns nichts anderes übrig, als zu warten, bis die anderen Kerle kommen. Ich gebe nur ungern zu, daß wir derart hilflos sind, aber es ist nun einmal so.«

»Sie meinen also, daß wir zwei Monate hierbleiben müssen?«

»Ich sehe keine andere Möglichkeit.«

Mallinson schnippte mit gekünstelter Gleichgültigkeit die Asche von seiner Zigarette. »Na schön. Also zwei Monate. Laßt uns jubeln.«

Conway fuhr fort: »Ich sehe nicht ein, warum das viel schlimmer sein sollte, als zwei Monate in irgendeinem anderen entlegenen Winkel der Welt zu verbringen. Leute in unseren Berufen sind es gewohnt, in die seltsamsten Gegenden geschickt zu werden – das kann ich, glaube ich, von uns allen behaupten. Es ist natürlich schlimm für diejenigen unter uns, die Freunde und Verwandte haben. Ich für meine Person habe es in dieser Hinsicht gut – ich wüßte niemanden, der sich um mich besonders sorgen würde, und meine Arbeit, was immer es hätte sein sollen, kann ohne weiteres auch ein anderer tun.«

Er wandte sich an die übrigen, wie um sie aufzufordern, für sich selbst zu sprechen. Mallinson äußerte sich nicht, aber Conway wußte ungefähr, wie es um ihn stand. Er hatte Eltern und ein Mädchen in England, das erschwerte die Sache.

Barnard hingegen nahm die Lage in einer Stimmung hin, die Conway als gewohnheitsmäßige gute Laune anzusehen gelernt hatte. »Ich schätze, ich habe ziemliches Glück gehabt – zwei Monate in der Besserungsanstalt werden mich nicht umbringen. Und die Leute bei mir daheim, die werden nicht mit der Wimper zucken. Ich war immer ein schlechter Briefeschreiber.«

»Sie vergessen, daß unsere Namen in den Zeitungen stehen werden«, erinnerte ihn Conway. »Man wird uns alle als vermißt melden, und die Leute werden natürlich das Schlimmste annehmen.«

Barnard sah einen Augenblick verdutzt aus und erwiderte dann mit einem leichten Grinsen: »Ach ja, das stimmt, aber mir macht das nichts aus, seien Sie versichert!«

Conway war froh darüber, obgleich die Sache ein wenig rätselhaft blieb. Er wandte sich an Miss Brinklow, die bis dahin auffallend schweigsam gewesen war; sie hatte während der Unterredung mit Tschang ihre Meinung nicht geäußert. Er nahm an, daß wohl auch sie verhältnismäßig wenig persönliche Sorgen habe. Nun sagte sie heiter: »Wie Mr. Barnard sagt, ist ein Aufenthalt von zwei Monaten hier kein Anlaß, sich aufzuregen. Es ist ganz gleich, wo man ist, wenn man im Dienste des Herrn steht. Die Vorsehung hat mich hergesandt. Ich betrachte es als eine Berufung.«

Conway war ihre Haltung unter diesen Umständen sehr willkommen. »Ich bin überzeugt«, sagte er ermutigend, »daß Ihre Missionsgesellschaft ausgesprochen zufrieden mit Ihnen sein wird, *wenn* Sie dann zurückkehren. Sie werden ihr viele nützliche Auskünfte geben können. Was das anbelangt, so werden wir alle eine interessante Erfahrung gemacht haben. Das sollte ein kleiner Trost sein.«

Das Gespräch ging zu allgemeineren Themen über. Conway war ziemlich überrascht, wie leicht Barnard und Miss Brinklow sich den neuen Aussichten angepaßt hatten. Aber er war auch erleichtert. Er hatte es jetzt nur noch mit einem einzigen Unzufriedenen zu tun. Doch sogar an Mallinson zeigte sich nach dem anstrengenden Disput eine gewisse Veränderung. Er war zwar noch immer verstört, aber doch eher bereit, die Dinge von einer erfreulichen Seite zu sehen. »Der Himmel mag wissen, was wir mit uns anfangen sollen«, rief er, aber schon diese Bemerkung zeigte, daß er sich mit seiner Lage auszusöhnen suchte.

»Die erste Regel muß sein: Vermeiden Sie, einander auf die Nerven zu gehen«, sagte Conway. »Glücklicherweise scheint hier Platz genug zu sein und keineswegs Überfüllung zu herrschen. Mit Ausnahme der Diener haben wir bisher nur einen einzigen Bewohner zu Gesicht bekommen.«

Barnard fand noch einen anderen Grund zu Optimismus: »Wir werden jedenfalls nicht verhungern, wenn unsere bisherigen Mahlzeiten ein typisches Beispiel waren. Wissen Sie, Conway, dieser Gasthof hier wird mit reichlich Moneten betrieben. Solche Badezimmer zum Beispiel – die kosten einen Haufen Geld. Und ich sehe nicht, daß hier irgend jemand Geld verdient, außer, diese Burschen unten im Tal haben einen Job. Und auch dann würden sie nicht genug für den Export erzeugen. Möchte wissen, ob sie irgendein Mineral abbauen!«

»Der ganze Ort ist ein einziges verdammtes Geheimnis«, erwiderte Mallinson. »Sie müssen irgendwo scheffelweise Geld versteckt haben wie die Jesuiten. Und die Badezimmer hat ihnen wahrscheinlich irgendein millionenschwerer Anhänger gestiftet. Das kümmert mich übrigens wenig, wenn ich einmal von hier wegkomme. Allerdings muß ich sagen, daß das Panorama auf seine Art wirklich nicht schlecht ist. Ein guter Ort für den Wintersport, wenn's eine andere Gegend wäre. Ob man wohl auf diesen Abhängen dort drüben Ski fahren könnte?«

Conway sah in forschend und leicht belustigt an. »Gestern, als ich ein paar Edelweiß fand, haben Sie mich daran erinnert, daß ich nicht in den Alpen bin. Nun ist es an mir, dasselbe zu sagen. Aber ich möchte Ihnen abraten, Ihre Wengen-Scheidegg-Kunststücke in diesem Teil der Welt zu versuchen.«

»Wahrscheinlich hat hier noch niemand eine Sprungschanze gesehen.«

»Am Ende nicht einmal ein Eishockeyspiel«, ging Conway auf den Scherz ein. »Sie könnten versuchen, zwei Mannschaften aufzustellen. Wie wär's mit ›Gentlemen gegen Lamas‹?«

»Das würde sie jedenfalls lehren, ein faires Spiel zu spielen«, warf Miss Brinklow mit feierlichem Ernst ein.

Eine passende Bemerkung hierzu wäre schwierig zu finden gewesen, aber es war auch nicht nötig, da soeben das Mittagessen aufgetragen wurde, dessen Qualität und Pünktlichkeit einen angenehmen Eindruck hinterließen. Als dann später Tschang eintrat, hatte niemand Lust, den Streit fortzuführen. Mit seinem Taktgefühl nahm der Chinese an, daß er noch immer mit allen auf bestem Fuß stand, und die vier Exilanten ließen ihn bei dieser Annahme. Ja, als er sagte, daß sie vielleicht etwas mehr von den Baulichkeiten des Klosters sehen wollten und daß er sich ihnen – wenn das so wäre – gern als Führer zur Verfügung stellen würde, wurde sein Angebot bereitwillig angenommen. »Aber sicher«, sagte Barnard, »wir können uns doch mal die Bude ansehen, wenn wir schon hier sind. Schätze, es wird lange dauern, bis wir zu einem zweiten Besuch herkommen.«

Miss Brinklow schlug einen nachdenklicheren Ton an. »Als wir Baskul in dem Flugzeug verließen, hätte ich mir nicht träumen lassen, daß wir je an einen solchen Ort kommen würden«, murmelte sie, als sie sich alle unter Tschangs Führung in Bewegung setzten.

»Und wir wissen auch bis jetzt noch nicht, warum«, antwortete Mallinson, der es nicht auf sich beruhen lassen konnte.

Conway hatte keine Vorurteile, was Rasse und Hautfarbe anging, und es war nur Verstellung, wenn er manchmal in Clubs oder Eisenbahnabteilen erster Klasse vorgab, auf die »Weiße« eines krebsroten Gesichts unter einem Tropenhelm besonderen Wert zu legen. Es ersparte einem Unannehmlichkeiten, wenn man's die Leute glauben ließ, besonders in Indien, und Conway war ein gewissenhafter Unannehmlichkeitsersparer. In China dagegen war dies nicht so nötig gewesen; er hatte viele chinesische Freunde gehabt, und es war ihm nie eingefallen, sie als minderwertig zu behandeln. Daher war er im Umgang mit Tschang unvoreingenommen genug, um in ihm einen korrekten alten Herrn zu sehen, der vielleicht nicht ganz vertrauenswürdig, aber sicherlich sehr intelligent war. Mallinson hingegen neigte dazu, ihn durch die Stäbe eines unsichtbaren Käfigs zu betrachten, Miss Brinklow war barsch und forsch wie gegenüber einem Heiden in seiner Blindheit, während Barnards witzige *Bonhomie* auf den Ton gestimmt war, den er einem Butler gegenüber angeschlagen hätte.

Der große Rundgang durch Shangri-La bot unterdessen so viel Interessantes, daß diese verschiedenen Haltungen ganz in den Hintergrund traten. Es war nicht die erste klösterliche Einrichtung, die Conway besichtigte, aber gewiß die größte und, nicht nur ihrer Lage wegen, die merkwürdigste. Schon der Zug durch die Räume und Höfe war ein ausgiebiger Nachmittagsspaziergang, und dabei gewahrte er, daß sie an vielen Zimmern nur vorbeigingen, ja daß es ganze Gebäude gab, zu deren Besichtigung Tschang sie nicht einlud. Der kleinen Gruppe wurde jedoch genügend gezeigt, um den Eindruck zu vertiefen, der sich bei jedem einzelnen schon gebildet hatte. Barnard war mehr denn je überzeugt davon, daß die Lamas sehr reiche Leute seien; Miss Brinklow entdeckte unzählige Beweise, daß sie unmoralisch seien; und Mallinson fühlte sich, nachdem der erste Reiz der Neuartigkeit nachgelassen hatte, genauso müde wie auf vielen Besichtigungsrundgängen in geringeren Höhenlagen. Nein, die Lamas waren, fürchtete er, keine Helden nach seinem Geschmack.

Conway allein ließ sich bereitwillig immer mehr verzaubern. Es waren nicht so sehr Einzelheiten, die ihn anzogen, als vielmehr die sich allmählich enthüllende Verbindung von Eleganz, bescheidenem und feinem Geschmack und einer zarten Harmonie, die das Auge zu erfreuen schien, ohne es zu bannen. Nur mit einer bewußten Anstrengung konnte er sich aus der Stimmung des Künstlers in die des Kunstkenners versetzen, und da erkannte er Schätze, für die Museen und Millionäre ein Vermögen geboten hätten: erlesene perlblaue Sung-Keramiken, Gemälde in farbigen Tuschen von vor über tausend Jahren, Lackarbeiten, in denen die kühlen und die lieblichen Details des Märchenlandes nicht so sehr abgebildet als orchestriert waren. Eine Welt unvergleichlicher Vollkommenheiten war hier noch lebendig in Porzellan und Lack erhalten geblieben und schenkte einen Augenblick des Gefühls, bevor sie sich ins rein Gedankliche auflöste. Hier war keine Protzigkeit, keine Effekthascherei, kein Generalangriff auf die Emotionen des Betrachters. Die zarten Meisterwerke schienen ins Dasein geflattert zu sein wie Blütenblätter. Sie hätten einen Sammler um den Verstand bringen können, aber Conway sammelte nicht; es fehlte ihm dazu sowohl das Geld als auch die Habgier. Seine Vorliebe für chinesische Kunst war eine Sache des Herzens: In einer Welt zunehmenden Lärms und immer größer werdender Dimensionen wandte er sich insgeheim leisen, klaren, kleinen Dingen zu. Auf seinem Weg von Raum zu Raum wurde er wie von fern von einem Pathos ergriffen, als er an die ungeheure Größe des Karakal dachte, die sich diesen zerbrechlichen Reizen hier gegenüber aufgetürmte.

Das Lamakloster hatte jedoch mehr zu bieten als eine

Chinoiserienschau. Eine seiner Sehenswürdigkeiten war zum Beispiel eine wunderbare Bibliothek, die in ihrer luftigen Geräumigkeit eine große Zahl von Büchern in Nischen und Erkern mit solcher Bescheidenheit beherbergte, daß sie weit mehr auf Weisheit als auf Gelehrsamkeit, auf gute Manieren als auf Ernsthaftigkeit gestimmt schien. Während sein Blick rasch einige Regale streifte, fand Conway vieles, was ihn in Erstaunen versetzte. Hier stand, wie es schien, neben dem Besten der Weltliteratur eine Unmenge abstrusen und wunderlichen Zeugs, das er nicht einzuschätzen vermochte; Bände in englischer, französischer, deutscher und russischer Sprache waren im Überfluß vorhanden, ebenso eine ungeheure Zahl chinesischer und anderer östlicher Handschriften. Eine Abteilung, die ihn besonders interessierte, war den Tibetanica gewidmet, wenn man so sagen konnte. Er bemerkte mehrere Raritäten, darunter das *Novo Descubrimento de Grao Catayo ou dos Regas de Tibet* von Antonio de Andrada (Lissabon, 1626), Athanasius Kirchers *China* (Antwerpen, 1667), Thévenots *Voyage en Chine des Pères Grueber et d'Orville* und Beligattis *Relazione Inedita di un Viaggio al Tibet.* Er blätterte gerade in diesem Werk, als er Tschangs Blick mit höflicher Neugier auf sich ruhen fühlte. »Sie sind vielleicht ein Gelehrter?« fragte er.

Conway fand es schwer, darauf zu antworten. Seine Tätigkeit in Oxford gab ihm ein gewisses Recht, sie zu bejahen, aber er wußte, daß das Wort zwar aus dem Munde eines Chinesen das höchste Kompliment war, jedoch für englische Ohren einen leicht überheblichen Klang hatte, und hauptsächlich aus Rücksicht auf seine Gefährten widersprach er. Er sagte: »Ich lese natürlich gern, aber meine Arbeit während der letzten Jahre hat mir nicht viel Gelegenheiten zu einem Gelehrtendasein gegeben.«

»Aber Sie erstreben es?«

»Das ist zuviel gesagt, aber ich bin mir gewiß seiner Vorzüge bewußt.«

Mallinson, der ein Buch in die Hand genommen hatte, unterbrach ihn: »Hier ist etwas für Ihr Gelehrtendasein, Conway. Eine Landkarte dieses Gebiets.«

»Wir besitzen eine Sammlung von mehreren hundert Karten«, sagte Tschang. »Sie stehen Ihnen alle zur freien Verfügung, aber vielleicht kann ich Ihnen in einem Punkt Mühe ersparen. Sie werden Shangri-La in keiner einzigen verzeichnet finden.«

»Merkwürdig«, bemerkte Conway. »Ich wüßte gern, warum.«

»Das hat einen guten Grund, doch bedauere ich, nicht mehr sagen zu können.«

Conway lächelte, aber Mallinson machte wieder ein mürrisches Gesicht. »Noch mehr Geheimnisse«, sagte er. »Bisher haben wir nicht viel gesehen, was sich zu verbergen lohnte.«

Miss Brinklow erwachte plötzlich aus der stummen Selbstvergessenheit. »Werden Sie uns denn nicht die Lamas bei der Arbeit zeigen?« flötete sie in einem Ton, mit dem sie schon manchen Thomas Cook-Reisebegleiter eingeschüchtert haben mußte. Man hatte auch das Gefühl, daß ihr Kopf wahrscheinlich voll war mit nebelhaften Vorstellungen von einheimischer Handwerkskunst – dem Weben von Gebetsmatten oder sonst etwas malerisch Urtümlichem, wovon sie dann zu Hause erzählen könnte. Sie besaß eine außerordentliche Gabe, nie sehr überrascht, aber immer ein klein wenig entrüstet zu erscheinen – eine Kombination von Angewohnheiten, die nicht im geringsten in Unordnung geriet, als Tschang antwortete: »Ich muß, so leid es mir tut, sagen, daß das unmöglich ist. Die Lamas zeigen sich niemals – oder ich sollte vielleicht sagen, nur sehr selten – Nichtangehörigen des Lamatums.«

»Ich schätze, da werden wir wohl auf sie verzichten müssen«, sagte Barnard. »Aber ich finde das wirklich jammerschade. Sie können sich gar nicht vorstellen, wie gern ich Ihrem Häuptling die Hand geschüttelt hätte.«

Tschang nahm die Bemerkung mit wohlwollendem Ernst entgegen. Miss Brinklow ließ sich jedoch noch nicht ablenken. »Was tun die Lamas eigentlich?« fuhr sie fort.

»Sie widmen sich der Betrachtung, Madam, und dem Streben nach Weisheit.«

»Aber das ist doch keine *Tätigkeit.*«

»In dem Falle also, Madam, tun sie nichts.«

»Das dachte ich mir.« Sie ergriff die Gelegenheit, ihre Eindrücke zusammenzufassen. »Also, Mr. Tschang, es ist gewiß ein Vergnügen, dies alles zu besichtigen, aber Sie werden mich nicht davon überzeugen, daß eine solche Anstalt etwas wirklich Gutes leistet. Ich ziehe etwas Praktischeres vor.«

»Möchten Sie jetzt Ihren Tee nehmen?«

Conway fragte sich einen Augenblick, ob das ironisch gemeint war, aber das war offenbar nicht der Fall. Der Nachmittag war schnell vergangen, und Tschang besaß, obgleich sehr genügsam beim Essen, die typisch chinesische Vorliebe dafür, häufig und regelmäßig Tee zu trinken. Miss Brinklow gestand übrigens, daß der Besuch von Kunstgalerien und Museen bei ihr stets einen Anflug von Kopfschmerzen verursachte. Die Gesellschaft nahm daher Tschangs Angebot an und folgte ihm durch mehrere Höfe zu einer Szene von ganz unerwarteter und unvergleichlicher Schönheit. Von einem Säulengang führten Stufen in einen Garten hinab, in den ein Lotusteich eingebettet war. Die Blätter lagen so dicht beieinander, daß sie wie ein Fußboden aus feuchten grünen Fliesen aussahen. Um den Rand des Teichs war eine bronzene Menagerie von Löwen, Drachen und Einhörnern aufgestellt, deren stilisierte Wildheit die Friedlichkeit der Umgebung eher betonte als verletzte. Das ganze Bild war so makellos abgestimmt, daß das Auge ohne jede Hast von einem Teil zum anderen wandern konnte; es gab da weder Wetteifer noch Eitelkeit, und selbst der Gipfel des Karakal, einzigartig über den blauen Ziegeldächern, schien sich in den Rahmen dieser ausgesuchten Kunstfertigkeit zu fügen. »Ein hübsches Plätzchen«, bemerkte Barnard, als Tschang sie in einen offenen Pavillon führte, in dem zu Conways weiterem Entzücken ein Spinett und ein moderner Konzertflügel standen. Das erschien ihm in gewisser Weise als die krönende Überraschung dieses ganz erstaunlichen Nachmittags. Tschang beantwortete alle seine Fragen bis zu einer gewissen Grenze mit völliger Offenheit. Die Lamas, so erklärte er, schätzten westliche Musik sehr hoch, besonders die von Mozart. Sie besäßen eine Sammlung aller großen europäischen Kompositionen, und manche seien geübte Spieler auf verschiedenen Instrumenten.

Auf Barnard machte das Transportproblem den größten Eindruck. »Wollen Sie etwa sagen, daß dieses Klavier auf demselben Weg hergeschafft wurde, auf dem wir gestern kamen?«

»Es gibt keinen anderen.«

»Na, das ist ja wirklich großartig! Jetzt nur noch ein Grammophon und ein Radio, und Sie sind komplett eingerichtet. Aber vielleicht sind Sie ja noch nicht mit neuzeitlicher Musik bekannt.«

»O doch, uns wurde davon berichtet. Aber man wies uns auch darauf hin, daß die Berge den Rundfunkempfang unmöglich machen würden. Was ein Grammophon betrifft, wurde der Vorschlag bereits den Leitern vorgelegt, aber sie fanden, daß es damit keine Eile hat.«

»Das würde ich glauben, auch wenn Sie's mir nicht gesagt hätten«, gab Barnard zurück. »Ich schätze, das muß der Wahlspruch Ihres Unternehmens sein – keine Eile.« Er lachte laut, dann fuhr er fort: »Also, wie sieht das dann konkret aus? Nehmen wir an, Ihre Chefs beschließen früher oder später, daß sie *doch* ein Grammophon haben wollen, wie läuft das dann ab? Die Hersteller werden nicht hierherliefern, das ist einmal sicher. Sie müssen einen Agenten in Peking oder Schanghai oder sonstwo haben, und ich wette, das alles kostet einen Haufen Geld, bevor es überhaupt in Ihre Hände gelangt.«

Aber Tschang ließ sich ebensowenig aus der Reserve locken wie bei früheren Gelegenheiten. »Ihre Vermutungen sind sehr intelligent, Mr. Barnard, aber ich fürchte, ich kann nicht auf sie eingehen.«

Da waren sie also wieder einmal soweit, dachte Conway: an der unsichtbaren Grenzlinie zwischen dem, was enthüllt werden durfte, und dem, was geheim bleiben mußte. Er glaubte schon, er könne bald damit beginnen, diese Grenze in Gedanken genau nachzuziehen, aber eine neue Überraschung zwang ihn, diese Überlegung vorerst zu vertagen. Denn Diener brachten bereits die flachen Schalen duftenden Tees, und zugleich mit den beweglichen, schlankgliedrigen Tibetanern war auch ganz unauffällig ein Mädchen in chinesischer Tracht eingetreten. Sie ging geradewegs zu dem Spinett und begann, eine Gavotte von Rameau zu spielen. Das erste bezaubernde Zirpen erweckte in Conway ein Entzücken, das sein Erstaunen weit übertraf. Diese silbrigen Weisen aus dem Frankreich des achtzehnten Jahrhunderts schienen an Eleganz den Sung-Vasen, den exquisiten Lackarbeiten und dem Lotusteich dort drüben gleichzukommen; derselbe dem Tode trotzende Duft umschwebte sie und verlieh etwas von ihrer Unsterblichkeit an eine Zeit, der ihr Geist völlig fremd war. Dann wurde Conway auf die Spielerin aufmerksam. Sie hatte die lange, schmale Nase, die hohen Backenknochen und die Eierschalenblässe der Mandschu. Ihr schwarzes Haar war straff zurückgenommen und geflochten; sie sah sehr vollendet aus und wirkte wie eine Miniatur. Ihr Mund glich einer blaßroten Windenblüte; sie saß ganz still, nur die schmalen Hände mit den langen Fingern bewegten sich. Sobald die Gavotte zu Ende war, machte sie eine kleine Verbeugung und ging.

Tschang lächelte ihr nach und wandte sich dann mit einem Anschein persönlichen Triumphs an Conway.

»Es gefiel Ihnen?« fragte er.

»Wer ist sie?« fragte Mallinson, bevor Conway antworten konnte.

»Ihr Name ist Lo-Tsen. Sie besitzt große Geschicklichkeit auf westlichen Tasteninstrumenten. Wie ich hat auch sie noch nicht die letzten Weihen erlangt.«

»Das will ich meinen!« rief Miss Brinklow. »Sie sieht kaum älter aus als ein Kind. Sie haben also auch weibliche Lamas?«

»Wir machen keine Unterschiede zwischen den Geschlechtern.«

»Außerordentliche Sache, diese Lamaschaft bei euch«, bemerkte Mallinson nach einer Pause von oben herab. Schweigend trank man den Tee zu Ende. Die Töne des Spinetts schienen in der Luft noch nachzuklingen und alle in einem seltsamen Bann zu halten. Alsbald erklärte Tschang, während er die Gesellschaft aus dem Pavillon führte, er hoffe, daß ihnen der Rundgang gefallen habe. Conway, der für die anderen antwortete, tauschte die üblichen Höflichkeiten mit ihm aus. Tschang beteuerte ihnen, das Vergnügen sei durchaus auf seiner Seite gewesen, und gab der Erwartung Ausdruck, sie würden während ihres Aufenthalts den Musikraum und die Bücherei ganz als die ihren betrachten. Conway dankte ihm abermals aufrichtig. »Aber was werden die Lamas dazu sagen?« fügte er hinzu. »Benutzen sie sie selbst nie?«

»Sie räumen ihren geehrten Gästen mit Vergnügen den Platz.«

»Na, das nenne ich wirklich nett«, sagte Barnard. »Und außerdem zeigt es endlich mal, daß diese Lamas wirklich wissen, daß es uns gibt. Das ist jedenfalls ein Schritt vorwärts, da fühle ich mich gleich viel mehr zu Hause. Sie sind hier jedenfalls prima eingerichtet, Tschang. Und Ihre Kleine spielt fabelhaft Klavier. Wie alt ist sie eigentlich?«

»Ich fürchte, daß ich Ihnen das nicht sagen kann.«

Barnard lachte. »Sie verraten das Alter einer Dame nicht, was?«

»Erraten!« antwortete Tschang mit einem leicht überschatteten Lächeln.

An diesem Abend fand Conway nach dem Abendessen einen Vorwand, die anderen allein zu lassen und in die stillen, in Mondlicht getauchten Höfe hinauszuschlendern. Shangri-La war um diese Zeit hinreißend, verzaubert vom Geheimnis, das im Kern aller Schönheit ruht. Die Luft war kalt und still. Der mächtige Spitzturm des Karakal erschien viel näher als bei Tageslicht. Conway fühlte sich körperlich wohl, emotional zufrieden und im Geiste ruhig. Aber in seinem Verstand, der nicht ganz dasselbe war wie der Geist, regte sich etwas. Er stand vor einem Rätsel. Die Grenzlinie des Geheimnisvollen, die er zu bestimmen begonnen hatte, hob sich schärfer ab, aber nur, um die Unerforschlichkeit dessen, was dahinter lag, zu enthüllen. Die ganze Folge der erstaunlichen Erlebnisse, die er und seine drei unfreiwilligen Gefährten gehabt hatten, wurde ihm nun auf eine gewisse Art klarer. Noch verstand er sie nicht, aber er glaubte fest, daß es möglich war, sie zu verstehen.

Er schritt durch einen Kreuzgang und gelangte auf die Terrasse, die über das Tal hinausragte. Ein Duft von Tuberosen überwältigte ihn geradezu und weckte viele zarte Assoziationen; in China nannte man ihn den »Duft des Mondscheins«. Es kam ihm der wunderliche Gedanke, daß das Mondlicht, wenn es einen Klang hätte, sehr gut so klingen könnte wie die Rameau-Gavotte, die er gerade eben gehört hatte, und das erinnerte ihn an die kleine Mandschu. Er wäre von selbst nicht auf den Gedanken gekommen, daß Frauen in Shangri-La sein könnten; man verband ihre Anwesenheit nicht mit dem Begriff des Klosterlebens. Andererseits war es vielleicht keine unangenehme Neuerung; eine Spinettspielerin war wohl ein Gewinn für jede Gemeinschaft, die es sich, mit Tschangs Worten ausgedrückt, gestattete, »gemäßigt ketzerisch« zu sein.

Er blickte über den Rand in die blauschwarze Leere. Der Abgrund war gespenstisch; vielleicht gar mehr als zwölfhundert Meter tief. Ob man ihm wohl gestatten würde hinabzusteigen, um die Bewohner des Tals zu studieren, von dem die Rede gewesen war? Diese seltsame Kulturinsel, versteckt zwischen unerforschten Bergketten und beherrscht von einer undurchsichtigen Theokratie, interessierte ihn als Historiker, ganz abgesehen von den seltsamen, aber vielleicht wesensverwandten Geheimnissen des Lamaklosters.

Plötzlich trug ein Windhauch Laute von weit unten herauf. Angespannt lauschend erkannte er Gongs und Trompeten und außerdem (wenn auch vielleicht nur in seiner Einbildung) vielstimmigen Klagegesang. Dann verklang alles, als der Wind sich drehte, kam wieder und schwand abermals. Aber die Andeutung von Leben und Belebtheit in diesen verschleierten Tiefen erhöhte nur noch die strenge Abgeklärtheit von Shangri-La. Über seinen einsamen Höfen und bleichen Pavillons lag eine Ruhe, aus der die Hast und Sorge des Daseins verebbt waren; alles schien gedämpft zu sein, als wagten die Sekunden kaum vorbeizugleiten. Dann bemerkte er in einem Fenster hoch über der Terrasse den rosiggoldenen Lichtschein einer Laterne. Widmeten sich etwa dort die Lamas der Meditation und dem Streben nach Weisheit, und waren diese Andachten eben jetzt in Gang? Es schien, als könne er dieses Problem nur dadurch lösen, daß er durch die nächste Tür einträte und durch Galerien und Gänge forschte, bis er der Wahrheit auf den Grund käme; aber er wußte, daß eine solche Freiheit illusorisch war und in Wirklichkeit jeder seiner Schritte beobachtet wurde. Zwei Tibetaner waren auf weichen Sohlen über die Terrasse gekommen und verweilten nahe der Brüstung. Dem Aussehen nach gutmütige Kerle, die ihre bunten Mäntel nachlässig über die nackte Schulter geworfen hatten. Die leisen Töne von Gongs und Trompeten drangen wieder herauf, und Conway hörte den einen Mann den anderen etwas fragen. Als Antwort kam: »Sie haben Talu begraben.« Conway, der nur geringe Kenntnis des Tibetanischen besaß, hoffte, sie würden weitersprechen. Einer einzelnen Bemerkung konnte er nicht viel entnehmen. Nach einer Pause setzte der Fragende, der nicht zu hören war, das Gespräch fort. Die Antworten aber konnte Conway hören und ungefähr verstehen:

»Er starb draußen.«

»Er gehorchte den Hohen von Shangri-La.«

»Er kam durch die Luft über die großen Berge auf einem Vogel, der ihn trug.«

»Er hat auch Fremde gebracht.«

»Talu fürchtete sich weder vor dem Wind noch vor der Kälte draußen.«

»Obwohl er vor langer Zeit nach draußen ging, erinnert sich das Tal des Blauen Mondes immer noch an ihn.«

Weiter wurde nichts gesprochen, was Conway hätte verstehen können, und nachdem er noch eine Weile gewartet hatte, ging er zurück in sein Quartier. Das Gehörte hatte genügt, um ihm einen weiteren Schlüssel zu dem Geheimnis zu liefern, und dieser Schlüssel paßte so gut, daß Conway sich fragte, warum er ihn nicht schon längst durch eigenes Überlegen gefunden hatte. Der Gedanke war ihm natürlich durch den Kopf gegangen, doch er hatte ihn voreilig als zu phantastisch und vernunftwidrig verworfen. Nun erkannte er, daß diese Vernunftwidrigkeit, so phantastisch sie auch war, als gegeben hingenommen werden mußte. Der Flug von Baskul hierher war nicht das sinnlose Abenteuer eines Wahnsinnigen gewesen. Er war sorgfältig geplant, vorbereitet und auf Betreiben von Shangri-La ausgeführt worden. Die Menschen hier kannten den toten Piloten beim Namen; er war in gewissem Sinn einer der Ihren gewesen; sein Tod wurde betrauert. Alles deutete auf einen höheren leitenden Geist, der seine eigenen Zwecke verfolgte; ein einziger großer Bogen der Absicht überspannte sozusagen die unerklärlichen Stunden und Meilen. Was aber *war* diese Absicht? Aus welchem unerfindlichen Grund waren vier zufällige Passagiere eines britischen Regierungsflugzeugs in diese Einöden des Transhimalaya entführt worden?

Conway stand einigermaßen ratlos vor dieser Frage,

betrachtete sie aber keineswegs nur mit Mißfallen. Sie forderte ihn auf die einzige Art heraus, auf die er sich bereitwillig herausfordern ließ – indem sie nämlich eine gewisse Geistesklarheit ansprach, die nur nach einer entsprechenden Aufgabe verlangte. Eines entschied er sofort: Der kalte Freudenschauer der Entdeckung durfte noch nicht mitgeteilt werden – weder seinen Gefährten, die ihm nicht helfen konnten, noch seinen Gastgebern, die ihm zweifellos nicht helfen wollten.

# Sechstes Kapitel

Ich schätze, manche Leute müssen sich an schlimmere Orte gewöhnen«, bemerkte Barnard gegen Ende seiner ersten Woche in Shangri-La, und diese Erkenntnis war zweifellos eine der vielen Lehren, die man aus dem Aufenthalt hier ziehen konnte. Die Gesellschaft hatte sich mittlerweile auf eine Art festen Tagesablauf eingestellt, und mit Tschangs Unterstützung war die Langeweile nicht größer als bei so manchem geplanten Urlaubsaufenthalt. Sie hatten sich alle an die dünne Höhenluft gewöhnt und fanden sie sogar belebend, solange man größere Anstrengungen vermied. Sie hatten gelernt, daß die Tage warm und die Nächte kalt waren, daß das Kloster fast völlig vor Winden geschützt lag, daß die Lawinen auf dem Karakal meist zu Mittag niedergingen, daß im Tal eine recht gute Tabaksorte angebaut wurde, daß manche Speisen und Getränke angenehmer schmeckten als andere und daß jeder von ihnen seine ausgeprägten Vorlieben und Eigenheiten besaß. Sie hatten sich, kurz gesagt, so gut kennengelernt wie vier neue Schüler einer Schule, in der geheimnisvollerweise alle anderen Schüler fehlten. Tschang zeigte sich unermüdlich in seinem Bemühen, alles so angenehm wie möglich zu gestalten. Er führte sie auf Ausflügen, regte Beschäftigungen an, empfahl Bücher, plauderte mit seiner bedächtigen Geläufigkeit, wann immer bei den Mahlzeiten betretene Stille herrschte, und war bei jeder Gelegenheit wohlwollend, höflich und einfallsreich. Die Grenzlinie zwischen willig erteilter und höflich verweigerter Auskunft war so deutlich geworden, daß Ablehnung keinen Groll mehr erregte, außer gelegentlichen Aufwallungen bei Mallinson. Conway beschränkte sich darauf, sich solche Punkte zu merken und auf diese Weise seine immer umfangreicher werdenden Informationen Stück für Stück zu ergänzen. Barnard ulkte sogar mit dem Chinesen nach Art und Tradition einer Rotariertagung im Mittelwesten. »Wissen Sie, Tschang, das ist doch ein verdammt schlechtes Hotel hier. Lassen Sie sich denn nie irgendwelche Zeitungen hierherschicken? Ich würde alle Bücher in Ihrer Bibliothek für die heutige Morgenausgabe der *Herald-Tribune* hergeben.« Tschangs Antworten waren immer ernst, woraus nicht unbedingt folgte, daß er jede Frage ernst nahm. »Wir haben die archivierten Ausgaben der *Times*, Mr. Barnard. Es fehlen lediglich die letzten paar Jahrgänge. Zu meinem Bedauern handelt es sich jedoch nur um die Londoner *Times*.«

Conway erfuhr zu seiner Freude, daß das Tal kein verbotenes Gebiet war, obgleich die Schwierigkeiten des Abstiegs Besuche ohne Führung unmöglich machten. In Gesellschaft Tschangs verbrachten sie alle einen ganzen Tag mit der Besichtigung des grünen Talbodens, der vom Felsrand einen so erfreulichen Anblick bot, und zumindest für Conway war dieser Ausflug von großem Interesse. Sie reisten in Bambussänften, die gefährlich über Abgründen schwangen, während die Träger sich gleichmütig einen Weg entlang der abschüssigen Route suchten. Er war nichts für ängstliche Gemüter, aber als sie endlich in niedrigeren Höhen die Wälder und Vorgebirge erreichten, offenbarte sich überall, wie sehr das Lamakloster vom Glück begünstigt war. Denn das Tal war nicht weniger als ein eingeschlossenes Paradies von erstaunlicher Fruchtbarkeit, in dem der Höhenunterschied von mehreren hundert Metern den ganzen Abstand von der gemäßigten zur tropischen Zone umspannte. Pflanzen von ungewöhnlicher Mannigfaltigkeit wuchsen hier in üppiger Fülle und in unmittelbarer Nachbarschaft heran, kein Zentimeter des Bodens blieb ungenutzt. Die ganze bebaute Fläche erstreckte sich über eine Länge von etwa zwanzig Kilometern, ihre Breite schwankte zwischen anderthalb und acht Kilometern, und obgleich schmal, hatte sie doch das Glück, während des heißesten Teils des Tages im Sonnenlicht zu liegen. Die Luft war sogar im Schatten angenehm warm, doch die kleinen Bäche, die den Boden bewässerten, waren eiskalt, da sie von den Schneefeldern herabkamen. Als er zu der gewaltigen Bergwand hinaufblickte, hatte Conway wieder das Gefühl, daß die Landschaft ein erhabenes und kostbares Moment von Gefahr enthielt. Hätte der Zufall nicht irgendwo eine Barriere errichtet, wäre das ganze Tal offenbar ein See geworden, beständig gespeist von den vergletscherten Höhen ringsum. Statt dessen rieselten lediglich ein paar Bächlein herab, füllten Wasserspeicher und bewässerten Felder und Pflanzungen mit einer disziplinierten Gewissenhaftigkeit, die eines Sanitärinstallateurs würdig gewesen wäre. Die ganze natürliche Anlage war fast unheimlich, so günstig erschien sie, solange die Struktur des Rahmens nicht durch Erdbeben oder Bergstürze verändert würde.

Aber selbst solche unbestimmten Befürchtungen für die Zukunft konnten die ungetrübte Lieblichkeit der Gegenwart nur erhöhen. Wiederum war Conway vollkommen fasziniert, und zwar von derselben Anmut und Originalität, die seine Jahre in China glücklicher gestaltet hatten als die übrigen. Das gewaltige das Tal umschließende Gebirgsmassiv bildete einen perfekten Kontrast zu den winzigen Rasenflächen und unkrautfreien Gärten, den bemalten Teehäusern am Bach und den winzigen Häuschen, die wie Spielzeug aussahen. Die Einwohner schienen ihm eine sehr glückliche Mischung aus Chinesen und Tibetanern zu sein; sie waren reinlicher und hübscher als der Durchschnitt jeder einzelnen dieser beiden Rassen und sahen auch nicht aus, als hätten sie sehr unter der in einer so kleinen Gemeinschaft unvermeidlichen Inzucht gelitten. Sie lächelten und lachten, wenn sie den Fremden in den Sänften begegneten, und wechselten ein freundliches Wort mit Tschang. Es waren gutgelaunte, nur wenig neugierige Menschen, höflich, sorglos und mit unzähligen Arbeiten beschäftigt, ohne sich offenbar allzusehr dabei zu beeilen. Alles in allem, so fand Conway, war es eine der erfreulichsten Gemeinschaften, die er je gesehen hatte, und sogar Miss Brinklow, die nach Anzeichen heidnischer Entartung gesucht hatte, mußte zugeben, daß »oberflächlich« alles sehr gut aussah. Sie stellte mit Erleichterung fest, daß die Eingeborenen »völlig« bekleidet waren, wenn auch die Frauen eng um die Knöchel schließende chinesische Hosen trugen, und ihre mit größtem Spürsinn durchgeführte Untersuchung eines buddhistischen Tempels enthüllte nur wenige Gegenstände, die vielleicht als irgendwie phallisch bezeichnet werden konnten. Tschang erklärte, daß der Tempel seine eigenen Lamas habe, die unter der lokkeren Oberaufsicht Shangri-Las standen, aber nicht demselben Orden angehörten. Es gab offenbar auch einen taoistischen und einen konfuzianischen Tempel weiter unten im Tal. »Der Edelstein hat Facetten«, sagte der Chinese, »und es ist möglich, daß viele Religionen die gemäßigte Wahrheit enthalten.«

»Da stimme ich zu!« sagte Barnard mit Überzeugung. »Ich habe nie etwas von sektiererischen Eifersüchteleien gehalten. Sie sind ein Philosoph, Tschang, ich muß mir merken, was Sie da gesagt haben. ›Viele Religionen enthalten die gemäßigte Wahrheit.‹ Ihr Burschen auf dem Berg da müßt alle ganz schön clever sein, um auf so was zu kommen. Und recht habt ihr auch, da bin ich vollkommen sicher.«

»Aber wir«, erwiderte Tschang versonnen, »sind uns da nur mäßig sicher.«

Miss Brinklow war nicht geneigt, sich mit diesen Dingen abzugeben, die ihr nur Zeichen von ungesunder Trägheit zu sein schienen. Jedenfalls war sie vollauf mit einem eigenen Gedanken beschäftigt. »Wenn ich zurückkehre«, sagte sie mit schmal werdenden Lippen, »werde ich meine Gesellschaft bitten, einen Missionar hierherzusenden, und wenn über die Kosten gemurrt wird, werde ich sie so lange bearbeiten, bis ich eine Zustimmung habe.«

Das war offenbar ein viel gesünderer Geist, und sogar Mallinson, so wenig er auch mit Auslandsmissionen sympathisierte, konnte seine Bewunderung nicht zurückhalten. »Man sollte *Sie* hierherschicken!« sagte er. »Das heißt natürlich, wenn Ihnen ein solcher Ort gefallen würde.«

»Es ist kaum eine Frage des *Gefallens*«, gab Miss Brinklow zurück. »Er würde einem natürlich nicht gefallen – wie könnte er das auch? Es geht vielmehr darum, was man fühlt, tun zu müssen.«

»Ich glaube«, sagte Conway, »wenn ich Missionar wäre, würde ich mir lieber diesen als so manchen anderen Ort aussuchen.«

»In diesem Fall«, sagte Miss Brinklow spitz, »läge selbstverständlich kein Verdienst darin.«

»Ich dachte dabei nicht an Verdienst.«

»Das ist um so trauriger. Es liegt nichts Gutes darin, etwas zu tun, weil man es gern tut. Sehen Sie sich nur diese Leute hier an!«

»Die scheinen alle sehr glücklich zu sein.«

»Ja, *eben*«, antwortete sie mit einer gewissen Heftigkeit und fügte hinzu: »Immerhin kann es nicht schaden, wenn ich damit anfange, daß ich die Sprache lerne. Können Sie mir ein Buch darüber leihen, Mr. Tschang?«

Tschang antwortete so honigsüß, wie er nur konnte. »Ganz gewiß, Madam, mit dem allergrößten Vergnügen. Und wenn ich das sagen darf, dieser Gedanke erscheint mir ganz ausgezeichnet.«

Als sie an diesem Abend wieder nach Shangri-La zurückkehrten, behandelte er die Sache, als wäre sie von dringender Wichtigkeit. Miss Brinklow war zuerst ein wenig eingeschüchtert von dem dicken Wälzer, den ein rühriger Deutscher im neunzehnten Jahrhundert verfaßt hatte (sie hatte sich wahrscheinlich eher ein Bändchen von der Art *1000 Wörter Tibetanisch* vorgestellt), aber mit Hilfe des Chinesen und von Conway ermutigt kam sie gut zurecht, und schon bald konnte man sehen, wie sie ihrer neuen Aufgabe eine verbissene Befriedigung abgewann.

Auch Conway fand viel Interessantes, ganz abgesehen von dem fesselnden Rätsel, dessen Auflösung er sich vorgenommen hatte. Während der warmen, sonnigen Tage machte er ausgiebig Gebrauch von der Bibliothek und dem Musikzimmer und wurde in seinem Eindruck bestärkt, daß die Lamas ganz außergewöhnlich kultiviert waren. Jedenfalls war ihr Geschmack in Büchern allumfassend: Neben Plato auf griechisch stand da eine englische Ausgabe des persischen Dichters Omar, Nietzsche fand sich neben Newton. Thomas Morus war vorhanden, aber auch weniger bekannte Namen wie die fromme Hannah More, der Ire Thomas Moore, der zeitgenössische Dichter George Moore oder gar der Old Moore waren vertreten. Conway schätzte die Zahl aller Bände auf zwanzig- bis dreißigtausend und fand es verlockend, über die Art der Auswahl und des Erwerbs der Bücher zu spekulieren. Er versuchte auch herauszufinden, von wann die jüngsten Erwerbungen stammten, stieß dabei aber auf nichts Neueres als eine billige Ausgabe von *Im Westen nichts Neues.* Bei einem späteren Besuch der Bibliothek jedoch erklärte ihm Tschang, daß es weitere Bücher gebe, von denen die jüngsten Mitte 1930 erschienen seien. Diese Bücher seien bereits im Kloster eingetroffen und würden ohne Zweifel früher oder später in die Regale eingeordnet werden. »Wie Sie sehen, halten wir uns so ziemlich auf dem laufenden«, kommentierte er.

»Es gibt Leute, die Ihnen darin kaum beipflichten würden«, entgegnete Conway mit einem Lächeln. »Seit dem letzten Jahr ist nämlich ganz schön viel passiert in der Welt.«

»Nichts von Bedeutung, mein werter Herr, was sich nicht 1920 hätte voraussehen lassen oder was 1940 nicht besser verstanden würde.«

»Sie interessieren sich also nicht für die neueste Entwicklung der weltweiten Krise?«

»Mein Interesse wird sehr tief gehen – wenn die Zeit dafür gekommen ist.«

»Wissen Sie, Tschang, ich glaube, ich fange an, Sie zu verstehen. Sie sind auf eine andere Geschwindigkeit eingestellt, das ist's. Zeit bedeutet Ihnen weniger als den meisten Menschen. Wäre ich in London, so wäre ich auch nicht immer darauf erpicht, die neueste, eine Stunde alte Zeitung zu sehen, und Ihr in Shangri-La seid ebensowenig erpicht auf eine vom vorigen Jahr. Beide Haltungen erscheinen mir ganz vernünftig. Übrigens, wie lange ist es her, daß Sie das letzte Mal Besucher hier hatten?«

»Das zu sagen, Mr. Conway, bin ich zu meinem Bedauern nicht in der Lage.«

Es war der übliche Abschluß eines Gesprächs, aber Conway fand ihn weniger irritierend als das entgegengesetzte Phänomen, unter dem er zeit seines Lebens genug gelitten hatte, nämlich das Gespräch, das all seinen Bemühungen zum Trotz kein Ende zu nehmen schien. Tschang gefiel ihm immer besser, je öfter sie zusammenkamen. Es war ihm aber immer noch rätselhaft, warum er so wenigen Bewohnern des Lamaklosters begegnete. Selbst wenn man annahm, daß die Lamas selbst unnahbar waren, gab es denn nicht auch andere Anwärter außer Tschang?

Da war natürlich die kleine Mandschu. Er sah sie manchmal im Musikzimmer, aber sie sprach kein Englisch, und er war noch immer nicht gewillt, seine Kenntnis des Chinesischen zu enthüllen. Er konnte nicht genau sagen, ob sie nur zum Vergnügen musizierte oder ob sie die Musik studierte. Ihr Spiel wie auch ihr ganzes Benehmen waren von erlesener Vollendung, und ihre Wahl fiel stets auf die formstrengeren Kompositionen – auf Stücke von Bach, Corelli, Scarlatti und gelegentlich Mozart. Sie zog das Spinett dem Klavier vor, aber wenn Conway sich an den Flügel setzte, lauschte sie mit ernster und geradezu pflichtbewußter Anerkennung. Es war unmöglich zu erkennen, was in ihrem Geist vorging, und selbst ihr Alter zu bestimmen fiel schwer. Er hätte sie in keinem Fall älter als dreißig oder jünger als dreizehn geschätzt. Doch obwohl beides gleichermaßen unwahrscheinlich erschien, war merkwürdigerweise weder das eine noch das andere ganz von der Hand zu weisen.

Mallinson, der manchmal kam, um zuzuhören, weil er nichts Besseres zu tun fand, zerbrach sich über sie den

Kopf. »Ich kann mir einfach nicht vorstellen, was sie hier verloren hat«, sagte er mehrmals zu Conway. »Dieses Lamatum mag ja für einen alten Knaben wie Tschang ganz in Ordnung sein, aber was findet ein junges Mädchen daran? Wie lange sie wohl schon hier ist?«

»Das frage ich mich auch, aber es gehört offenbar zu den Dingen, die man uns nicht sagen wird.«

»Glauben Sie, daß sie *gern* hier ist?«

»Ich muß sagen, daß es nicht so aussieht, als wäre sie *ungern* hier.«

»Wenn es danach geht, sieht es nicht so aus, als hätte sie irgendwelche Gefühle. Sie ist wie eine kleine Puppe aus Elfenbein und nicht wie ein menschliches Wesen.«

»Das ist doch immerhin etwas sehr Reizendes.«

»Wenn man das überhaupt reizend finden kann.«

Conway lächelte. »In diesem Falle kann man das, Mallinson, wenn Sie mal darüber nachdenken. Schließlich hat die Elfenbeinpuppe Manieren, guten Geschmack in Kleidern, ein attraktives Äußeres, einen sehr netten Anschlag auf dem Spinett, und sie bewegt sich nicht durch ein Zimmer, als wäre sie auf einem Hockeyfeld. Soweit ich mich erinnere, gibt es in Westeuropa eine außerordentlich große Zahl von weiblichen Wesen, denen diese Vorzüge fehlen.«

»Was Frauen anbelangt, sind Sie ein schrecklicher Zyniker, Conway.«

Conway war diese Beschuldigung gewohnt. Er hatte nicht gerade sehr viel mit Frauen zu tun gehabt, und während gelegentlicher Urlaube in indischen Erholungsorten in den Bergen war der Ruf eines Zynikers ebenso leicht aufrechtzuerhalten gewesen wie irgendein anderer. In Wirklichkeit hatte er mehrere sehr schöne Freundschaften mit Frauen gehabt, die ihn nur allzu gern geheiratet hätten, wenn er sie gefragt hätte – aber er hatte sie nicht gefragt. Einmal war es sogar fast bis zu einer Verlobungsanzeige in der *Morning Post* gekommen, aber das Mädchen hatte nicht in Peking leben wollen und er nicht in Tunbridge Wells: Abneigungen, die sich letzten Endes als unversöhnlich erwiesen hatten. Soweit er überhaupt Erfahrungen mit Frauen gemacht hatte, waren diese zögerlich, häufig unterbrochen und einigermaßen ergebnislos gewesen, aber bei alledem war er kein Zyniker, was Frauen betraf.

»Ich bin siebenunddreißig«, sagte er und lachte, »und Sie sind vierundzwanzig, das ist der ganze Unterschied.«

Nach einer Pause fragte Mallinson plötzlich: »Oh, übrigens, für wie alt würden Sie Tschang halten?«

»Irgendwas zwischen neunundvierzig und hundertneunundvierzig«, erwiderte Conway leichthin.

Solche Informationen waren jedoch weniger verläßlich als vieles andere, was den Neulingen durchaus zugänglich war. Der Umstand, daß ihre Neugier manchmal unbefriedigt blieb, überschattete bisweilen ein wenig die wirklich ungeheure Fülle von Einzelheiten, die Tschang ihnen jederzeit bereitwillig lieferte. Es gab zum Beispiel keine Heimlichtuerei über die Sitten und Gebräuche der Talbevölkerung, und Conway, der sich dafür interessierte, führte lange Gespräche, die sich zu einer ganz brauchbaren Dissertation hätten verarbeiten lassen. Als politisch interessierter Mensch wollte er vor allem wissen, wie die Talbevölkerung regiert wurde. Bei näherer Betrachtung stellte er fest, daß er es hier mit einer relativ lockeren und flexibel gehandhabten Autokratie zu tun hatte, die vom Lamakloster mit einem fast nachlässigen Wohlwollen ausgeübt wurde. Tatsächlich hatte sie sich als sehr erfolgreich erwiesen, wie jeder neue Abstieg in dieses fruchtbare Paradies immer deutlicher zeigte. Worauf allerdings Recht und Ordnung endlich beruhten, war Conway ein Rätsel; es schien weder Militär noch Polizei zu geben, und doch mußte irgendeine Art von Vorsorge gegen Unverbesserliche getroffen sein. Tschang erwiderte, daß Verbrechen sehr selten seien, teils weil nur wirklich ernste Missetaten als Verbrechen angesehen würden und teils weil jeder einzelne alles, was er vernünftigerweise begehren könne, in ausreichendem Maß genieße. Als letztes Mittel seien die direkt dem Kloster untergeordneten Diener ermächtigt, einen Übeltäter aus dem Tal zu verbannen. Dies werde allerdings für die höchste und allerschrecklichste Strafe gehalten und nur sehr selten angewendet. Aber der wesentliche Faktor bei der Verwaltung des Tals des Blauen Mondes, so fuhr Tschang fort, liege in der Einimpfung guter Manieren, durch die die Menschen ein sicheres Gefühl dafür bekamen, daß man gewisse Dinge einfach nicht tue und an gesellschaftlichem Ansehen verliere, wenn man sie tue. »Ihr Engländer erzieht eure jungen Leute zu demselben Gefühl«, sagte Tschang, »aber ich fürchte, nicht in bezug auf dieselben Dinge. Die Bewohner unseres Tals fühlen zum Beispiel, daß es sich nicht gehört, ungastlich gegen Fremde zu sein, einen Meinungsstreit mit persönlichen Ausfälligkeiten auszutragen oder untereinander um Vorrang zu kämpfen. Der Gedanke, sich an dem zu erfreuen, was eure Schuldirektoren das Nachahmen des Kriegstreibens auf dem Spielfeld nennen, erschiene unseren Leuten als vollkommen barbarisch, ja, als eine ganz mutwillige Erregung aller niedrigen Triebe.«

Conway fragte, ob es niemals Streit um Frauen gebe.

»Nur sehr selten, denn es gilt als unschicklich, eine Frau zu nehmen, die ein anderer Mann begehrt.«

»Angenommen, jemand begehrt sie so stark, daß es ihn einen Dreck schert, ob es schicklich ist oder nicht.«

»Dann, mein werter Herr, wäre es für den anderen schicklich zurückzutreten und für die Frau, gleichermaßen entgegenkommend zu sein. Sie wären erstaunt zu sehen, wie ein wenig Höflichkeit von seiten aller Beteiligten dazu beiträgt, solche Probleme aus dem Weg zu räumen.«

Tatsächlich fand Conway bei seinen Besuchen im Tal einen Geist des guten Willens und der Selbstbescheidung vor, der ihm um so mehr gefiel, als er wußte, daß unter allen Künsten die des Regierens bislang am wenigsten zur Vollkommenheit gebracht worden war. Als er darüber jedoch eine höflich lobende Bemerkung machte, erwiderte Tschang: »Ach! Aber sehen Sie, wir glauben, daß gutes Regieren bedeutet, daß man nicht zuviel regiert.«

»Und doch haben Sie keine demokratischen Einrichtungen – Wahlen und so weiter?«

»O nein. Unsere Leute wären ziemlich schockiert, wenn sie plötzlich erklären müßten, daß eine Politik völlig richtig und eine andere völlig falsch sei.«

Conway lächelte. Er fand diese Einstellung auf seltsame Weise sympathisch.

Inzwischen gewann Miss Brinklow dem Studium des Tibetanischen ihre eigene Art von Befriedigung ab, Mallinson war ungeduldig und murrte, und Barnard verharrte in einem Gleichmut, der, ob er nun echt war oder geheuchelt, gleichermaßen bemerkenswert erschien.

»Um Ihnen die Wahrheit zu gestehen«, sagte Mallinson, »die Gutgelauntheit dieses Menschen fängt an mir auf den Geist zu gehen. Ich kann es verstehen, daß er versucht, gute Miene zum bösen Spiel zu machen. Aber dieses beständige Witzereißen fällt mir langsam auf die Nerven. Wenn wir nicht aufpassen, wird er hier bald das große Wort führen.«

Auch Conway hatte sich schon manchmal über die Leichtigkeit gewundert, mit der der Amerikaner sich in die Lage gefunden hatte. Nun antwortete er: »Ist es nicht im Grunde ein *Glück* für uns, daß er sich mit allem abfindet?«

»Ich für meinen Teil finde es verdächtig. Was *wissen* Sie denn eigentlich über ihn, Conway? Ich meine, wer er ist und so?«

»Ich weiß nicht viel mehr als Sie. Soviel ich hörte, kam er aus Persien, wo er angeblich nach Ölvorkommen gesucht hat. Es ist nun einmal seine Art, die Dinge leichtzunehmen – als die Evakuierung angeordnet wurde, konnte ich ihn nur mit aller Mühe dazu überreden, sich uns anzuschließen. Er willigte erst ein, als ich ihm sagte, daß ein amerikanischer Paß keine Kugel aufhalten würde.«

»Oh, haben Sie seinen Paß übrigens je gesehen?«

»Wahrscheinlich, aber ich kann mich nicht mehr so genau erinnern. Wieso?«

Mallinson lachte. »Ich fürchte, Sie werden glauben, daß ich mich um Sachen kümmere, die mich nichts angehen, aber warum sollte ich das eigentlich auch nicht? Zwei Monate Aufenthalt hier müssen doch zwangsläufig alle unsere Geheimnisse zum Vorschein bringen, falls wir welche haben. Aber glauben Sie mir, es war reiner Zufall, und ich habe natürlich zu niemandem ein Wort verlauten lassen. Eigentlich wollte ich es nicht einmal Ihnen sagen. Aber da wir nun doch auf dieses Thema gekommen sind, kann ich's genausogut tun.«

»Ja, natürlich, aber ich möchte endlich wissen, wovon Sie reden.«

»Nur davon, daß Barnard mit einem gefälschten Paß reiste und gar nicht Barnard ist.«

Conways hochgezogene Augenbrauen verrieten Interesse, aber keineswegs Besorgnis. Er konnte Barnard gut leiden, soweit der Mann überhaupt Gefühle in ihm auslöste, aber es lag ihm wirklich völlig fern, sich ernstlich Sorgen darüber zu machen, wer dieser Mann war. Er sagte: »Wer ist er also Ihrer Meinung nach?«

»Chalmers Bryant.«

»Was zum Kuckuck bringt Sie denn auf die Idee?«

»Er hat heute vormittag ein Notizbuch verloren. Tschang fand es und gab es mir, weil er glaubte, es gehöre mir. Ich sah zwangsläufig, daß es mit Zeitungsausschnitten vollgestopft war – einige fielen heraus, als ich das Ding in den Händen drehte, und ich gebe gern zu, daß ich sie mir ansah. Schließlich sind Zeitungsausschnitte nichts Privates oder sollten es zumindest nicht sein. Sie handelten alle von Bryant und der Suche nach ihm. Und auf einem war das Foto eines Mannes, der bis auf den Schnurrbart genauso aussah wie Barnard.«

»Haben Sie Barnard selbst etwas von Ihrer Entdekkung erzählt?«

»Nein, ich gab ihm nur sein Eigentum zurück, ohne Kommentar.«

»Also die ganze Sache gründet sich allein darauf, daß Sie ein Zeitungsfoto erkannten?«

»Ja, bisher schon.«

»Ich glaube nicht, daß mir das genügen würde, um irgendwen zu verurteilen. Natürlich könnten Sie recht haben. Ich behaupte gar nicht, daß er *unmöglich* Bryant sein kann. Wenn er's wäre, würde das ziemlich gut erklären, warum er so zufrieden ist, hier zu sein; er hätte kaum ein besseres Versteck finden können.«

Mallinson zeigte sich ein wenig enttäuscht von dieser gelassenen Reaktion auf eine Neuigkeit, die er selbst offenbar für höchst sensationell hielt. »Nun, was werden Sie jetzt in der Sache unternehmen?« fragte er.

Conway dachte einen Augenblick nach und antwortete dann: »Ich weiß es nicht genau. Wahrscheinlich gar nichts. Was *kann* man da überhaupt unternehmen?«

»Aber verdammt noch mal, wenn der Mann nun wirklich Bryant *ist* –«

»Mein lieber Mallinson, selbst wenn der Mann Nero wäre, dürfte das für uns im Moment keinen Unterschied machen. Heiliger oder Verbrecher – solange wir hier sind, müssen wir so gut wie möglich miteinander auskommen. Und ich sehe nicht, was es nützen könnte, den starken Mann zu markieren. Wäre mir schon in Baskul ein Verdacht gekommen, hätte ich selbstverständlich versucht, deswegen mit Delhi in Verbindung zu treten. Ich wäre von Amts wegen dazu verpflichtet gewesen. Jetzt aber kann ich doch wohl für mich in beanspruchen, nicht im Dienst zu sein.«

»Meinen Sie nicht, daß das eine etwas schlampige Einstellung ist?«

»Es ist mir gleich, ob sie schlampig ist, solange sie vernünftig ist.«

»Sie raten mir also, daß ich vergessen soll, was ich entdeckt habe?«

»Das können Sie wahrscheinlich nicht, aber ich glaube tatsächlich, daß jeder von uns seine Meinung darüber für sich behalten könnte. Nicht aus Rücksicht auf Barnard oder Bryant oder wer er auch sei, sondern um uns eine verdammt unangenehme Situation zu ersparen, wenn wir von hier wegkommen.«

»Sie meinen, wir sollten ihn laufen lassen?«

»Na, ich möchte es ein wenig anders ausdrücken und sagen, wir sollten anderen Leuten das Vergnügen überlassen, ihn zu erwischen. Wenn man ein paar Monate ganz gesellig mit einem Menschen zusammengelebt hat, erscheint es doch ein wenig unpassend, nach den Handschellen zu rufen.«

»Damit bin ich nicht einverstanden. Der Mann ist nichts anderes als ein Dieb großen Stils – ich kenne eine Menge Leute, die durch ihn ihr Geld verloren haben.«

Conway zuckte die Achseln. Er bewunderte die einfachen Schwarz-Weiß-Regeln Mallinsons. Diese englische Privatschulethik mochte etwas grobschlächtig sein, aber sie war wenigstens geradlinig. Wenn ein Mensch das Gesetz übertrat, war es jedermanns Pflicht, ihn der Gerechtigkeit auszuliefern – immer vorausgesetzt, daß es die Art von Gesetz war, deren Übertretung nicht gestattet war. Und das Gesetz, das sich auf Schecks und Aktien und Bilanzen bezog, war ganz entschieden von dieser Art. Bryant hatte es übertreten, und obgleich Conway sich nicht besonders für den Fall interessiert hatte, erinnerte er sich doch dunkel, daß es eine recht schwerwiegende Sache gewesen sein mußte. Er wußte nur, daß der Bankrott der riesigen Bryant-Gruppe in New York Verluste von etwa hundert Millionen Dollar verursacht hatte – ein Rekordkrach, sogar in einer Welt, die vor Rekorden nur so troff. Auf irgendeine Weise (Conway war kein Finanzfachmann) hatte Bryant irgend etwas an der Wall Street manipuliert, und die Folge davon waren ein Haftbefehl gegen ihn, seine Flucht nach Europa und Auslieferungsanträge gegen ihn an ein halbes Dutzend Länder gewesen.

Er sagte abschließend: »Also, wenn Sie meinen Rat annehmen wollen, lassen Sie nichts darüber verlauten – nicht ihm zuliebe, sondern uns zuliebe. Sie können natürlich tun, was Sie für richtig halten, nur vergessen Sie die Möglichkeit nicht, daß er vielleicht gar nicht der Mann ist, für den Sie ihn halten.«

Er war es aber, und die Enthüllung erfolgte am selben Abend nach dem Essen. Tschang war soeben gegangen.

Miss Brinklow hatte sich ihrer tibetanischen Grammatik zugewendet, und die drei Männer saßen einander bei Kaffee und Zigarren gegenüber. Das Gespräch während der Mahlzeit wäre ohne den Takt und die Liebenswürdigkeit des Chinesen mehr als einmal eingeschlafen. Nun, nachdem er gegangen war, machte sich ein unbehagliches Schweigen breit. Barnard waren diesmal die Witze ausgegangen. Conway war klar, daß es über Mallinsons Kraft ging, den Amerikaner zu behandeln, als wäre nichts geschehen, und es war ebenso klar, daß Barnard zu klug war, um nicht zu merken, daß etwas geschehen war.

Plötzlich warf der Amerikaner seine Zigarre weg. »Ich schätze, ihr wißt alle, wer ich bin«, sagte er.

Mallinson errötete wie ein junges Mädchen, aber Conway erwiderte in demselben ruhigen Ton: »Ja, Mallinson und ich glauben, wir wissen es.«

»Verdammt nachlässig von mir, diese Zeitungsausschnitte herumliegen zu lassen!«

»Wir sind alle irgendwann mal nachlässig.«

»Na, Sie nehmen's ja sehr ruhig auf, immerhin.«

Es folgte wieder ein Schweigen, das nach einer Weile von Miss Brinklows schriller Stimme unterbrochen wurde. »*Ich* weiß bestimmt nicht, wer Sie sind, Mr. Barnard, obwohl ich sagen muß, daß ich die ganze Zeit vermutet habe, daß Sie inkognito reisen.« Alle sahen sie fragend an, und sie fuhr fort: »Ich erinnere mich, wie Mr. Conway sagte, unsere Namen würden in den Zeitungen stehen, und Sie antworteten, das berühre Sie nicht. Ich dachte mir damals, daß Barnard wahrscheinlich nicht Ihr richtiger Name sei.«

Der Missetäter lächelte bedächtig, während er sich eine neue Zigarre anzündete. »Madam«, sagte er dann, »Sie sind nicht nur eine scharfsinnige Detektivin, sondern Sie haben auch eine wirklich höfliche Bezeichnung für meine gegenwärtige Lage gefunden. Ich reise inkognito. Das haben Sie gesagt, und Sie haben verdammt recht damit. Und was euch betrifft, Jungs, tut es mir nicht leid, daß ihr mich entlarvt habt. Solange niemand von euch eine Ahnung hatte, wär's ja gegangen. Aber wenn man bedenkt, in welcher Lage wir jetzt sind, wär's nicht sehr kameradschaftlich, noch weiter auf dem hohen Roß zu sitzen. Ihr Leutchen wart so wahnsinnig nett zu mir, daß ich euch keine großartigen Scherereien machen will. Sieht so aus, als wären wir alle noch für eine kleine Weile aneinandergeschmiedet, auf Gedeih und Verderb, wie man so schön sagt, und es liegt an uns, einander so gut es geht zu helfen. Was dann später geschehen soll – ich schätze, das wird sich schon von selbst ergeben.«

Das alles erschien Conway so ausgesprochen vernünftig, daß er Barnard mit deutlich gewachsenem Interesse, ja fast mit einer Art wirklicher Hochachtung betrachtete, obwohl das in diesem Moment seltsam erscheinen mochte. Es war sonderbar, sich diesen behäbigen, gutmütigen, fast väterlich aussehenden Mann als den größten Schwindler der Welt vorzustellen. Mit nur ein wenig mehr Bildung hätte er viel eher den beliebten Direktor einer amerikanischen Privatschule abgeben können. Hinter seiner Jovialität konnte man Spuren von noch nicht lange zurückliegenden Aufregungen und Sorgen entdecken, aber das hieß nicht etwa, daß seine Jovialität etwas Gezwungenes hatte. Er war ganz offenbar genau das, was er zu sein schien – ein »netter Kerl« in landläufigem Sinne, von Natur aus ein Lamm und nur von Berufs wegen ein Wolf.

»Ja, das ist sicherlich das beste, was wir tun können«, sagte Conway.

Dann lachte Barnard. Es war, als besäße er sogar noch

tiefer liegende Reserven von guter Laune, die er erst jetzt anzapfen konnte. »Herrgott, aber es ist schon sehr komisch«, rief er und streckte sich in seinem Lehnstuhl. »Die ganze vertrackte Geschichte, meine ich. Quer durch ganz Europa und weiter durch die Türkei und Persien bis zu diesem Felsennest. Und die ganze Zeit die Polizei hinter mir her – in Wien haben sie mich übrigens beinahe geschnappt. Am Anfang ist es ja ganz spannend, so gejagt zu werden, aber nach einer Weile geht es dir auf die Nerven. In Baskul hab ich mich allerdings ganz gut erholen können – ich dachte, mitten in dieser Revolution wäre ich sicher.«

»Das waren Sie auch«, sagte Conway lächelnd. »Nur nicht vor Kugeln.«

»Ja, und das hat mich zum Schluß auch richtig gestört. Ich sage Ihnen, das war eine mächtig schwere Entscheidung: Sollte ich in Baskul bleiben und mir ein paar Löcher in den Bauch schießen lassen oder sollte ich mich lieber auf eine Vergnügungsreise in eurem Regierungsflugzeug einlassen, um dann bei der Landung herauszufinden, daß die Armbänder auf mich warteten. Ich war auf beides nicht gerade erpicht.«

»Ich erinnere mich, daß Sie es nicht waren.«

Barnard lachte wieder. »Tja, so war's eben, und Sie können sich selbst ausrechnen, daß die Änderung des Reiseplans, die mich hierherbrachte, mir keine allzu schrecklichen Sorgen machte. Die ganze Geschichte ist mächtig rätselhaft, aber für mich persönlich hätte es gar nicht besser laufen können. Es ist nicht meine Art, zu murren, solange ich zufrieden bin.«

Conways Lächeln wurde immer herzlicher. »Eine sehr vernünftige Einstellung, obgleich Sie sie wohl ein wenig übertrieben haben. Wir alle fragten uns langsam, wie Sie es bloß fertigbrachten, so zufrieden zu sein.«

»Na, ich *war* doch auch wirklich zufrieden. Es ist gar nicht übel hier, wenn man sich erst mal daran gewöhnt hat. Die Luft ist anfangs ein bißchen frisch, aber man kann nicht alles haben, und es ist zur Abwechslung mal nett und ruhig. Jeden Herbst gehe ich sonst zur Erholung nach Palm Beach hinunter, aber man findet keine Ruhe an solchen Orten – der ganze Rummel läßt einen dort nicht los. Aber hier glaube ich, daß ich genau das Richtige für mich gefunden habe, und ich fühle mich großartig wohl dabei. Ich habe eine geänderte Diät, ich brauche nicht auf den Börsentelegrafen zu schauen, und mein Makler kann mich nicht am Telefon erreichen.«

»Im Moment wünschte er sicher, er könnte es.«

»Na und ob. Ich weiß schließlich selbst, welches schöne Durcheinander es da aufzuräumen gibt.«

Er sagte das so lapidar, daß Conway einfach nachhaken mußte. »Ich verstehe nicht sehr viel von dem, was man große Finanzgeschäfte nennt.«

Es war ein Wink, und der Amerikaner griff ihn ohne Zögern auf. »Große Finanzgeschäfte sind meistens großer Mumpitz.«

»Den Verdacht hatte ich schon oft.«

»Sehen Sie, Conway, ich will es mal so ausdrücken: Ein Kerl tut, was er seit Jahren getan hat und was Dutzende anderer Kerle auch getan haben, und plötzlich wendet sich der Markt gegen ihn. Er kann nichts dagegen tun, aber er reißt sich zusammen und wartet darauf, daß wieder ein Umschwung kommt. Doch aus irgendeinem Grunde kommt der Umschwung nicht wie sonst immer, und nachdem er schon zehn Millionen Dollar verloren hat, liest er in irgendeiner Zeitung, daß ein Professor in Schweden glaubt, daß der Weltuntergang bevorsteht. Und jetzt frage ich Sie, ob so was gut für den Weltmarkt ist? Unser Freund ist natürlich ein wenig schockiert, aber ändern kann er auch nichts. Also setzt er sich hin und wartet, bis die Cops kommen – wenn er so lange warten will. Ich hab nicht gewartet.«

»Sie behaupten also, daß alles nur eine Pechsträhne war?«

»Na ja, ich kriegte jedenfalls einen schönen Haufen davon ab.«

»Sie hatten aber auch das Geld anderer Leute«, sagte Mallinson scharf.

»Jawohl, stimmt, und warum? Weil sie alle etwas umsonst haben wollten. Und nicht das Hirn dazu hatten, es sich selber zu holen.«

»Da bin ich nicht Ihrer Meinung. Die Leute taten es, weil sie Ihnen vertrauten und glaubten, ihr Geld sei bei Ihnen sicher.«

»Es war aber eben nicht sicher. Es konnte gar nicht sicher sein. Nirgends gibt es Sicherheit. Und Leute, die glauben, es gibt eine, sind wie ein paar Schwachköpfe, die sich in einem Taifun unter einen Regenschirm verstecken wollen.«

Conway sagte versöhnlich: »Nun, wir werden wohl alle zugeben, daß Sie nichts an dem Taifun ändern konnten.«

»Ich konnte nicht einmal so tun, als könnte ich das – ebensowenig wie Sie etwas an dem ändern konnten, was nach unserem Abflug aus Baskul geschah. Genau dieser Gedanke kam mir nämlich, als ich damals beobachtete, wie Sie im Flugzeug ganz kühl und ruhig blieben, während Mallinson Zustände bekam. Sie wußten, daß Sie nichts dagegen tun konnten, und deshalb war es Ihnen ganz egal, was passierte. Genau das gleiche Gefühl hatte ich, als der Börsenkrach kam.«

»Das ist doch Unsinn!« rief Mallinson. »Kein Mensch ist gezwungen zu betrügen. Es kommt nur darauf an, daß man sich auch an die Regeln hält.«

»Und das ist verdammt schwer, wenn das ganze Spiel zu Bruch geht. Übrigens gibt es keinen Menschen auf der Welt, der die Regeln für dieses Spiel kennt. Alle Professoren von Harvard und Yale zusammen könnten sie Ihnen nicht sagen.«

Mallinson erwiderte ziemlich verächtlich: »Was ich meine, sind ein paar ganz einfache Verhaltensregeln für das tägliche Leben.«

»Dann nehme ich an, daß zu Ihrem täglichen Leben nicht die Leitung von Aktienunternehmen gehört.«

Conway beeilte sich einzugreifen. »Wir wollen lieber nicht streiten. Ich habe nicht das geringste dagegen, wenn Sie meine Angelegenheiten mit den Ihren vergleichen wollen. Es besteht gar kein Zweifel, daß wir uns in der letzten Zeit alle im Blindflug befanden – im wörtlichen Sinne wie auch im übertragenen. Aber jetzt sind wir hier, das ist das Wichtige, und ich stimme mit Ihnen überein, daß wir uns kaum beklagen können. Es ist doch merkwürdig, wenn man sich überlegt, daß von vier zufällig aufgelesenen, fünfzehnhundert Kilometer weit entführten Menschen drei offensichtlich in der Lage sind, der Sache irgend etwas Tröstliches abzugewinnen. Sie, Barnard, wollen einen Erholungsaufenthalt und ein sicheres Versteck, und Miss Brinklow fühlt sich berufen, den heidnischen Tibetanern das Evangelium zu bringen.«

»Wer ist der dritte, den Sie da mitzählen?« unterbrach ihn Mallinson. »Hoffentlich nicht ich?«

»Ich habe mich selbst dazugezählt«, antwortete Conway, »und mein Grund ist vielleicht der allereinfachste – es gefällt mir hier einfach ziemlich gut.«

Tatsächlich empfand er, als er wenig später seinen nun schon gewohnten einsamen Abendspaziergang auf der Terrasse neben dem Lotusteich unternahm, ein Gefühl außerordentlicher körperlicher und geistiger Ruhe. Es war vollkommen wahr; es gefiel ihm wirklich sehr gut in Shangri-La. Die Atmosphäre beruhigte, während das Geheimnis des Ortes anregend wirkte, und alles in allem fühlte er sich wohl. Er war in den letzten Tagen ganz allmählich und vorsichtig zu einem eigenartigen Schluß über das Kloster und seine Bewohner gekommen. Sein Gehirn dachte wohl noch immer darüber nach, aber tief in seinem Innern war er ganz ruhig. Er war wie ein Mathematiker, der vor einem verworrenen Problem stand – er grübelte darüber, tat das aber sehr gefaßt und unpersönlich.

Was Bryant betraf, den er beschloß auch weiterhin Barnard zu nennen, so trat, was er getan hatte und wer er war, sogleich wieder in den Hintergrund, das heißt bis auf diesen einen Satz: »Das ganze Spiel geht zu Bruch.« Conway entdeckte, daß dieser Satz mit einer viel weitreichenderen Bedeutung in ihm widerhallte, als der Amerikaner vermutlich damit gemeint hatte. Er fühlte, daß dieses Wort auf mehr als nur das amerikanische Banken- und Konzernwesen zutraf; es paßte auch auf Baskul und Delhi und London, auf die Kriegsvorbereitungen und Weltreichspläne, auf Konsulate und Handelskonzessionen und Empfänge im Regierungspalast. Ein Modergeruch von Auflösung schwebte in seiner Erinnerung über dieser ganzen Welt, und Barnards Reinfall war vielleicht nur besser in Szene gesetzt gewesen als sein eigener. Das ganze Spiel ging zweifellos tatsächlich zu Bruch, aber glücklicherweise wurden die Spieler in der Regel nicht vor Gericht gestellt wegen der Stücke, die sie nicht hatten retten können. In dieser Hinsicht hatten Finanzleute eben besonders Pech.

Hier aber, in Shangri-La, lag alles in tiefster Ruhe. An einem mondlosen Himmel leuchteten die Sterne in voller Pracht, und ein blaßblauer Glanz lag auf dem Gipfel des Karakal. Conway begriff in diesem Moment, daß er sich nicht unbedingt freuen würde, wenn durch irgendeine Änderung der ursprünglichen Pläne die Träger aus der Außenwelt sogleich einträfen und ihm so die verbleibende Wartezeit erspart bliebe. Auch Barnard wäre nicht erfreut, dachte er mit einem inneren Lächeln. Es war wirklich amüsant, und plötzlich wußte er, daß er Barnard noch immer mochte, denn sonst hätte er es nicht amüsant gefunden. Irgendwie schien der Verlust von hundert Millionen Dollar zu groß, als daß man einen Menschen deswegen nicht mehr hätte leiden können; es wäre leichter gewesen, wenn er einem nur die Uhr gestohlen hätte. Und schließlich, wie konnte ein Mensch überhaupt hundert Millionen verlieren? Vielleicht nur in dem Sinn, wie ein Minister nach der Ressortverteilung hochtrabend verkünden konnte, daß man ihm »Indien gegeben« habe.

Und dann dachte Conway wieder an die Zeit, wenn er Shangri-La mit den zurückkehrenden Trägern würde verlassen müssen. Er malte sich die lange, mühselige Reise aus und schließlich auch den Augenblick der Ankunft am Bungalow irgendeines Pflanzers in Sikkim oder Baltistan – einen Augenblick, der, wie er fühlte, außerordentlich fröhlich sein müßte, aber statt dessen wahrscheinlich ein wenig enttäuschend sein würde. Dann der erste Händedruck und das Vorstellen; die ersten Drinks auf der Veranda eines Clubhauses; sonnengebräunte Gesichter, die ihn mit kaum verhüllter Ungläubigkeit anstarrten. In Delhi zweifellos Empfänge beim Vizekönig und beim Befehlshaber der Truppen, die Salaams beturbanter Diener und endlose Berichte, die verfaßt und abgeschickt werden mußten. Vielleicht sogar Rückkehr nach England und Whitehall, Spiele auf dem Deck eines P. & O.-Dampfer, der schlaffe Händedruck eines Staatssekretärs; Interviews mit Zeitungsleuten; harte, spöttische, liebeshungrige Frauenstimmen – »Und ist es wirklich wahr, Mr. Conway, daß Sie in Tibet einmal…?« Eines war nicht zu bezweifeln: Seine Erzählungen würden ihm mindestens eine Saison lang für jeden Abend eine Einladung zum Dinner eintragen. Aber würde ihm das denn wirklich Spaß machen? Ihm fiel ein Satz ein, den General Gordon während seiner letzten Tage in Khartoum niedergeschrieben hatte: »Ich würde lieber wie ein Derwisch mit dem Mahdi leben, als jeden Abend in London zum Dinner eingeladen zu sein.« Conways Abneigung war weniger entschieden – nur eine Vorahnung, daß es ihn sehr langweilen und auch ein wenig traurig stimmen würde, seine Erlebnisse als etwas Vergangenes zu erzählen.

Mitten in diesen Überlegungen merkte er plötzlich, daß Tschang sich ihm näherte. »Mein Herr«, begann der Chinese in seinem langsamen Flüstern, das etwas schneller wurde, während er fortfuhr: »Ich bin stolz, Ihnen eine wichtige Nachricht überbringen zu können …«

Also waren die Träger doch vor der Zeit gekommen, war Conways erster Gedanke. Es war seltsam, daß er erst vor wenigen Minuten daran gedacht hatte, und er fühlte den Schmerz, auf den er schon halb vorbereitet war. »Nun?« fragte er.

Tschangs Zustand war dem der Aufregung so nahe, wie es für ihn körperlich überhaupt möglich erschien. »Mein werter Herr, ich beglückwünsche Sie«, fuhr er fort, »und der Gedanke erfüllt mich mit Freude, daß ich in gewissem Maß dafür verantwortlich bin: Es geschah auf meine dringenden und wiederholten Empfehlungen, daß der Hohe Lama seine Entscheidung traf. Er wünscht Sie unverzüglich zu sprechen.«

Conways Blick war ein wenig spöttisch. »Ihre Rede ist weniger zusammenhängend als sonst, Tschang. Was ist geschehen?«

»Der Hohe Lama hat Sie rufen lassen.«

»Das habe ich verstanden. Aber warum diese Aufregung?«

»Weil es außerordentlich und noch nie dagewesen ist – nicht einmal ich, der es empfahl, erwartete, daß es so bald geschehen würde. Vor vierzehn Tagen waren Sie noch nicht einmal eingetroffen und nun sollen Sie schon von *ihm* selbst empfangen werden. Noch nie ist das so früh geschehen.«

»Ich tappe ehrlich gesagt noch immer im dunkeln. Ich soll euren Hohen Lama sprechen – soweit begreife ich es ganz gut. Aber ist da noch irgend etwas anderes?«

»Ist das nicht genug?«

Conway lachte. »Vollkommen, seien Sie versichert; glauben Sie bitte nicht, ich sei unhöflich. Um die Wahrheit zu gestehen, kam mir anfangs etwas ganz anderes in den Sinn – aber das tut jetzt nichts zur Sache. Selbstverständlich wird es mir eine Ehre und ein Vergnügen sein, den Herrn kennenzulernen. Wann soll ich vorgestellt werden?«

»Sogleich. Ich wurde beauftragt, Sie zu ihm zu führen.«

»Ist es nicht schon recht spät?«

»Das hat keine Bedeutung. Mein werter Herr, Sie werden sehr bald vieles verstehen. Und ich möchte an dieser Stelle meiner persönlichen Freude darüber Ausdruck verleihen, daß diese Zwischenzeit, die immer etwas Peinliches hat, nun zu Ende ist. Glauben Sie mir, es war mir sehr unangenehm, Ihnen so oft Auskunft verweigern zu müssen – äußerst unangenehm. Es erfüllt mich mit Freude, daß solche Ungefälligkeit nie wieder vonnöten sein wird.«

»Sie sind ein seltsamer Kauz, Tschang«, erwiderte Conway. »Aber lassen Sie uns gehen, und bemühen Sie sich nicht mit weiteren Erklärungen. Ich bin durchaus bereit und weiß Ihre liebenswürdigen Bemerkungen zu schätzen. Gehen Sie voran!«

# Siebtes Kapitel

Conway wirkte ganz gelassen, aber dahinter verbarg sich eine erwartungsvolle Aufregung, die immer stärker wurde, als er Tschang durch die leeren Höfe folgte. Wenn die Worte des Chinesen überhaupt etwas zu bedeuten hatten, so stand er nun unmittelbar vor der Enthüllung. Bald würde er wissen, ob seine erst halb geformte Theorie weniger unmöglich war, als sie ihm erschien.

Doch davon abgesehen, würde es zweifellos eine interessante Unterredung werden. Er war im Laufe der Zeit vielen interessanten Herrschern begegnet, betrachtete sie mit einem gewissen kühlen Interesse und schätzte sie in der Regel klug und richtig ein. Überdies besaß er die wertvolle Gabe, ganz unbefangen höfliche Dinge in Sprachen zu sagen, die er in Wirklichkeit nur sehr unvollkommen beherrschte. Vielleicht wäre er aber diesmal in erster Linie Zuhörer. Er bemerkte, daß Tschang ihn durch Räume führte, die er vorher noch nicht gesehen hatte, alle nur matt erhellt und äußerst reizvoll im Licht der Laternen. Dann führte sie eine Wendeltreppe zu einer Tür empor, an die der Chinese klopfte, worauf sie von einem tibetanischen Diener so prompt geöffnet wurde, daß Conway vermutete, der Mann habe dicht dahinter gewartet. Dieser Teil des Klosters, in einem höheren Stockwerk gelegen, war nicht weniger geschmackvoll ausgeschmückt als alles übrige. Was aber sofort auffiel, war eine trockene, kribbelnde Wärme, als wären alle Fenster dicht verschlossen und als wäre irgendeine Dampfheizungsanlage in vollem Betrieb. Dieser Mangel an Luft nahm zu, als sie weiterschritten, bis Tschang schließlich vor einer Tür innehielt, die, wenn dem körperlichen Empfinden zu trauen war, in ein türkisches Bad hätte führen können.

»Der Hohe Lama wird Sie allein empfangen«, flüsterte Tschang. Er öffnete die Tür und schloß sie hinter Conway so leise, daß sein Verschwinden kaum zu bemerken war. Conway war zögernd stehengeblieben und atmete eine Atmosphäre, die nicht nur schwül war, sondern auch so dämmrig, daß es mehrere Sekunden dauerte, bevor seine Augen sich an die Dunkelheit gewöhnten. Langsam setzte sich ihm der Eindruck eines niedrigen, dunkel verhangenen Raums zusammen, der einfach mit Tisch und Stühlen eingerichtet war. Auf einem davon saß eine kleine, blasse, runzelige Gestalt als regungsloser Schatten und wirkte wie ein nachgedunkeltes altes Porträt. Wenn es so etwas wie eine von der Gegenwart abgetrennte Anwesenheit gab, dann hatte er sie hier vor sich, in eine klassische Würde gehüllt, die mehr eine Ausstrahlung als eine Eigenschaft war. Conway war verwundert über seine intensive Wahrnehmung alles dessen und fragte sich, ob sie wirklich verläßlich sei oder nur eine Reaktion auf die üppige, dämmrige Wärme. Ihm wurde schwindelig unter dem Blick dieser uralten Augen, er trat einige Schritte nach vorn und blieb dann stehen. Die Erscheinung in dem Lehnstuhl wurde nun etwas schärfer in ihren Umrissen, jedoch nur kaum körperlicher. Sie war die eines kleinen, alten Mannes in chinesischer Kleidung, deren Falten lose um eine magere, ausgemergelte Gestalt fielen. »Sie sind Mr. Conway?« flüsterte er in vorzüglichem Englisch.

Die Stimme war wohltuend sanft und von milder Melancholie gefärbt, die Conway mit einem seltsamen Wohlgefühl erfüllte. Aber wiederum war der Skeptiker in ihm versucht, die Temperatur dafür verantwortlich zu machen.

»Der bin ich«, antwortete er.

Die Stimme fuhr fort: »Es ist mir ein Vergnügen, Sie zu sehen, Mr. Conway. Ich ließ Sie rufen, weil ich mir dachte, wir täten gut daran, miteinander zu sprechen. Bitte, setzen Sie sich zu mir und haben Sie keine Furcht! Ich bin ein alter Mann und kann niemandem etwas zuleide tun.«

Conway antwortete: »Ich empfinde es als besondere Ehre, von Ihnen empfangen zu werden.«

»Ich danke Ihnen, mein lieber Conway, ich werde Sie nach Ihrer englischen Sitte so nennen. Es ist, wie ich sagte, ein Augenblick großer Freude für mich. Mein Sehvermögen ist schlecht, aber glauben Sie mir, ich kann Sie im Geiste ebenso gut sehen wie mit den Augen. Ich darf wohl annehmen, daß Sie es in Shangri-La seit Ihrer Ankunft behaglich gehabt haben?«

»Ganz außerordentlich.«

»Das freut mich. Tschang hat zweifellos sein Möglichstes für Sie getan. Es war auch ihm ein großes Vergnügen. Er sagte mir, Sie hätten viele Fragen zu unserer Gemeinschaft und ihren Angelegenheiten gestellt.«

»Ich interessiere mich in der Tat dafür.«

»Dann werde ich, wenn Sie mir ein wenig Zeit widmen können, Ihnen gern einen kurzen Bericht über unsere Gründung geben.«

»Es gibt nicht, wofür ich dankbarer wäre.«

»Das dachte ich mir – und hoffte es ... Aber zunächst, vor unserer Unterredung ...«

Er machte eine kaum merkliche Handbewegung, und ohne daß Conway hätte erkennen können, auf welche

Art die Benachrichtigung geschehen war, trat im selben Moment ein Diener ein und bereitete das vornehme Ritual des Teetrinkens vor. Die dünnwandigen Schälchen mit dem fast farblosen Getränk wurden auf ein Lacktablett gestellt. Conway, der die Zeremonie kannte, verachtete sie keineswegs. Wieder ertönte die Stimme: »Unsere Gebräuche sind Ihnen also vertraut?«

Einem Antrieb gehorchend, über den er sich keine Rechenschaft geben konnte, den er aber auch nicht zu unterdrücken beabsichtigte, antwortete Conway: »Ich habe einige Jahre in China gelebt.«

»Davon haben Sie Tschang nichts gesagt.«

»Nein.«

»Wie komme ich dann zu dieser Ehre?«

Conway war selten darum verlegen, seine eigenen Beweggründe zu erklären, doch diesmal fiel ihm überhaupt kein Grund ein. Endlich erwiderte er: »Um ganz aufrichtig zu sein – ich habe nicht die leiseste Ahnung. Offenbar habe ich es Ihnen sagen *wollen.*«

»Ganz gewiß der beste aller Gründe zwischen Menschen, die Freunde werden sollen … Nun sagen Sie mir, ist das nicht ein köstliches Aroma? Es gibt in China viele und sehr feine Teesorten, aber diese, ein besonderes Erzeugnis unseres Tals, ist ihnen meiner Meinung nach ebenbürtig.«

Conway führte sein Teeschälchen an die Lippen und kostete. Der Geschmack war zart, schwer zu bestimmen und ungewöhnlich. Ein geisterhaftes Bukett, das nur wie ein Hauch auf der Zunge zu spüren und kaum zu schmecken war. »Außerordentlich köstlich«, sagte er, »und überdies ganz neu für mich.«

»Ja, gleich vielen Kräutern unseres Tals ist es einzigartig und kostbar. Dieser Tee sollte daher sehr langsam getrunken werden – nicht nur aus Verehrung und Liebe, sondern auch, um das höchste Maß an Genuß daraus zu ziehen. Das ist eine berühmte Lehre, die wir von Ku Kaitschu lernen können, der vor etwa fünfzehnhundert Jahren lebte. Er zögerte stets, bevor er beim Essen eines Stückes Zuckerrohr an das saftige Mark kam, ›denn‹, so erklärte er, ›ich führe mich ganz allmählich in die Gebiete der Wonnen ein‹. Haben Sie irgendwelche von den großen chinesischen Klassikern studiert?«

Conway antwortete, daß er oberflächlich mit einigen wenigen vertraut sei. Er wußte, daß dieses anspielungsreiche Gespräch der Etikette entsprechend so lange fortdauern würde, bis die Teeschalen weggebracht würden. Aber es machte ihn keineswegs ungeduldig, obwohl er neugierig war, die Geschichte Shangri-Las zu hören. Zweifellos steckte auch in ihm ein gewisses Maß von Ku Kai-tschus zurückhaltender Sensibilität.

Endlich wurde das Zeichen gegeben. Wieder kam auf geheimnisvolle Weise der Diener fast unhörbar herein und ging wieder, und ohne weitere Einleitung begann der Hohe Lama von Shangri-La:

»Wahrscheinlich sind Sie, mein lieber Conway, mit den allgemeinen Umrissen der Geschichte Tibets vertraut. Ich höre von Tschang, daß Sie ausgiebig Gebrauch von unserer Bibliothek gemacht haben, und ich zweifle nicht, daß Sie die spärlichen, aber außerordentlich interessanten Annalen dieser Region studiert haben. Sie werden jedenfalls wissen, daß das nestorianische Christentum während des Mittelalters in ganz Asien weit verbreitet war und daß die Erinnerung daran noch lange nach seinem tatsächlichen Verfall fortlebte. Im siebzehnten Jahrhundert wurde unmittelbar von Rom aus der Anstoß zur Wiederbelebung des Christentums gegeben, und zwar durch die Vermittlung jener heldenhaften Jesuitenmissionare, deren Reiseberichte, wenn ich mir diese Bemerkung erlauben darf, soviel interessanter zu lesen sind als die des heiligen Paulus. Allmählich verbreitete sich die Kirche über ein gewaltiges Gebiet. Es ist eine bemerkenswerte Tatsache, die heutzutage nicht mehr vielen Europäern bewußt ist, daß achtunddreißig Jahre lang in Lhasa selbst eine christliche Mission bestand. Doch nicht von Lhasa, sondern von Peking aus brachen im Jahre 1719 vier Kapuzinermönche auf, um die Überreste des nestorianischen Glaubens zu suchen, die vielleicht im Landesinnern noch fortlebten.

Sie zogen viele Monate lang nach Südwesten, über Lanzhou und den Kokonor, und bestanden Strapazen, die Sie sich wohl vorstellen können. Drei starben unterwegs, und der vierte war dem Tode nicht sehr fern, als er zufällig in den felsigen Engpaß geriet, der auch heute noch den einzigen Zugang zum Tal des Blauen Mondes bildet. Hier fand er zu seiner Freude und Überraschung eine freundliche und wohlhabende Bevölkerung vor, die sich beeilte, ihm das zu erweisen, was ich stets als unsere älteste Tradition angesehen habe, nämlich die Gastlichkeit gegenüber Fremden. Er wurde bald gesund und begann, seine Botschaft zu verkünden. Die Leute hier waren Buddhisten, aber bereit, ihn anzuhören, und er hatte beachtlichen Erfolg. Es existierte damals ein altes Lamakloster auf dieser selben Bergterrasse, aber es war in einem Zustand baulichen wie auch geistigen Verfalls. Und als die Ernte des Kapuziners sich mehrte, faßte er den Gedanken, an diesem großartigen Standort ein christliches Kloster zu errichten. Unter seiner Aufsicht wurden die alten Gebäude ausgebessert und zu einem großen Teil neu errichtet, und er selbst begann im Jahre 1734 hier zu leben, als er dreiundfünfzig Jahre zählte.

Nun lassen Sie mich Ihnen mehr über diesen Mann erzählen. Sein Name war Perrault, und er war von Geburt Luxemburger. Bevor er sich der fernöstlichen Mission widmete, hatte er in Paris, Bologna und an anderen Universitäten studiert; er war gewissermaßen ein Gelehrter. Es gibt wenige Aufzeichnungen über die frühen Jahre seines Lebens, aber sie waren wohl keineswegs ungewöhnlich für einen Mann seiner Zeit und seines Berufs. Er war ein Freund der Musik und der Künste, hatte eine besondere Begabung für Sprachen, und bevor er von seiner Berufung überzeugt war, hatte er alle bekannten Freuden der Welt gekostet. Die Schlacht von Malplaquet wurde geschlagen, als er ein Jüngling war, und er kannte aus eigener Erfahrung die Greuel von Krieg und Invasion. Perrault war körperlich robust und widerstandsfähig. Während seiner ersten Jahre hier lebte er von seiner Hände Arbeit wie jeder andere, bestellte seinen Garten und lernte von den Einwohnern ebenso, wie er sie lehrte. Er stieß im Tal auf Goldvorkommen, aber sie brachten ihn nicht in Versuchung; weit mehr interessierte er sich für die Pflanzen und Kräuter der Gegend. Er war bescheiden und keineswegs bigott. Er mißbilligte die Polygamie, aber er sah zum Beispiel keinen Grund, gegen die vorherrschende Vorliebe für die Tangatse-Beere vorzugehen, der Heilkräfte zugeschrieben wurden, die aber besonders wegen ihrer mild berauschenden Wirkung beliebt war. Perrault gab sich sogar selbst sehr gern ihrem Genuß hin. Es war seine Art, vom Leben der Eingeborenen alles anzunehmen, was er harmlos und angenehm fand, und im Gegenzug die geistigen Schätze des Westens anzubieten. Er war kein Asket. Er genoß die guten Dinge dieser Welt und war darauf bedacht, seine Anhänger neben dem Katechismus auch die Kochkunst zu lehren. Ich möchte, daß Sie sich ihn als einen durchaus ernsten, arbeitsamen, gelehrten, schlichten und begeisterungsfähigen Mann vorstellen, der es neben seiner geistlichen Tätigkeit nicht für unter seiner Würde hielt, einen Maurerkittel anzuziehen und bei der Erbauung dieser Räume hier mitzuhelfen. Das war natürlich eine Aufgabe von unendlicher Schwierigkeit, und sie war nur durch seinen Stolz und seine Beharrlichkeit zu bewältigen. Stolz sage ich, weil dieser anfangs zweifellos ein vorherrschender Beweggrund war – der Stolz auf seinen eigenen Glauben nämlich, der ihm die Überzeugung gab, wenn Gautama Menschen dazu begeistern konnte, einen Tempel auf der Terrasse von Shangri-La zu erbauen, so müsse Rom zu nicht weniger in der Lage sein.

Aber die Zeit verging, und es war nichts Unnatürliches, daß dieser erste Beweggrund allmählich friedlicheren Platz machte. Wetteifer liegt schließlich eher im Wesen eines jungen Mannes, und Perrault war, als das Kloster sicheren Bestand erlangt hatte, schon reif an Jahren. Sie dürfen nicht vergessen, daß er, wenn man es sehr genau nimmt, nicht ganz nach den Vorschriften gehandelt hatte, obgleich natürlich einem Mann, dessen kirchliche Vorgesetzte sich in einer Entfernung befinden, die eher in Jahren als in Metern zu messen ist, ein gewisser Spielraum zugestanden werden muß. Aber die Talbevölkerung und die Mönche selbst wußten nichts von solchen Bedenken. Sie liebten ihn und gehorchten ihm, und im Laufe der Jahre begannen sie schließlich, ihn auch zu verehren. Es war seine Gewohnheit, von Zeit zu Zeit Berichte an den Bischof von Peking zu senden, aber oft erreichten sie ihn gar nicht, und da angenommen werden mußte, daß die Überbringer den Gefahren der Reise erlegen waren, war Perrault schließlich immer weniger geneigt, ihr Leben aufs Spiel zu setzen, und etwa nach der Jahrhundertmitte gab er diese Gepflogenheit auf. Einige seiner früheren Berichte jedoch mußten an ihr Ziel gelangt sein und Zweifel über seine Tätigkeit erweckt haben, denn im Jahre 1769 brachte ein Fremder einen zwölf Jahre zuvor geschriebenen Brief, der Perrault nach Rom berief.

Er wäre über siebzig Jahre alt gewesen, wenn der Befehl ihn ohne Verzug erreicht hätte, so aber war er schon neunundachtzig geworden. Der lange Karawanenweg über Berge und Hochebenen war undenkbar. Er hätte die wütenden Stürme und heftigen Fröste der Wildnis da draußen niemals überstehen können. Er schickte daher eine höfliche Antwort auf den Weg, in der er die Situation erläuterte, aber es findet sich kein Beweis, daß diese Antwort je über die Barriere der großen Gebirgsketten gelangte.

So blieb Perrault in Shangri-La, nicht gerade in Mißachtung der Befehle seiner Oberen, sondern weil es ihm aus körperlichen Gründen unmöglich war, ihnen Folge zu leisten. Wie auch immer, er war ein alter Mann, und der Tod würde ihm und seinen Regelwidrigkeiten wahrscheinlich bald ein Ende setzen. Mittlerweile hatte die von ihm begründete Anstalt begonnen, eine fast unmerkliche Veränderung durchzumachen. Das mag bedauerlich erscheinen, aber es war im Grunde nicht sehr verwunderlich, denn man konnte kaum erwarten, daß ein einziger Mann ohne Unterstützung die Gewohnheiten und Überlieferungen einer ganzen Epoche auf Dauer hätte abschaffen können. Er hatte keine Mitarbeiter aus dem Westen, die in der Lage gewesen wären festzuhalten, als sein Griff erschlaffte, und es war vielleicht ein Fehler gewesen, an einem Standort zu bauen, mit dem um soviel ältere und ganz andersartige Erinnerungen verbunden waren. Es war zuviel verlangt. Aber hieße es nicht noch mehr verlangen, wenn man von einem im Dienst ergrauten Mann, der immerhin Anfang neunzig war, erwartete, er werde den Fehler begreifen, den er begangen hatte? Perrault jedenfalls begriff ihn damals nicht. Er war viel zu alt und glücklich. Seine Anhänger waren ihm ergeben, auch wenn sie seine Lehren vergaßen, und die Talbewohner hegten solch liebevolle Verehrung für ihn, daß er ihnen mit immer größerer Leichtigkeit verzieh, wenn sie in ihre früheren Gewohnheiten zurückfielen. Er war noch immer aktiv, und seine Sinne waren außerordentlich scharf geblieben. Im Alter von neunundachtzig Jahren begann er, die buddhistischen Schriften zu studieren, die von den früheren Insassen in Shangri-La zurückgelassen worden waren, und seine Absicht war damals, den Rest seines Lebens der Abfassung eines Werkes zu widmen, das den Buddhismus vom Standpunkt der orthodoxen Kirche aus angreifen sollte. Er vollendete dieses Unternehmen tatsächlich (wir besitzen sein vollständiges Manuskript), aber der Angriff fiel sehr milde aus, denn er hatte unterdessen die runde Zahl von hundert Jahren erreicht – ein Alter, in dem auch die schärfsten Gegensätze zum Verblassen neigen.

Inzwischen waren, wie Sie sich denken können, viele seiner ersten Schüler gestorben, und da es nur wenig Nachwuchs gab, ging die Zahl derer, die unter der Führung des alten Kapuziners lebten, beständig zurück. Von über achtzig, die man einmal gezählt hatte, schrumpfte sie auf kaum zwei Dutzend zusammen und dann auf nur eines, und davon waren die meisten selbst schon Greise. Perraults Leben wurde um diese Zeit zu einem sehr stillen und friedlichen Warten auf das Ende. Er war viel zu alt für Krankheit oder Unzufriedenheit, nur der ewige Schlaf konnte ihn nun noch ereilen, und er fürchtete sich nicht davor. Die Talbewohner lieferten ihm aus Güte Nahrung und Kleidung; seine Bibliothek gab ihm Arbeit. Er war recht gebrechlich geworden, besaß aber noch genügend Energie, um die wichtigeren Zeremonien seines Amtes zu vollziehen. Den Rest der friedlichen Tage verbrachte er mit seinen Büchern, seinen Erinnerungen und den milden Wonnen des Rauschmittels. Sein Geist blieb so außerordentlich klar, daß er sich sogar noch auf das Studium gewisser mystischer Übungen verlegte, die die Inder *Yoga* nennen und die auf verschiedene besondere Atemtechniken gegründet sind. Für einen Mann dieses Alters mochte das Unterfangen wohl gefährlich erscheinen, und es steht fest, daß bald darauf, in dem denkwürdigen Jahr 1789, die Nachricht ins Tal hinabgelangte, Perrault liege endlich im Sterben.

Er lag in diesem Zimmer, mein lieber Conway, von wo aus er durchs Fenster einen weißen undeutlichen Fleck sehen konnte, der alles war, was seine schwindende Sehkraft ihm noch vom Karakal vermittelte. Aber er vermochte auch mit seinem Geist zu sehen. Er konnte sich die klaren und unvergleichlichen Umrisse vorstellen, die er vor einem halben Jahrhundert zum erstenmal erblickt hatte. Und er erinnerte sich an seine vielen Erlebnisse, die Jahre seiner Reise durch Wüsten und Hochländer, die großen Menschenmengen in den Städten des Westens, den Lärm und Glanz der Truppen Marlboroughs. Sein Geist hatte sich zu schneeweißer Ruhe geglättet, er war bereit, gewillt und froh zu sterben. Er versammelte seine Freunde und Diener um sich und sagte ihnen Lebewohl. Dann bat er darum, für eine Weile allein gelassen zu werden. Er hatte gehofft, während eines solchen Alleinseins, wenn sein Körper nach unten zu sinken schien und sein Geist zur Seligkeit erhoben war, seine Seele auszuhauchen … Aber es kam anders. Er lag viele Wochen, ohne zu sprechen oder sich zu bewegen, und dann begann er sich zu erholen. Er war einhundertundacht Jahre alt.«

Die flüsternde Stimme hielt für einen Augenblick inne, und Conway, der sich kaum merklich bewegt hatte, hatte den Eindruck, der Hohe Lama habe fließend aus einem fernen und sehr persönlichen Traum übersetzt. Endlich fuhr der Greis fort:

»Gleich anderen, die lange auf der Schwelle des Todes gewartet haben, war auch Perrault eine Vision von einiger Bedeutsamkeit zuteil geworden, die er mit in die Welt zurücknehmen konnte. Über diese Vision muß später mehr gesagt werden. Hier will ich mich auf seine Handlungen und sein Verhalten beschränken, die in der Tat bemerkenswert waren. Denn statt müßig der Genesung entgegenzugehen, wie man hätte erwarten können, stürzte er sich unverzüglich in eine strenge Selbstdisziplin, die auf etwas eigenartige Weise mit dem intensiven Genuß des Rauschmittels verbunden war. Eine Lebensweise, die Drogenkonsum mit Atemübungen verband, schien zwar nicht unbedingt geeignet zu sein, dem Tode Trotz zu bieten, aber die Tatsache bleibt bestehen, daß, als der letzte der alten Mönche im Jahre 1794 starb, Perrault selbst noch am Leben war.

Einen Menschen mit einem etwas ausgefallenen Sinn für Humor hätte die Situation gewiß zum Schmunzeln gebracht: Der verrunzelte Kapuziner, der nicht hinfälliger war als vor einem Dutzend Jahren, verharrte bei einem heimlichen Ritual, das er selbst entworfen hatte, während er für das Volk im Tal bald eine von Geheimnis umhüllte Gestalt wurde, ein Einsiedler von unheimlichen Kräften, der ganz allein auf dieser schauerlichen Felswand hauste. Aber noch immer war eine überlieferte Zuneigung zu ihm lebendig, und so wurde es als verdienstvoll und glückbringend angesehen, nach Shangri-La hinaufzusteigen und eine schlichte Gabe dort zu lassen oder gerade anfallende Arbeit zu erledigen. Allen solchen Pilgern erteilte Perrault seinen Segen – er hatte vielleicht vergessen, daß es verlorene und verirrte Schafe waren, denn *Te Deum laudamus* und *Om mani padme hum* waren nun gleichermaßen in den Andachtsstätten des Tals zu hören.

Als das neue Jahrhundert herannahte, wurde die Legende zu einer üppig ausgeschmückten phantastischen Volkssage – es hieß, daß Perrault ein Gott geworden sei, daß er Wunder bewirke und daß er in gewissen Nächten zur Spitze des Karakal fliege, um eine Kerze in den Himmel zu halten. Zur Zeit des Vollmonds liegt immer ein bleicher Schimmer auf dem Berg, aber ich brauche Ihnen nicht zu versichern, daß weder Perrault noch sonst ein Mensch jemals hinaufgestiegen ist. Ich erwähne das, obgleich es unnötig erscheinen mag, denn es gibt eine Menge unzuverlässige Zeugnisse darüber, daß Perrault allerlei unmögliche Dinge zu tun vermochte und auch tat. Es wurde zum Beispiel geglaubt, daß er die Kunst beherrsche, sich in die Luft zu erheben, von der so viel in den Berichten über buddhistische Mystik steht. Aber die weit nüchternere Wahrheit ist, daß er in dieser Richtung zwar viele Versuche unternahm, jedoch ganz ohne Erfolg. Immerhin entdeckte er aber, daß die Schwächung der gewöhnlichen Sinne in gewisser Weise durch die Entwicklung anderer aufgehoben werden könne; er erwarb eine Geschicklichkeit in der Telepathie, die vielleicht bemerkenswert war, und obgleich er nicht behauptete, irgendwelche besonderen Heilkräfte zu besitzen, lag doch in seiner bloßen Anwesenheit etwas, das in gewissen Fällen zu helfen vermochte.

Sie werden wissen wollen, womit er seine Zeit während dieser beispiellosen Jahre verbrachte. Seine Haltung läßt sich so zusammenfassen, daß er, da er nicht in einem normalen Alter gestorben war, das Gefühl bekam, es gebe keinen ersichtlichen Grund, weswegen er das zu einem bestimmten Zeitpunkt in der Zukunft überhaupt tun oder nicht tun sollte. Nachdem sich also gezeigt hatte, daß er unnormal war, fiel es ihm ebenso leicht zu glauben, diese Unnormalität werde andauern, wie zu erwarten, daß sie jederzeit enden könne. Und daher begann er sein Dasein ohne Rücksicht auf ein bevorstehendes Ende, das ihn so lange beschäftigt hatte, zu gestalten. Er lebte fortan das Leben, das er sich immer gewünscht, aber so selten möglich gefunden hatte. Im Herzen hatte er sich nämlich durch alle Schicksalsfügungen hindurch die stillen Vorlieben des Gelehrten bewahrt. Sein Gedächtnis war erstaunlich, es schien den Fesseln des Körperlichen in eine höhere Region unermeßlicher Klarheit entflohen zu sein. Es schien fast, als fiele es ihm jetzt leichter, *alles* zu lernen, als es ihm in seiner Studentenzeit gefallen war, überhaupt *etwas* zu lernen. Natürlich sah er sich sehr bald mit dem Problem konfrontiert, daß er Bücher benötigte, aber einige Werke hatte er von Anfang an bei sich gehabt, darunter – was Sie vielleicht interessieren wird – eine englische Grammatik samt Wörterbuch und Florios Übersetzung des Montaigne. Mit diesen Hilfsmitteln gelang es ihm, die Schwierigkeiten Ihrer Sprache zu meistern, und wir besitzen in unserer Bibliothek noch immer die Handschrift einer seiner ersten Sprachübungen, einer Übersetzung von Montaignes Essay über die Eitelkeit ins Tibetanische – gewiß ein ganz einzigartiges Werk.«

Conway lächelte. »Ich wäre sehr daran interessiert, es bei Gelegenheit zu sehen, wenn es gestattet ist.«

»Mit dem größten Vergnügen. Es war, wie Sie vielleicht finden werden, eine Leistung, die gar keinen praktischen Wert hatte, aber vergessen Sie nicht, daß Perrault ein außergewöhnlich unpraktisches Alter erreicht hatte.

Er hätte sich ohne irgendeine derartige Beschäftigung sehr einsam gefühlt – jedenfalls bis zum vierten Jahr des neunzehnten Jahrhunderts, das durch ein bedeutendes Ereignis in der Geschichte unserer Einrichtung gekennzeichnet ist. Denn in diesem Jahr gelangte ein zweiter Fremder aus Europa ins Tal des Blauen Mondes: ein junger Österreicher namens Henschell, der in Italien gegen Napoleon gekämpft hatte. Er war ein junger Mann von vornehmer Geburt, hoher Kultur und sehr charmantem Wesen. Die Kriegsjahre hatten ihn sein Vermögen gekostet, und mit der Absicht, sich ein neues zu erwerben, war er quer durch Rußland nach Asien gekommen. Es wäre interessant zu wissen, wie er eigentlich die Hochebene erreichte. Aber er hatte selber keine sehr klare Vorstellung davon, ja er war, als er hier eintraf, dem Tod so nahe, wie Perrault selbst es einst gewesen war. Wieder gewährte das Tal Gastfreundschaft, und der Fremde erholte sich – aber weiter reicht die Parallele nicht, denn Perrault war hierhergekommen, um zu predigen und zu bekehren, wogegen Henschells unmittelbares Interesse den Goldvorkommen galt. Sein oberstes Bestreben war, sich zu bereichern und sobald als möglich nach Europa zurückzukehren.

Aber er kehrte nicht dahin zurück. Etwas Seltsames geschah – etwas, das sich seither allerdings so oft wiederholte, daß wir nun vielleicht einräumen müssen, es könne letzten Endes gar nicht so verwunderlich sein. Das Tal mit seiner Friedlichkeit und völligen Freiheit von weltlichen Sorgen verlockte ihn immer wieder dazu, seine Abreise hinauszuschieben, und eines Tages, nachdem er die Legende des Ortes gehört hatte, stieg er nach Shangri-La hinauf und hatte seine erste Zusammenkunft mit Perrault.

Diese Begegnung war im wahrsten Sinne des Wortes

von historischer Bedeutung. Perrault war zwar schon ein wenig über solche menschlichen Gemütsbewegungen wie Freundschaft oder Zuneigung erhaben, besaß aber eine tiefe Güte, die auf den jungen Mann wirkte wie Wasser auf ausgedorrte Erde. Ich will nicht versuchen, die Verbindung zu beschreiben, die sich zwischen den beiden entwickelte. Während der eine äußerste Verehrung entbot, ließ ihn der andere teilhaben an seinem Wissen, seinen Ekstasen und an dem verworrenen Traum, der zur einzigen Realität geworden war, die es für ihn in der Welt gab.«

Es trat eine Pause ein, und Conway sagte sehr ruhig: »Entschuldigen Sie die Unterbrechung, aber das ist mir nicht ganz klar.«

»Ich weiß.« Die geflüsterte Antwort war voll Mitgefühl. »Es wäre auch wirklich bemerkenswert, wenn es das wäre. Es ist eine Sache, die ich Ihnen mit Vergnügen erklären werde, bevor unser Gespräch zu Ende ist. Aber für den Augenblick will ich mich, wenn Sie verzeihen, auf einfachere Dinge beschränken. Es wird Sie gewiß interessieren, daß es Henschell war, der unsere Sammlungen chinesischer Kunst wie auch unsere Bibliothek und die musikalischen Anschaffungen begründete. Er unternahm eine bemerkenswerte Reise nach Peking und brachte die erste Lieferung im Jahre 1809 mit hierher zurück. Er verließ das Tal nicht wieder, aber es war sein erfinderischer Geist, der das komplizierte System erdachte, durch das unser Kloster bisher immer imstande war, alles Nötige aus der Außenwelt zu erhalten.«

»Ich vermute, es war ganz einfach, in Gold zu bezahlen.«

»Ja, wir hatten das Glück, Vorräte eines Metalls zu besitzen, das in anderen Teilen der Welt sehr hoch geschätzt wird.«

»So hoch, daß Sie großes Glück gehabt haben müssen, einem Goldrausch entgangen zu sein.«

Der Hohe Lama neigte seinen Kopf zu einer bestenfalls angedeuteten Bejahung. »Das, mein lieber Conway, war es, was Henschell immer befürchtete. Er sorgte dafür, daß keiner der Träger, die Bücher und Kunstschätze brachten, allzu nahe kam. Er ließ sie alle ihre Lasten eine Tagesreise entfernt abladen, wo sie dann von den Leuten unseres Tals abgeholt werden konnten. Er richtete sogar einen ständigen Wachdienst am Eingang des Passes ein. Aber es kam ihm bald der Gedanke, daß es eine leichtere und sogar endgültige Sicherung gab.«

»Ja?« Conways Stimme klang vorsichtig gespannt.

»Sehen Sie, es war unnötig, einen Einmarsch feindlicher Truppen zu befürchten. Der wird infolge der Beschaffenheit der Gegend und der riesigen Entfernungen nie möglich sein. Das Äußerste, was je im Bereich der Möglichkeit lag, war die Ankunft einiger halb verirrter Reisender, die, auch wenn sie bewaffnet wären, sich wahrscheinlich in einem derart geschwächten Zustand befänden, daß sie keine Gefahr darstellen würden. Es wurde daher beschlossen, daß fortan Fremde ganz frei und nach Belieben kommen könnten – nur mit einem wichtigen Vorbehalt.

Und während einer Reihe von Jahren kamen solche Fremde auch wirklich. Chinesische Kaufleute, die aus irgendeinem Grund die Hochebene durchquerten, gerieten manchmal durch Zufall ausgerechnet auf diesen Weg. Tibetanische Nomaden, die von ihren Stämmen getrennt worden waren, verirrten sich manchmal hierher wie erschöpfte Tiere. Alle wurden willkommen geheißen, obgleich manche die Zufluchtsstätte dieses Tals nur erreichten, um hier zu sterben. Im Jahre von Waterloo überstiegen zwei englische Missionare auf dem Weg nach Peking die Gebirgsketten über einen unbekannten Paß und hatten das außerordentliche Glück, hier so frisch anzukommen, als wären sie kurz mal auf Besuch gekommen. Im Jahre 1820 wurde ein griechischer Händler, von kranken und halbverhungerten Dienern begleitet, auf dem höchsten Punkt des Passes aufgefunden, wo er im Sterben lag. Drei Spanier, die unbestimmte Berichte von Goldvorkommen gehört hatten, gelangten 1822 nach langem Umherwandern und vielen Enttäuschungen hierher. Im Jahre 1830 gab es wieder einen größeren Zustrom: Zwei Deutsche, ein Russe, ein Engländer und ein Schwede vollbrachten die gefürchtete Überquerung des Tienschan, getrieben von einem Beweggrund, der nun immer häufiger wurde – die wissenschaftliche Erforschung des Landes. Zu der Zeit, als sie kamen, hatte eine leichte Modifizierung der Haltung Shangri-Las fremden Besuchern gegenüber eingesetzt. Sie wurden jetzt nicht mehr nur willkommen geheißen, wenn sie zufällig den Weg ins Tal fanden, sondern es war üblich geworden, ihnen entgegenzugehen, wenn sie bis in einen bestimmten Umkreis gelangten. Das alles geschah aus einem Grund, den ich später erläutern werde. Die Tatsache an sich ist jedoch insofern von Bedeutung, als sie zeigt, daß das Lamakloster nicht länger nur passiv gastfreundlich war. Es hatte bereits sowohl ein Bedürfnis als auch ein Verlangen nach neuen Ankömmlingen. Und so geschah es denn auch in den folgenden Jahren, daß mehr als eine Gruppe von Forschungsreisenden, gerade als sie voller Stolz den ersten Blick auf den noch weit entfernten Karakal genoß, auf Boten traf, die ihr eine herzliche Einladung überbrachten – eine Einladung, die selten abgelehnt wurde.

Inzwischen hatte das Lamakloster begonnen, viele der es bis heute kennzeichnenden Merkmale zu erwerben.

Ich muß betonen, daß Henschell ein äußerst begabter und tüchtiger Mann war und daß das heutige Shangri-La ihm ebensoviel verdankt wie seinem Gründer. Ja, ich denke oft, daß es auf keinen Fall weniger war. Denn er besaß die feste und doch gütige Hand, derer jede Anstalt auf einer gewissen Stufe ihrer Entwicklung bedarf, und sein Verlust wäre ganz unersetzlich gewesen, wenn er nicht mehr als ein volles Lebenswerk vollbracht hätte, bevor er starb.«

Conway sah auf und wiederholte dieses letzte Wort mehr als Echo denn als Frage. *»Er starb!«*

»Ja, es kam sehr plötzlich. Er wurde getötet. Es war 1857, im Jahr eures indischen Sepoy-Aufstands. Kurz vor seinem Tod hatte ein chinesischer Künstler ihn skizziert, und ich kann Ihnen diese Skizze jetzt zeigen – sie hängt hier in diesem Zimmer.«

Die leichte Handbewegung wurde wiederholt, und wieder trat ein Diener ein. Conway sah, gleich einem Zuschauer in Trance, wie der Mann einen kleinen Vorhang am anderen Ende des Raums beiseite schob und eine Laterne aufhängte, die zwischen den Schatten hin- und herschwang. Dann lud ihn die flüsternde Stimme ein, näher an das Bild heranzutreten, und er war überrascht, wie außerordentlich schwer ihm das fiel.

Er erhob sich ungeschickt und schritt auf den zitternden Lichtkreis zu. Die Skizze war klein, kaum mehr als eine farbig getuschte Miniatur, aber dem Künstler war es gelungen, den Hauttönen die zarte Qualität eines Wachsbildnisses zu verleihen. Die Züge waren von großer Schönheit, fast mädchenhaft geformt, und Conway fand in ihrem gewinnenden Zauber eine merkwürdige persönliche Anziehungskraft, über die Schranken von Zeit, Tod und künstlicher Abbildung hinweg. Aber das Allerseltsamste, etwas, das ihm erst nach der ersten staunenden Bewunderung bewußt wurde, war dies: Es war das Gesicht eines jungen Mannes.

Er stammelte, während er von dem Bild zurücktrat: »Aber – Sie sagten doch, das sei kurz vor seinem Tode angefertigt worden?«

»Ja, es ist sehr gut getroffen.«

»Also wenn er in dem Jahr starb, das Sie mir genannt haben –«

»Er starb in diesem Jahr.«

»Und er kam, wie Sie mir sagten, im Jahre 1803 als junger Mann hierher?«

»Ja.«

Conway sprach einen Augenblick lang nicht. Dann aber faßte er sich mit einiger Anstrengung und fragte: »Und er wurde getötet, sagten Sie?«

»Ja, ein Engländer erschoß ihn. Es geschah ein paar Wochen nach der Ankunft des Engländers in Shangri-La. Er war einer dieser Forschungsreisenden.«

»Was war der Grund?«

»Es hatte Streit gegeben – wegen irgendwelcher Träger. Henschell hatte ihm gerade von dem wichtigen Vorbehalt berichtet, von dem die Aufnahme von Gästen bei uns abhängt. Es war eine Aufgabe von einiger Schwierigkeit, und seither habe ich mich, ungeachtet meiner Schwäche, immer bemüßigt gefühlt, sie persönlich zu übernehmen.«

Der Hohe Lama machte eine zweite, längere Pause, und in seinem Schweigen lag die leise Andeutung einer Frage. Als er weitersprach, geschah es, um hinzuzufügen: »Vielleicht fragen Sie sich, mein lieber Conway, was dieser Vorbehalt sein mag?«

Conway antwortete langsam und mit leiser Stimme: »Ich glaube, ich kann das bereits erraten.«

»Können Sie das wirklich? Und können Sie nach meiner langen und wunderlichen Erzählung auch noch etwas anderes erraten?«

Conway wurde es fast schwindelig, als er diese Frage zu beantworten versuchte. Der Raum war nun ein Wirbel von Schatten, deren Mittelpunkt dieser uralte gütige Mann bildete. Während der ganzen Erzählung hatte er mit einer Gespanntheit zugehört, die ihn vielleicht davor geschützt hatte, die volle Bedeutung des Ganzen zu erfassen. Nun aber, beim bloßen Versuch, etwas zu sagen, wurde er von Staunen ergriffen, und die Gewißheit, die sich in seinem Geist verdichtete, wurde fast erstickt, als sie sich in Worten Luft zu machen suchte. »Es scheint unmöglich«, stammelte er, »und doch kann ich nicht gegen den Gedanken an – es ist erstaunlich – und ganz außergewöhnlich – und völlig unglaublich – und doch nicht *vollkommen* außerhalb meines Glaubensvermögens –«

»Was, mein *Sohn*?«

Und Conway antwortete, von einem Gefühl erschüttert, für das er keinen Grund wußte und das er nicht zu verbergen suchte: *»Daß Sie noch am Leben sind, Vater Perrault.«*

# Achtes Kapitel

Es war eine Unterbrechung gefolgt, weil der Hohe Lama abermals Erfrischungen befohlen hatte. Conway wunderte sich nicht darüber, denn diese lange Erzählung mußte eine beträchtliche Anstrengung bedeutet haben. Auch war er selbst nicht undankbar für diese Atempause. Er fühlte, daß die Unterbrechung vom künstlerischen wie auch von jedem anderen Gesichtspunkt aus wünschenswert war und daß die teegefüllten Schalen in Verbindung mit den zum Brauch gehörenden improvisierten Höflichkeiten dieselbe Funktion erfüllten wie eine Kadenz in der Musik. Diese Überlegung bewirkte (so es sich dabei nicht um einen bloßen Zufall handelte) eine seltsame Kostprobe der telepathischen Fähigkeiten des Hohen Lamas, denn er begann sogleich über Musik zu sprechen und seine Freude darüber auszudrücken, daß Conways Geschmack in dieser Richtung in Shangri-La nicht ganz unbefriedigt geblieben war. Conway dankte mit der gebotenen Höflichkeit und fügte hinzu, er sei überrascht gewesen, das Kloster im Besitz einer so vollständigen Notenbibliothek europäischer Komponisten zu finden. Dieses Kompliment wurde zwischen bedächtigen Schlucken Tees dankbar angenommen. »Ah, mein lieber Conway, wir haben Glück, einen begabten Musiker in unseren Reihen zu haben – er war in der Tat ein Schüler Chopins, und wir haben ihm nur allzu gern die Leitung unseres Musiksalons übertragen. Sie müssen ihn unbedingt kennenlernen.«

»Es wird mir ein Vergnügen sein. Tschang hat mir übrigens gesagt, daß Ihr bevorzugter westlicher Komponist Mozart ist.«

»So ist es. Mozart hat eine strenge Eleganz, die uns ungemein zusagt. Er baut ein Haus, das weder zu groß noch zu klein ist, und richtet es mit vollendetem Geschmack ein.«

Der Austausch solcher Bemerkungen setzte sich fort, bis die Teeschalen weggeräumt waren. Inzwischen hatte sich Conway wieder so weit gesammelt, daß er ganz gelassen bemerken konnte: »Also, um unser früheres Gespräch wieder aufzunehmen: Sie beabsichtigen, uns hierzubehalten? Das ist, nehme ich an, der erwähnte wichtige und unabänderliche Vorbehalt.«

»Sie haben richtig geraten, mein Sohn.«

»Anders ausgedrückt sollen wir also wirklich für immer hierbleiben?«

»Ich würde es vorziehen, eine Ihrer hervorragenden Redewendungen zu benutzen, und sagen, daß wir alle hier am Ziel sind. Ende gut, alles gut.«

»Mir ist nur rätselhaft, warum gerade wir vier von allen Menschen auf der Welt ausgewählt worden sind?«

In seine frühere und zusammenhängendere Art des Erzählens zurückverfallend, erwiderte der Hohe Lama: »Das ist eine verwickelte Geschichte, wenn Sie sie anhören wollen. Sie müssen wissen, daß wir immer bestrebt waren, soweit als möglich unsere Zahl beständig und gleichmäßig zu ergänzen, da es, von ganz anderen Gründen abgesehen, sehr angenehm ist, Leute verschiedenen Alters und Vertreter verschiedener Zeiten hier zu vereinen. Unglücklicherweise sind seit dem letzten europäischen Krieg und der russischen Revolution Reisen und

Forschungsexpeditionen in Tibet fast vollkommen zum Stillstand gekommen. Tatsächlich traf unser letzter Besucher, ein Japaner, im Jahre 1912 ein und war, um ganz aufrichtig zu sein, keine sehr wertvolle Neuerwerbung. Sehen Sie, mein lieber Conway, wir sind keine Quacksalber oder Scharlatane; wir garantieren keinen Erfolg und können das auch nicht. Manche unserer Besucher ziehen gar keinen Nutzen aus ihrem Aufenthalt bei uns, andere leben nur bis zu einem, wie man es nennen könnte, normal hohen Alter und sterben dann an irgendeinem unbedeutenden Leiden. Im allgemeinen fanden wir stets, daß Tibetaner infolge ihrer angeborenen Anpassung an die Höhe und die übrigen Lebensumstände viel weniger empfindlich sind als andere Rassen. Sie sind reizende Menschen, und wir haben viele von ihnen aufgenommen, aber ich zweifle, ob mehr als ein halbes Dutzend ihren hundertsten Geburtstag überleben werden. Die Chinesen sind ein wenig besser, aber auch unter ihnen verzeichnen wir eine hohe Ausfallrate. Am besten bewähren sich zweifellos die nordischen und lateinischen Völker Europas. Die Amerikaner wären vielleicht ebenso anpassungsfähig, und ich halte es für ein großes Glück, daß wir uns in der Person eines Ihrer Reisegefährten endlich eines Angehörigen dieser Nation versichert haben. Aber ich muß in der Beantwortung Ihrer Frage fortfahren. Wie ich erläutert habe, war die Situation die, daß wir seit fast zwanzig Jahren keine Neuankömmlinge mehr willkommen geheißen hatten, und da während dieser Zeit mehrere Todesfälle eintraten, begann die Lage problematisch zu werden. Vor einigen Jahren jedoch kam uns einer aus unserer Mitte durch einen neuartigen Einfall zu Hilfe. Er war ein junger Bursche, aus unserem Tal gebürtig, der vollkommen vertrauenswürdig war und mit unseren Zielen ganz und gar übereinstimmte. Doch wie allen anderen Talbewohnern auch hatte ihm die Natur jene Eignung versagt, mit der sie Menschen aus anderen Gebieten beglückt. Er war es, der den Vorschlag machte, uns zu verlassen und sich in eins der angrenzenden Länder zu begeben, um uns neue Gefährten auf eine Weise zuzuführen, die in einem früheren Zeitalter unmöglich gewesen wäre. Es war in vieler Hinsicht ein revolutionärer Vorschlag, aber wir gaben nach gebührender Erwägung unsere Zustimmung, denn wir müssen mit der Zeit gehen, sogar hier in Shangri-La.«

»Sie meinen, daß er mit der Absicht losgeschickt wurde, Leute auf dem Luftweg herzubringen?«

»Na ja, sehen Sie, er war ein außerordentlich begabter und findiger junger Mensch, und wir setzten großes Vertrauen in ihn. Es war seine Idee, und wir gaben ihm freie Hand, sie in die Tat umzusetzen. Mit Bestimmtheit war uns nur soviel bekannt, daß sein Plan zunächst eine Ausbildung in einer amerikanischen Fliegerschule vorsah.«

»Aber wie konnte er das übrige zuwege bringen? Es war doch nur ein Zufall, daß dieses Flugzeug gerade in Baskul war –«

»Gewiß, mein lieber Conway – sehr vieles ist nur Zufall. Aber es war gerade der Zufall, nach dem Talu Ausschau hielt. Wäre er ihm nicht begegnet, so hätte sich möglicherweise ein, zwei Jahre später ein anderer Zufall ergeben – oder vielleicht natürlich auch gar keiner. Ich gestehe, ich war überrascht, als unsere Wachposten uns seine Landung auf der Hochebene meldeten. Das Flugwesen macht sehr schnelle Fortschritte, aber ich hatte gedacht, daß es wahrscheinlich viel länger dauern würde, bis ein normales Flugzeug eine solche Gebirgsüberquerung vollbringen könnte.«

»Es war kein normales Flugzeug, sondern ein ziemlich spezielles, das für Gebirgsflüge gebaut worden war.«

»Noch ein Zufall? Da hatte unser junger Freund aber wirklich Glück. Es ist schade, daß wir die Sache nicht mehr mit ihm besprechen können – sein Tod betrübte uns alle sehr. Sie hätten ihn sicher gemocht, Conway.«

Conway neigte leicht den Kopf, es schien ihm durchaus möglich. Nach einem Moment des Schweigens fragte er: »Aber welcher Gedanke steht hinter alledem?«

»Mein Sohn, die Art, wie Sie diese Frage stellen, bereitet mir unendliche Freude. Im Laufe einer ziemlich langen Erfahrung wurde sie noch nie in solcher Ruhe an mich gerichtet. Meine Enthüllung wurde schon auf jede erdenkliche Weise aufgenommen – mit Entrüstung, Verzweiflung, Wut, Unglauben und Hysterie –, aber bis heute noch nie mit bloßem Interesse. Das ist jedoch eine Haltung, die ich aufs herzlichste begrüße. Heute haben Sie Interesse, morgen werden Sie Anteilnahme fühlen, und zuletzt werde ich vielleicht über Ihre Ergebenheit verfügen.«

»Das ist mehr, als ich versprechen möchte.«

»Sogar Ihr Zweifel erfreut mich – er ist die Grundlage tiefen und bedeutungsvollen Glaubens ... Aber wir wollen darüber jetzt nicht streiten. Sie haben Interesse, und wenn Sie das sagen, ist es viel. Ich muß nur noch verlangen, daß das, was ich Ihnen jetzt sagen werde, Ihren drei Gefährten vorläufig unbekannt bleibt.«

Conway schwieg.

»Die Zeit wird kommen, wo sie es gleich Ihnen erfahren werden, aber dieser Augenblick sollte lieber, um ihrer selbst willen, nicht übereilt herbeigeführt werden. Ich bin von Ihrer Klugheit in dieser Sache so überzeugt, daß ich kein Versprechen verlange. Sie werden, das weiß ich, so handeln, wie wir beide es für das beste halten ... Nun lassen Sie mich Ihnen zunächst ein sehr angenehmes Bild entwerfen. Sie sind, wie ich wohl sagen darf, nach den Maßstäben der Welt noch immer ein recht junger Mann. Ihr Leben liegt, wie man zu sagen pflegt, noch vor Ihnen. Wenn alles normal abläuft, können Sie noch mit zwei oder drei Jahrzehnten nur wenig oder nur allmählich abnehmender Tatkraft rechnen. Diese Aussicht ist keineswegs unerfreulich, und ich kann kaum von Ihnen erwarten, sie mit meinen Augen zu sehen – als ein kurzes, atemloses und viel zu verzweifeltes Zwischenspiel. Das erste Vierteljahrhundert Ihres Lebens verlebten Sie zweifellos überschattet von der Wolke, noch zu jung für alles zu sein, während das letzte Vierteljahrhundert im Normalfall von der noch dunkleren Wolke verdüstert wäre, zu alt für alles zu sein. Und wie schmal und schwach ist doch der Streifen Sonnenlichts, der das Menschenleben zwischen diesen zwei Wolken erhellt! Sie aber sind vielleicht dazu bestimmt, ein glücklicheres Schicksal zu haben, denn nach den Maßstäben von Shangri-La haben Ihre Jahre des Sonnenlichts noch kaum begonnen. Es wird vielleicht geschehen, daß Sie sich in einigen Jahrzehnten nicht älter fühlen werden, als Sie heute sind – Sie werden sich vielleicht so wie einst Henschell eine lange und wundersame Jugend bewahren. Aber glauben Sie mir, auch dies ist nichts als eine frühe und oberflächliche Phase. Es wird eine Zeit kommen, wo Sie zu altern beginnen gleich anderen, aber weit langsamer, und einen viel würdigeren Zustand erreichen werden. Mit achtzig werden Sie vielleicht noch jugendlichen Schritts zum Paß hinaufsteigen können, aber wenn Sie einmal doppelt so alt sind, dürfen Sie nicht erwarten, daß das Wunder angehalten haben könnte. Wir sind keine Wundertäter, wir haben weder den Tod besiegt noch den Verfall. Alles, was wir getan haben und was wir eben manchmal tun können, ist, das *Tempo* dieses kurzen Zwischenspiels, das man ›das Leben‹ nennt, zu verlangsamen. Wir bewirken dies durch Methoden, die hier so einfach wie sie anderswo unmöglich sind. Aber täuschen Sie sich nicht; das Ende erwartet uns alle.

Es ist jedoch eine Aussicht von großem Zauber, die ich vor Ihnen entfalte – lange, ruhevolle Zeiten, während welcher Sie einen Sonnenuntergang so betrachten werden, wie die Menschen in der Außenwelt eine Kirchturmuhr die Stunde schlagen hören, und mit viel weniger Sorge. Die Jahre werden kommen und gehen, und Sie werden von fleischlichen Genüssen in erhabenere, aber nicht weniger lustvolle Bereiche vordringen. Sie werden vielleicht die Spannkraft der Muskeln und die Schärfe des Appetits verlieren, aber diese Verluste werden durch manchen Gewinn ausgeglichen werden. Sie werden Gemütsruhe erlangen und Tiefgründigkeit, Reife und Weisheit und die zauberhafte Klarheit des Gedächtnisses. Und sie werden das Kostbarste von allem haben: Zeit – diese seltene und schöne Gabe, die Ihre westlichen Länder desto unwiederbringlicher verloren, je mehr sie ihr hinterherjagten. Bedenken Sie für einen Augenblick: Sie werden Zeit zum Lesen haben – nie wieder werden Sie Seiten überfliegen, um Minuten einzusparen, oder eine Studie vermeiden, weil sie Sie allzusehr beanspruchen könnte. Sie haben auch Geschmack für Musik – hier finden Sie Noten und Instrumente, aber überdies ungestörte und ungemessene Zeit, ihnen den größten Genuß abzugewinnen. Auch sind Sie doch ein Mann, der gute Kameradschaft liebt. Reizt es Sie nicht, sich weise und heitere Freundschaften vorzustellen, einen langen und herzlichen Austausch des Geistes, von dem der Tod Sie nicht mit seiner gewohnten Eile hinwegrufen wird? Oder wenn Sie das Alleinsein vorziehen, könnten Sie nicht unsere Pavillons dazu nutzen, das edle Gut einsamer Gedanken zu bereichern?«

Die Stimme machte eine Pause, die Conway nicht zu füllen versuchte.

»Sie bemerken nichts dazu, mein lieber Conway? Verzeihen Sie meine Beredsamkeit – ich gehöre einem Zeitalter und einem Volk an, das es nicht für unschicklich hielt, beredsam zu sein … Aber vielleicht denken Sie an Frau, Eltern, Kinder, die sie in der Welt zurückgelassen haben? Oder etwa an Ambitionen, dieses oder jenes zu tun? Glauben Sie mir, wenn auch der Schmerz am Anfang heftig sein mag, so wird doch in zehn Jahren nicht einmal sein Schatten Sie mehr quälen. Doch wenn ich Ihre Gedanken richtig lese, haben Sie keinen derartigen Kummer.«

Conway war erstaunt über die Treffsicherheit dieses Urteils. »Das stimmt«, erwiderte er. »Ich bin unverheiratet, habe nur wenige nahe Freunde und keinerlei Ehrgeiz.«

»Keinerlei Ehrgeiz? Und wie haben Sie es vermocht, dieser weitverbreiteten Krankheit zu entgehen?«

Zum erstenmal hatte Conway das Gefühl, bei diesem Gespräch mehr als nur ein Zuhörer zu sein. »In meinem Beruf«, sagte er, »schien es mir immer, als sei vieles von dem, was gemeinhin als Erfolg bezeichnet wird, recht unangenehm. Ganz abgesehen davon, daß es größere Anstrengungen erforderte, als ich zu unternehmen bereit war. Ich war im Konsulardienst – auf ganz untergeordnetem Posten, aber er paßte mir ganz gut.«

»Mit Ihrer Seele jedoch waren Sie nicht dabei?«

»Weder mit der Seele noch mit dem Herzen noch mit mehr als nur halber Energie. Ich bin von Natur aus ziemlich träge.«

Die Runzeln vertieften und kräuselten sich, bis Conway begriff, daß der Hohe Lama wahrscheinlich lächelte. »Trägheit beim Erledigen sinnloser Dinge kann eine große Tugend sein«, begann die Flüsterstimme wieder. »Jedenfalls werden Sie uns in dieser Hinsicht kaum anspruchsvoll finden. Tschang hat Ihnen, wie ich meine, unseren Grundsatz der Mäßigung erklärt. Und eines von den Dingen, in denen wir immer mäßig sind, ist Tätigkeit. Ich selbst zum Beispiel habe es geschafft, zehn Sprachen zu erlernen. Es hätten leicht zwanzig sein können, wenn ich unmäßig gearbeitet hätte, aber das tat ich nicht. Und ebenso ist es in vieler anderer Hinsicht. Sie werden in uns weder Verschwender noch Asketen finden. Bis wir ein Alter erreichen, in dem Vorsicht ratsam ist, genießen wir unbedenklich die Freuden der Tafel, während – zum Nutzen unserer jüngeren Gefährten – die Frauen des Tals glücklicherweise den Grundsatz der Mäßigung auch auf ihre Keuschheit anwenden. Alles in allem betrachtet, bin ich überzeugt, daß Sie sich ohne große Mühe an unsere Lebensweise gewöhnen werden. Tschang war darin sehr optimistisch, und das bin auch ich nach dieser Zusammenkunft. Aber ich gebe zu, daß Sie eine sehr seltsame Eigenschaft besitzen, die ich bisher noch bei keinem unserer Besucher antraf. Es ist nicht gerade Zynismus, noch weniger Verbitterung; vielleicht ist es zum Teil Ernüchterung, aber gleichzeitig auch eine Geistesklarheit, die ich bei einem Menschen, der nicht wenigstens – sagen wir – ein Jahrhundert alt ist, nie erwartet hätte. Es ist, wenn ich es in ein einziges Wort fassen soll, Leidenschaftslosigkeit.«

Conway antwortete: »Das ist sicher ein ebensogutes Wort dafür wie irgendein anderes. Ich weiß nicht, ob Sie die Menschen, die hierherkommen, klassifizieren. Aber wenn Sie es tun, dann können Sie mich mit ›1914–1918‹ beschriften. Das macht mich, sollte ich meinen, zu einem einzigartigen Exemplar in Ihrem Museum von Altertümern – die drei anderen, die mit mir eintrafen, gehören nicht in diese Kategorie. Ich habe die meisten meiner Leidenschaften und Energien während jener Jahre verbraucht, und obgleich ich nicht viel darüber rede, habe ich seither von der Welt vor allem eines verlangt – daß sie mich in Ruhe läßt. Ich finde hier an diesem Ort einen gewissen Reiz und eine Stille, die mich ansprechen, und zweifellos werde ich mich, wie Sie sagen, eingewöhnen.«

»Ist das alles, mein Sohn?«

»Ich hoffe, ich halte mich gut genug an Ihre Regel der Mäßigung.«

»Sie sind klug – das hat mir schon Tschang gesagt. Sie sind sehr klug. Aber gibt es gar nichts an der Aussicht, die ich entwarf, was Sie zu irgendeinem stärkeren Gefühl verlockt?«

Conway schwieg eine Weile und erwiderte dann: »Ihre Erzählung über die Vergangenheit hat mich tief beeindruckt, aber um aufrichtig zu sein, interessiert mich Ihr Entwurf für die Zukunft in einem sehr abstrakten Sinn. Ich kann nicht so weit vorausblicken. Es täte mir gewiß leid, wenn ich Shangri-La morgen verlassen müßte oder nächste Woche oder vielleicht sogar nächstes Jahr. Aber was ich empfinden werde, wenn ich mein hundertstes Jahr erlebe, läßt sich nicht vorhersagen. Ich kann dieser Aussicht entgegensehen wie jeder anderen Zukunft, aber um mich wirklich dafür zu begeistern, müßte sie einen tieferen Sinn haben. Ich habe schon manchmal bezweifelt, ob das Leben selbst einen hat. Und wenn nicht, dann muß ein langes Leben noch sinnloser sein.«

»Mein Freund, die Traditionen dieses Gebäudes, die buddhistischen wie die christlichen, sind sehr beruhigend.«

»Möglich. Aber ich fürchte, ich bräuchte noch immer einen bestimmteren Grund, um einen Hundertjährigen zu beneiden.«

»Es *gibt* einen solchen Grund, und einen sehr bestimmten obendrein. Es ist der eigentliche Grund für das Bestehen dieser Kolonie von durch den Zufall ausgewählten Fremden, die über ihre vorbestimmte Zeit hinaus leben. Wir verfolgen kein müßiges Experiment, keine bloße Laune. Wir haben einen Traum und eine Vision. Es ist eine Vision, die zum erstenmal der alte Perrault hatte, als er im Jahre 1789 sterbend in diesem Zimmer lag. Er blickte damals zurück auf sein langes Leben, wie ich Ihnen bereits erzählt habe, und es schien ihm, als seien alle schönen Dinge auf der Erde flüchtig und vergänglich und als könnten Krieg, Gier und Brutalität sie eines Tages zermalmen, bis nichts mehr von ihnen auf der Welt übrigbliebe. Er erinnerte sich an manches, was er mit eigenen Augen gesehen hatte, und im Geiste malte er sich anderes aus. Er sah die Nationen erstarken, nicht an Weisheit, sondern an niedrigen Leidenschaften und Vernichtungswillen. Er sah die Kraft ihrer Maschinen sich vervielfältigen, bis ein einziger bewaffneter Mann einer ganzen Armee des Sonnenkönigs gewachsen sein würde. Und er sah voraus, daß sie, wenn sie Land und Meer mit Vernichtung erfüllt hätten, sich in die Luft erheben würden ... Können Sie behaupten, daß seine Vision unwahr war?«

»Nur allzu wahr.«

»Aber das war nicht alles. Er sah eine Zeit voraus, in der die Menschen, sich an der Technik des Mordens ergötzend, so verheerend auf der ganzen Welt wüten würden, daß alles Kostbare in Gefahr geriete, jedes Buch und jedes Bild und jede Harmonie; alle durch zwei Jahrtausende angesammelten Schätze, das Kleine, Zarte, Wehrlose – alles wäre dem Untergang verfallen wie die verlorengegangenen Bücher des Livius oder zerstört, wie die Engländer den Sommerpalast in Peking zerstörten.«

»Darin bin ich mit Ihnen einer Meinung.«

»Selbstverständlich. Aber was sind die Meinungen vernünftiger Menschen gegen Dynamit und Stahl? Glauben Sie mir, diese Vision des alten Perrault wird Wirklichkeit werden. Und das, mein Sohn, ist es, warum *ich* hier bin und warum *Sie* hier sind und warum wir darum beten dürfen, den Untergang, der rings um uns droht, zu überleben.«

»Ihn zu überleben?«

»Die Möglichkeit besteht. Es wird sich alles ereignen, bevor Sie so alt sind wie ich.«

»Und Sie glauben, Shangri-La wird dem entgehen?«

»Vielleicht. Wir haben keine Gnade zu erwarten, aber wir dürfen ein wenig auf Gleichgültigkeit hoffen. Hier wollen wir bleiben, mit unseren Büchern und unserer Musik und unseren Meditationen, um die zerbrechlichen Schätze eines sterbenden Zeitalters zu bewahren und jene Weisheit zu suchen, die die Menschen brauchen werden, wenn alle ihre Leidenschaften verbraucht sind. Wir haben ein Erbe zu hüten und zu hinterlassen, und bis diese Zeit kommt, wollen wir soviel Freude genießen, wie wir können.«

»Und dann?«

»Und dann, mein Sohn, wenn die Starken einander verschlungen haben, wird die christliche Lehre vielleicht endlich erfüllt werden und die Sanftmütigen werden das Erdreich besitzen.«

Ein Hauch von Begeisterung hatte sich auf das Flüstern gelegt, und Conway gab sich seiner Schönheit hin. Wieder fühlte er das Heranwogen der Dunkelheit, nun aber symbolisch, als braue sich in der Welt da draußen schon das Unwetter zusammen. Und dann sah er, daß der Hohe Lama von Shangri-La sich regte, sich tatsächlich von seinem Sitz erhob und aufrecht stand, fast wie die Verkörperung eines Geistes. Aus bloßer Höflichkeit wollte Conway ihm behilflich sein, aber plötzlich überwältigte ihn ein tieferer Antrieb, und er tat, was er noch nie vor einem Mann getan hatte; er kniete nieder, kaum wissend, warum.

»Ich verstehe Sie, Vater«, sagte er.

Er wußte nicht ganz genau, wie er sich endlich verabschiedete. Er war in einem Traum befangen, aus dem er erst viel später erwachte. Er erinnerte sich an die eisige Nachtluft nach der Hitze jener oberen Gemächer und auch an die Anwesenheit Tschangs, eine schweigende Gelassenheit, als sie gemeinsam die von Sternen erhellten Höfe durchschritten. Noch nie hatte Shangri-La seinen Augen eine intensivere Schönheit dargeboten. Jenseits des Felsenrandes dachte er sich das Tal als einen tiefen, stillen Teich, friedlich wie seine eigenen Gedanken. Denn Conway war nun über alles Erstaunen hinaus. Das lange Gespräch mit seinen wechselnden Phasen hatte in ihm nichts hinterlassen als eine tiefe Befriedigung, die sein Denken und seine Gefühle gleichermaßen ergriffen hatte wie sein Seele. Sogar seine Zweifel waren nicht länger quälend, sondern Teil einer subtilen Harmonie. Tschang sprach nicht, und auch er selbst sagte kein Wort. Es war sehr spät, und Conway war froh, daß all die anderen schon zu Bett gegangen waren.

# Neuntes Kapitel

Am Morgen fragte er sich, ob all das, woran er sich erinnerte, zu einer Vision gehöre, die er im Wachen oder im Schlafen gehabt hatte.

Es wurde ihm bald in Erinnerung gebracht. Ein Chor von Fragen begrüßte ihn, als er zum Frühstück erschien. »Hatten Sie aber gestern abend eine lange Unterredung mit dem Boß!« begann der Amerikaner. »Wir wollten eigentlich auf Sie warten, aber dann wurden wir müde. Wie ist er denn so?«

»Hat er irgend etwas über die Träger gesagt?« fragte Mallinson begierig.

»Sie haben ihn doch hoffentlich darauf angesprochen, daß man hier einen Missionar stationieren sollte«, sagte Miss Brinklow.

Dieses Kreuzfeuer von Fragen bewirkte, daß sich Conway auf seine Art der Verteidigung einstellte. »Ich fürchte, ich werde Sie wahrscheinlich alle enttäuschen müssen«, erwiderte er und schlüpfte ohne Schwierigkeit in seine Rolle. »Über die Mission habe ich nicht mit ihm gesprochen, die Träger hat er gar nicht erwähnt, und was sein Aussehen betrifft, so kann ich nur sagen, daß er ein sehr alter Mann ist, der ausgezeichnet Englisch spricht und ziemlich intelligent ist.«

Mallinson unterbrach ihn gereizt: »Die Hauptsache für uns ist, ob man ihm trauen kann. Glauben Sie, daß er uns im Stich lassen wird?«

»Er machte mir nicht den Eindruck eines unehrlichen Menschen.«

»Warum um alles in der Welt haben Sie ihm nicht wegen der Träger zugesetzt?«

»Es fiel mir nicht ein.«

Mallinson starrte ihn ungläubig an. »Ich kann Sie nicht verstehen, Conway. Bei dieser Geschichte in Baskul waren Sie so verdammt gut. Ich kann kaum glauben, daß Sie wirklich derselbe Mann sind. Sie scheinen ja völlig zusammengeklappt zu sein.«

»Das tut mir leid.«

»Das hilft uns auch nicht. Sie sollten sich lieber zusammenreißen und nicht so tun, als wäre Ihnen alles egal.«

»Sie mißverstehen mich. Ich meinte, daß es mir leid tut, Sie enttäuscht zu haben.«

Conways Stimme klang schroff, eine aufgesetzte Maske für seine Gefühle, die in der Tat so gemischt waren, daß andere sie wohl kaum hätten erraten können. Er hatte sogar sich selbst durch die Leichtigkeit, mit der er sich herausredete, ein wenig überrascht; es wurde ihm klar, daß er die Weisung des Hohen Lamas befolgen und das Geheimnis bewahren wollte. Er war auch erstaunt, mit welcher Selbstverständlichkeit er eine Haltung annahm, die seine Gefährten mit Sicherheit und nicht ohne Berechtigung für verräterisch halten müßten; wie Mallinson gesagt hatte, war das kaum, was man von einem Helden erwarten durfte. Conway empfand plötzlich eine halb mitleidige Zuneigung für den jungen Mann; dann jedoch wappnete er sich dagegen durch die Überlegung, daß Menschen, die Helden verehren, auf Enttäuschungen gefaßt sein müssen. Mallinson hatte in Baskul allzusehr die Rolle eines Schuljungen gespielt, der neu in der Schulmannschaft ist und für den gutaussehenden Kapitän schwärmt – und nun wankte eben der

Abgott auf seinem Sockel oder war gar schon heruntergefallen. Es war auch immer ein wenig traurig, wenn ein Ideal, so falsch es auch sein mochte, in Trümmer ging, und Mallinsons Bewunderung hätte Conway wenigstens ein halber Trost für die Anstrengung sein können, die es ihn kostete, zu tun, als wäre er, was er nicht war. Aber solch eine Täuschung war ohnedies unmöglich. In der Luft von Shangri-La lag – vielleicht infolge der großen Höhe – etwas, das einem die Anstrengung, falsche Gefühle vorzutäuschen, verbot.

Er sagte: »Hören Sie, Mallinson, es hat keinen Sinn, immer wieder von der Geschichte in Baskul zu reden. Selbstverständlich war ich damals anders – es war eine ganz andere Situation.«

»Und meiner Meinung nach eine viel gesündere. Wir wußten wenigstens, womit wir es zu tun hatten.«

»Mit Mord und Vergewaltigung – um genau zu sein. Nennen Sie das gesünder, wenn Sie wollen!«

Die Stimme des jungen Mannes wurde schrill, als er erwiderte: »Ich nenne das in der Tat gesünder, und zwar weil ich mich lieber damit auseinandersetzen würde als mit dieser ganzen Geheimniskrämerei!« Unvermittelt fügte er hinzu: »Die junge Chinesin zum Beispiel – wie kam *sie* eigentlich hierher? Hat der Kerl es Ihnen gesagt?«

»Nein, warum sollte er?«

»Warum sollte er nicht? Und warum sollten Sie nicht fragen, wenn Sie sich überhaupt dafür interessieren würden? Ist es so alltäglich, ein junges Mädchen unter einer Schar alter Mönche zu finden?«

An diese Art, die Sache zu sehen, hatte Conway gar nicht gedacht. »Dies ist kein gewöhnliches Kloster«, war die beste Antwort, die er nach kurzer Überlegung zu geben vermochte.

»Mein Gott, das ist es gewiß nicht.«

Ein Schweigen folgte, denn das Gespräch war offenbar an einem toten Punkt angelangt. Für Conway tat die Geschichte Lo-Tsens ziemlich wenig zur Sache; die kleine Mandschu lag so still in seiner Erinnerung, daß ihre Gegenwart ihm kaum zu Bewußtsein kam. Aber bei ihrer bloßen Erwähnung hatte Miss Brinklow plötzlich von der tibetanischen Grammatik aufgeblickt, die sie sogar am Frühstückstisch studierte (als hätte sie, so dachte Conway mit geheimem Doppelsinn, nicht ihr ganzes Leben dafür Zeit). Solche Reden von Mädchen und Mönchen erinnerten sie an die Geschichten über indische Tempel, die Missionare ihren Gattinnen erzählten und die diese dann ihren unverheirateten Kolleginnen weitererzählten. »Selbstverständlich«, sagte sie mit schmaler werdenden Lippen, »sind die moralischen Zustände hier ganz abscheulich – das war zu erwarten.« Sie wandte sich wie um Unterstützung an Barnard, aber der Amerikaner grinste nur. »Ich schätze, Ihr Leutchen werdet nicht viel auf meine Meinung in Sachen Moral geben«, bemerkte er trocken. »Aber für meinen Teil möchte ich sagen, daß Streitereien genauso schlimm sind. Da wir noch eine Weile hierbleiben müssen, sollten wir uns lieber nicht aus der Ruhe bringen lassen und es uns behaglich machen.«

Conway hielt das für einen guten Rat, aber Mallinson war noch immer nicht besänftigt. »Ich glaube sehr gern, daß Sie es behaglicher finden als Dartmoor«, sagte er bedeutungsvoll.

»Dartmoor? Ha, das ist eure große Strafanstalt? Ich verstehe. Na ja, gewiß habe ich die Leute dort nie beneidet. Und noch etwas – es tut nicht weh, wenn Sie mich damit treffen wollen. Dickhäutig und weichherzig, das ist die Mischung, aus der ich gemacht bin.«

Conway sah ihn anerkennend an und warf darauf Mallinson einen mißbilligenden Blick zu. Aber ganz unvermittelt hatte er dann das Gefühl, daß sie alle auf einer ungeheuren Bühne agierten, von deren Hintergrund nur er selbst eine Ahnung hatte. Und dieses Wissen, über das er mit niemandem reden konnte, ließ ihn plötzlich den Wunsch verspüren, allein zu sein. Er nickte den anderen zu und ging in den Hof hinaus. Angesichts des Karakal schwanden seine Befürchtungen, die Bedenken wegen seiner drei Gefährten gingen verloren in einem geheimnisvollen Hinnehmen der neuen Welt, die so weit jenseits ihres Ahnungsvermögens lag. Er begriff, daß es Zeiten gab, wo alles so seltsam war, daß es immer schwerer wurde, zu erkennen, wie seltsam einzelne Dinge waren; Zeiten, wo man die Dinge nur deshalb als gegeben hinnahm, weil Erstauntsein für einen selbst genauso ermüdend wäre wie für andere. Bis zu diesem Punkt war er in Shangri-La gekommen, und er erinnerte sich, daß er einen ähnlichen, wenn auch viel weniger angenehmen Gleichmut während seiner Jahre an der Front erlangt hatte.

Er brauchte Gleichmut, schon um sich in das Doppelleben zu finden, das zu führen er gezwungen war. In Gegenwart seiner Mitverbannten lebte er hinfort in einer durch die Ankunft von Trägern und die Rückkehr nach Indien bedingten Welt; sonst aber hob sich der Horizont wie ein Vorhang; die Zeit dehnte sich aus, der Raum zog sich zusammen, und der Name »Blauer Mond« bekam eine symbolische Bedeutung, als wäre die Zukunft mit all ihren Eventualitäten doch etwas, das nur alle Jubeljahre – in einem blauen Mond – Wirklichkeit würde. Manchmal fragte er sich, welches seiner beiden Leben das wirklichere sei, doch mit der Antwort darauf hatte es keine Eile; und wieder wurde er an den Krieg erinnert, denn während schwerer Bombadierungen hatte er dasselbe tröstliche Gefühl verspürt, daß er mehrere Leben besitze, von denen der Tod nur eines fordern könne.

Tschang sprach jetzt mit ihm natürlich ganz ohne Rückhalt, und sie unterhielten sich häufig über die Regeln und Grundsätze des Lamaklosters. Conway erfuhr, daß er während seiner ersten fünf Jahre ein normales Leben ohne besondere Vorschriften führen werde. Das geschah immer, wie Tschang sagte, »um dem Körper zu ermöglichen, sich an die Höhe zu gewöhnen, und auch, um die nötige Zeit zu gewähren, damit sich jedes geistige und gefühlsmäßige Bedauern verlöre«.

Dazu bemerkte Conway lächelnd: »Ihr seid also überzeugt, daß keine menschliche Zuneigung eine fünfjährige Trennung zu überdauern vermag?«

»Sie vermag das zweifellos«, erwiderte der Chinese, »aber nur als zarte Schwermut, deren Duft wir genießen können.«

Nach den fünf Probejahren, so erklärte Tschang weiter, würde dann der Prozeß der Alterungsverzögerung beginnen, der Conway im Falle eines erfolgreichen Verlaufs etwa ein halbes Jahrhundert im scheinbaren Alter von vierzig Jahren schenken würde. Er fand das kein schlechtes Alter, um darin zu verharren.

»Was ist mit Ihnen?« fragte Conway. »Wie hat es in Ihrem Fall geklappt?«

»Ach, mein werter Herr, ich war so glücklich, noch ganz jung hierherzukommen, mit nur zweiundzwanzig. Ich war Soldat, was Sie vielleicht nicht vermutet hätten. Ich befehligte im Jahre 1855 Truppen, die gegen räuberische Stämme eingesetzt worden waren. Ich unternahm gerade, was ich meinen Vorgesetzten gegenüber wohl als einen Aufklärungseinsatz bezeichnet hätte, wenn ich jemals zur Truppe zurückgekehrt wäre, um meine Geschichte zu erzählen. In Wirklichkeit hatte ich mich jedoch einfach in den Bergen verirrt, und von meinen Leuten überlebten nur sieben von mehr als hundert die Härten des Klimas. Als ich endlich aufgefunden und nach Shangri-La gebracht wurde, war ich so krank, daß nur meine Jugend und meine kräftige Konstitution mich retteten.«

»Zweiundzwanzig«, wiederholte Conway und rechnete im Kopf. »Also sind Sie jetzt siebenundneunzig.«

»Ja. Ich werde sehr bald, wenn die Lamas ihre Zustimmung geben, die letzten Weihen erhalten.«

»Ich verstehe. Sie müssen bis zur runden Zahl warten?«

»Nein, wir sind nicht durch irgendeine bestimmte Altersgrenze eingeschränkt, aber ein Jahrhundert wird im allgemeinen als ein Alter angesehen, jenseits dessen die Leidenschaften und Stimmungen des gewöhnlichen Lebens aller Wahrscheinlichkeit nach verschwunden sind.«

»Das kann ich mir gut vorstellen. Und was geschieht dann? Wie lange, erwarten Sie, wird es in Ihrem Fall weitergehen?«

»Es besteht Grund zu der Hoffnung, daß ich die Lamaschaft mit jenen Aussichten antreten werde, die Shangri-La möglich gemacht hat. In Jahren ausgedrückt, vielleicht noch ein Jahrhundert oder mehr.«

Conway nickte. »Ich weiß nicht, ob ich Sie beglückwünschen sollte. Es scheint Ihnen das Beste aus beiden Welten gewährt worden zu sein. Sie haben eine lange, angenehme Jugend hinter sich und ein ebenso langes und angenehmes Alter vor sich. Wann begannen Sie, auch äußerlich zu altern?«

»Als ich über siebzig war. Das ist oft der Fall. Aber ich glaube noch immer behaupten zu dürfen, daß ich für mein Alter jung aussehe.«

»Ganz entschieden. Und angenommen, Sie würden nun das Tal verlassen, was geschähe dann?«

»Ich würde sterben, wenn ich länger als ein paar Tage wegbliebe.«

»Also ist die Atmosphäre das Wichtigste?«

»Es gibt nur ein Tal des Blauen Mondes, und wer ein zweites zu finden hofft, verlangt zuviel von der Natur.«

»Ja, aber was wäre geschehen, wenn Sie das Tal, sagen wir, vor dreißig Jahren verlassen hätten, also noch während Ihrer verlängerten Jugend?«

Tschang antwortete: »Auch dann wäre ich wahrscheinlich gestorben. Auf jeden Fall hätte ich sehr bald das Aussehen angenommen, das meinem wahren Alter entsprach. Wir erlebten ein merkwürdiges Beispiel dafür vor einigen Jahren. Es hatte allerdings auch schon vorher einige gegeben. Einer der unseren hatte das Tal verlassen, um nach einer Reisegesellschaft Ausschau zu halten, deren Herannahen uns gemeldet worden war. Dieser Mann, ein Russe, war seinerzeit im besten Mannesalter hierhergekommen und hatte sich so gut in unsere Lebensweise gefunden, daß er mit fast achtzig Jahren kaum wie vierzig aussah. Er hätte nicht länger als eine Woche abwesend sein sollen, was ihm auch nicht geschadet hätte, wurde aber unglücklicherweise von Nomadenstämmen gefangengenommen und in einige Entfernung verschleppt. Wir vermuteten einen Unfall und gaben ihn verloren. Drei Monate später jedoch kehrte er zu uns zurück, da es ihm gelungen war zu entfliehen. Aber er war ein ganz anderer Mensch. Jedes Jahr seines Lebens stand ihm ins Gesicht geschrieben, und er starb bald darauf, wie ein alter Mann eben stirbt.«

Conway sagte eine Weile nichts. Sie führten dieses Gespräch in der Bibliothek, und er hatte während des größten Teils von Tschangs Erzählung durch ein Fenster zu dem Paß hinübergeblickt, der in die Außenwelt führte. Ein kleiner Wolkenstreifen war über den Bergkamm getrieben. »Eine ziemlich grausige Geschichte, Tschang«, sagte er endlich. »Sie gibt einem das Gefühl, daß die Zeit so etwas wie ein geprelltes Monster ist, das außerhalb des Tals lauert, um sich auf die Drückeberger zu stürzen, die es geschafft haben, ihm länger aus dem Weg zu gehen, als sie sollten.«

*»Drückeberger?«* wiederholte Tschang fragend. Seine Englischkenntnisse waren ausgesprochen gut, aber manchmal war ihm ein umgangssprachlicher Ausdruck doch unvertraut.

»Drückeberger«, erklärte Conway, »ist ein salopper Ausdruck für einen faulen, trägen Kerl, einen Taugenichts. Ich habe ihn natürlich nicht im Ernst gebraucht.«

Tschang dankte mit einer Verneigung für die Auskunft. Er hegte großes Interesse für Fremdsprachen und wog ein neues Wort gern philosophisch ab. »Es ist bezeichnend«, sagte er nach einer Pause, »daß die Engländer die Trägheit als ein Laster betrachten, wir hingegen ziehen sie der Anspannung bei weitem vor. Besteht nicht gegenwärtig in der Welt viel zuviel Anspannung und stünde es nicht besser, wenn mehr Menschen Drückeberger wären?«

»Ich bin geneigt, Ihnen zuzustimmen«, antwortete Conway mit feierlichem Vergnügen.

Ungefähr im Laufe einer Woche nach seiner Unterredung mit dem Hohen Lama lernte Conway mehrere andere seiner künftigen Kollegen kennen. Tschang war weder übereifrig noch abgeneigt, Bekanntschaften zu vermitteln, und Conway verspürte eine neue, für ihn recht anziehende Atmosphäre, in der Ungeduld nicht drängte und Aufschub nicht enttäuschte. »Manche der

Lamas«, erklärte Tschang, »werden Ihnen wohl noch beträchtliche Zeit, vielleicht jahrelang, nicht begegnen, aber das darf Sie nicht verwundern; sie sind bereit, Ihre Bekanntschaft zu machen, wenn es sich so trifft, und daß sie dabei Eile vermeiden, bedeutet keineswegs Unwilligkeit.« Conway, der oft ganz ähnlich empfunden hatte, wenn er neuen Mitgliedern fremder Konsulate den üblichen Besuch hatte abstatten müssen, erschien das als eine sehr verständliche Haltung.

Die Begegnungen, die er hatte, waren jedenfalls durchaus erfreulich; die Unterhaltung mit Männern, die dreimal so alt waren wie er, hatte nichts von den gesellschaftlichen Peinlichkeiten, die sich in London oder Delhi zwangsläufig eingestellt hätten. Der erste, mit dem er bekannt wurde, war ein sympathischer Deutscher namens Meister, der in den achtziger Jahren als einziger Überlebender einer Forschungsexpedition in das Kloster gekommen war. Er sprach fließend Englisch, wenngleich mit einem Akzent. Zwei oder drei Tage später fand eine zweite Vorstellung statt, und Conway genoß sein erstes Gespräch mit dem Mann, den der Hohe Lama besonders erwähnt hatte – mit Alphonse Briac, einem sehnigen, kleinen Franzosen, der nicht besonders alt aussah, obgleich er sich als ein Schüler Chopins vorstellte. Conway glaubte, daß er und der Deutsche sich als angenehme Gesellschafter erweisen würden. Im Unterbewußtsein analysierte er bereits, und nach ein paar weiteren Begegnungen vermochte er einige allgemeine Schlüsse zu ziehen: Er sah, daß die Lamas, die er traf, zwar individuelle Verschiedenheiten aufwiesen, aber eine Eigenschaft gemeinsam hatten, für die Alterslosigkeit kein sonderlich glücklicher Name war, aber doch der einzige, der ihm einfiel. Sie waren ferner alle mit einer gelassenen Intelligenz begabt, die auf höchst gefällige Art in gemessene und wohlabgewogene Meinungen überfloß. Conway vermochte auf diese Art von Annäherung einzugehen und fühlte, daß die anderen es merkten und dankbar dafür waren. Er fand, daß mit ihnen ebenso leicht auszukommen war wie mit irgendeiner anderen Gruppe kultivierter Menschen, denen er hätte begegnen können, nur daß es manchmal etwas Wunderliches hatte, so weit zurückliegende Erinnerungen so beiläufig erwähnt zu hören. Ein weißhaariger, gutmütig aussehender Mann zum Beispiel fragte Conway kurz nach Beginn ihres Gesprächs, ob er sich für die Schwestern Brontë interessiere. Conway erklärte, daß er das in gewissem Ausmaß täte, und der andere erwiderte: »Wissen Sie, als ich nämlich in den vierziger Jahren Kurat in West Riding war, besuchte ich einmal Haworth und übernachtete im Pfarrhaus. Seit meiner Ankunft in Shangri-La studiere ich das Brontë-Problem; ich schreibe sogar ein Buch darüber. Vielleicht hätten Sie Interesse, es bei Gelegenheit mit mir zusammen durchzugehen?«

Conway dankte herzlich, und später, als er und Tschang allein zurückgeblieben waren, machte er eine Bemerkung über die Lebhaftigkeit, mit der sich die Lamas offenbar ihres vortibetanischen Lebens erinnerten. Tschang antwortete, das gehöre alles zur Ausbildung dazu. »Sehen Sie, mein werter Herr, einer der ersten Schritte zur Klärung des Geistes besteht darin, ein Panorama der eigenen Vergangenheit zu erhalten, und wie jeder andere Blick auch wird dieses genauer, wenn es perspektivisch gesehen wird. Wenn Sie lange genug unter uns geweilt haben, werden Sie merken, wie Sie Ihr altes Leben allmählich deutlicher sehen, so als würden Sie an einem Fernrohr die Schärfe einstellen. Alles wird dann ruhig und klar hervortreten, in der richtigen Größe und mit der ihm zukommenden Bedeutung. Ihr neuer Bekannter zum Beispiel erkennt, daß der wirklich große Augenblick seines Lebens eintrat, als er in jungen Jahren einen Besuch in einem Haus machte, in dem ein alter Geistlicher mit seinen drei Töchtern wohnte.«

»Ich werde mich also an die Arbeit machen und versuchen müssen, mich meiner großen Augenblicke zu erinnern?«

»Es wird keine Anstrengung sein, sie werden Ihnen wie von selbst ins Gedächtnis kommen.«

»Ich weiß nicht, ob ich sie sehr willkommen heißen werde«, antwortete Conway schwermütig.

Aber welchen Ertrag auch immer die Vergangenheit abwürfe, Conway entdeckte Glück und Zufriedenheit in der Gegenwart. Wenn er in der Bibliothek las oder im Musikzimmer Mozart spielte, verspürte er oft das Aufkommen eines zutiefst vergeistigten Gefühls, als wäre Shangri-La in der Tat eine lebende Essenz, destilliert aus dem Zauber der Jahrhunderte und auf wunderbare Weise vor Vergänglichkeit und Tod geschützt. In solchen Augenblicken erinnerte er sich bemerkenswert oft an seine Unterredung mit dem Hohen Lama; er spürte, wie über jeder Beschäftigung ein ruhiger Verstand sanft waltete, der Auge und Ohr tausend beruhigende Worte zuflüsterte. So lauschte er etwa, während Lo-Tsen den komplizierten Rhythmus einer Fuge meisterte, und fragte sich, was hinter dem blassen, unpersönlichen Lächeln lag, das ihre Lippen einer sich öffnenden Blüte gleichen ließ. Sie redete sehr wenig, obgleich sie nun wußte, daß Conway ihre Sprache beherrschte; Mallinson gegenüber, der das Musikzimmer manchmal ganz gern aufsuchte, war sie fast stumm. Aber Conway erkannte in ihr eine Anmut, die von ihrem Schweigen perfekt zum Ausdruck gebracht wurde.

Einmal fragte er Tschang nach ihrer Geschichte und erfuhr, daß sie aus einem königlichen Mandschu-Geschlecht stammte. »Sie war einem Prinzen von Turkestan versprochen und reiste ihm gerade nach Kaschgar entgegen, als ihre Träger im Gebirge die Orientierung verloren. Die ganze Schar wäre zweifellos umgekommen, wenn unsere Abgesandten nicht auf gewohnte Weise ein Zusammentreffen herbeigeführt hätten.«

»Wann geschah das?«

»Im Jahre 1884. Sie war achtzehn.«

»*Damals* war sie achtzehn?«

Tschang neigte den Kopf. »Ja, wir sind bei ihr recht erfolgreich, wie Sie selbst beurteilen können. Sie hat stets ausgezeichnete Fortschritte gemacht.«

»Wie hat sie es aufgenommen, am Anfang, als sie hierherkam?«

»Sie war vielleicht etwas mehr als durchschnittlich abgeneigt, sich mit der Lage abzufinden; sie erhob keinen Widerspruch, aber wir merkten, daß sie einige Zeit verstört war. Es war natürlich ein ungewöhnlicher Vorfall – ein junges Mädchen auf dem Weg zu ihrer Hochzeit abzufangen ... Wir waren alle besonders darauf bedacht, daß sie hier glücklich werden möge.« Tschang lächelte treuherzig. »Ich fürchte, der Aufruhr der Liebe kapituliert von Natur aus nicht leicht. Aber die ersten fünf Jahre erwiesen sich als mehr als hinreichend für den Zweck.«

»Sie hing vermutlich sehr an ihrem zukünftigen Gatten?«

»Das wohl kaum, mein werter Herr, denn sie hatte ihn nie gesehen. Sie kennen ja die alte Sitte; der Aufruhr ihrer Gefühle war vollkommen unpersönlich.«

Conway nickte und dachte eine Weile mit zärtlicher Zuneigung an Lo-Tsen. Er malte sich aus, wie sie vor einem halben Jahrhundert gewesen sein mochte, regungslos erhaben in ihrer verzierten Sänfte, mit der die Träger über das Plateau keuchten, und den Blick suchend auf den windverwehten Horizont geheftet, der ihr so rauh erscheinen mußte nach den Gärten und Lotusteichen ihrer östlichen Heimat. »Armes Kind«, sagte er, als er daran dachte, wie solche vornehme Schönheit über all die Jahre hinweg gefangengehalten wurde. Die Kenntnis ihrer Vergangenheit verringerte keineswegs sein Gefallen an ihrer stillen Schweigsamkeit, sondern vergrößerte es vielmehr. Sie war wie eine wunderschöne kühle Vase, schmucklos bis auf einen entfliehenden Lichtstrahl.

Es gefiel ihm ebenso, wenn auch auf weniger ekstatische Weise, wenn Briac ihm von Chopin erzählte und die vertrauten Melodien mit großer Virtuosität spielte. Es stellte sich heraus, daß der Franzose mehrere Kompositionen Chopins kannte, die nie veröffentlicht worden waren, und da er sie niedergeschrieben hatte, verbrachte Conway angenehme Stunden damit, sie auswendig zu lernen. Er fand einen gewissen Reiz in dem Gedanken, daß weder Cortot noch Paderewski dieses Glück zuteil geworden war. Briacs Erinnerungen waren damit noch nicht am Ende; sein Gedächtnis erfrischte ihn beständig mit irgendeinem Stückchen Melodie, das der Meister verworfen oder bei irgendeiner Gelegenheit improvisiert hatte. Er brachte sie alle zu Papier, sobald er sich an sie erinnerte, und es waren einige ganz wunderbare Fragmente darunter. »Briac«, erklärte Tschang, »ist noch nicht lange eingeweiht, und daher müssen Sie Nachsicht haben, wenn er soviel über Chopin spricht. Die jüngeren Lamas sind natürlich noch sehr mit der Vergangenheit beschäftigt. Das ist eine notwendige Vorstufe zur Vergegenwärtigung der Zukunft.«

»Was vermutlich die Aufgabe der Älteren ist.«

»Ja, der Hohe Lama zum Beispiel verbringt fast sein ganzes Leben in hellseherischer Meditation.«

Conway dachte einen Augenblick nach und sagte dann: »Wann übrigens werde ich ihn wohl wiedersehen?«

»Zweifellos am Ende der ersten fünf Jahre, mein werter Herr.«

Aber diese zuversichtliche Voraussage Tschangs war falsch, denn kaum einen Monat nach seiner Ankunft in Shangri-La wurde Conway ein zweites Mal in jenes überheizte obere Gemach beordert. Tschang hatte ihm erzählt, daß der Hohe Lama seine Gemächer nie verlasse und daß deren drückend heiße Atmosphäre ihm körperlich notwendig sei. Derart vorbereitet, fand Conway die Umstellung diesmal weniger verwirrend als beim ersten Mal. Er vermochte tatsächlich ganz leicht zu atmen, sobald er sich verneigt hatte und durch das leise erwidernde Aufleuchten der eingesunkenen Augen begrüßt worden war. Er fühlte eine Verwandtschaft mit dem Geist hinter diesen Augen, und obgleich er wußte, daß diese zweite Unterredung, so bald nach der ersten, eine beispiellose Ehre darstellte, war er nicht im geringsten nervös oder von Feierlichkeit überwältigt. Das Alter eines Menschen spielte für ihn ebensowenig eine Rolle wie sein Rang oder seine Hautfarbe; dadurch, daß Menschen zu jung oder zu alt waren, hatte er sich nie davon abhalten lassen, sie zu mögen. Er hegte die herzlichste Hochachtung für den Hohen Lama, aber er sah nicht ein, warum ihre gesellschaftlichen Beziehungen deshalb weniger umgänglich sein sollten.

Sie tauschten die üblichen Artigkeiten aus, und Conway beantwortete viele höfliche Fragen. Er sagte, daß er das Leben sehr angenehm finde und schon mehrere Freundschaften geschlossen habe.

»Und Sie haben unsere Geheimnisse Ihren drei Gefährten gegenüber bewahrt?«

»Bisher ja. Es war bisweilen ein wenig peinlich, aber wahrscheinlich wäre es noch peinlicher gewesen, wenn ich es ihnen gesagt hätte.«

»Ganz wie ich vermutete. Sie haben gehandelt, wie Sie es für das beste hielten, und die Peinlichkeit ist schließlich nur vorübergehend. Tschang sagt mir, er glaube, zwei von ihnen würden uns wenig Schwierigkeiten machen.«

»Das ist sicherlich der Fall.«

»Und der dritte?«

»Mallinson«, erwiderte Conway, »ist ein leicht reizbarer junger Mensch und sehr darauf versessen zurückzugehen.«

»Sie mögen ihn?«

»Ja, ich mag ihn sehr.«

In diesem Augenblick wurden die Teeschalen hereingebracht, und das Gespräch wurde weniger ernst, während sie den duftenden Tee schlürften. Das war eine zweckmäßige Sitte, durch die etwas von dem leichten Aroma des Getränks auf den Fluß der Worte überzugehen vermochte, und Conway ließ sich gern darauf ein. Als der Hohe Lama fragte, ob Shangri-La unter Conways Erfahrungen nicht etwas ganz Einzigartiges sei und ob die westliche Welt etwas auch nur im entferntesten Ähnliches zu bieten vermöge, antwortete er mit einem Lächeln: »Hm, ja doch. Um ganz aufrichtig zu sein, erinnert es mich ein klein wenig an Oxford, wo ich einmal gelehrt habe. Die Landschaft dort ist nicht so schön, aber die Studiengegenstände sind oft von fast ebenso geringem praktischem Wert, und wenngleich selbst der älteste der Professoren nicht ganz so alt ist, scheinen sie auf eine etwas ähnliche Art zu altern.«

»Sie haben Sinn für Humor, mein lieber Conway«, erwiderte der Hohe Lama, »und dafür werden wir alle in den kommenden Jahren dankbar sein.«

# Zehntes Kapitel

»Außerordentlich!« sagte Tschang, als er hörte, daß Conway abermals zum Hohen Lama gerufen worden war, und aus dem Munde eines Mannes, der so sparsam in der Verwendung von Superlativen war wie er, war das Wort bedeutsam. Es sei noch nie vorgekommen, erklärte er mit Nachdruck, seit die Grundsätze des Lamaklosters aufgestellt worden waren. Noch nie habe der Hohe Lama eine zweite Unterredung gewünscht, bevor die fünfjährige Probezeit eine Läuterung des Novizen von allen mutmaßlichen Gefühlen bewirkt hatte. »Denn, sehen Sie, es ist eine große Anstrengung für ihn, mit dem durchschnittlichen Neuling zu sprechen. Schon die Nähe menschlicher Leidenschaften ist eine unwillkommene und in seinem Alter sogar fast unerträgliche Unannehmlichkeit. Nicht daß ich seine vollkommene Weisheit in dieser Sache in Zweifel stellte. Es lehrt uns, glaube ich, etwas von großem Wert – daß sogar die festen Regeln unserer Gemeinschaft nur mäßig fest sind. Aber es ist trotz alledem ganz außerordentlich.«

Conway erschien es natürlich nicht außerordentlicher als alles andere, und nachdem er den Hohen Lama ein drittes und viertes Mal besucht hatte, empfand er es überhaupt nicht mehr als außerordentlich. Es schien geradezu etwas fast Vorbestimmtes in der Leichtigkeit zu liegen, mit der sich ihre Geister einander näherten. Es war, als würden in Conway alle geheimen Spannungen gelöst, und das verlieh ihm eine wunderbare Gemütsruhe, wenn er den Hohen Lama wieder verließ. Bisweilen hatte er das Gefühl, von der Meisterschaft dieser zentralen Intelligenz völlig verzaubert zu sein, und dann zog sich der großartige Denkprozeß über den kleinen, blaßblauen Teeschälchen zu einer so liebenswürdigen und zarten Lebendigkeit zusammen, daß es ihm vorkam wie ein Theorem, das sich restlos und klar in ein Sonett auflöste.

Ihre Gespräche wanderten weit und ohne Scheu umher; ganze philosophische Systeme wurden entfaltet; die langen Alleen der Geschichte fügten sich ihrer Besichtigung und gewannen neue Plausibilität. Für Conway war es ein bezauberndes Erlebnis, aber er gab dabei seine kritische Einstellung nicht auf, und einmal, als er gerade ein Argument vorgebracht hatte, erwiderte der Hohe Lama: »Mein Sohn, Sie sind jung an Jahren, aber ich sehe, daß Ihre Weisheit die Reife des Alters hat. Ganz gewiß müssen Sie etwas Ungewöhnliches erlebt haben.«

Conway lächelte. »Nichts Ungewöhnlicheres, als die meisten meiner Generation erlebt haben.«

»Ich bin noch nie Ihresgleichen begegnet.«

Conway antwortete nach einer Pause: »Daran ist nicht viel Geheimnisvolles. Der Teil von mir, der Ihnen alt erscheint, wurde durch intensive und vorzeitige Erfahrungen müde gemacht. Die Zeit vom neunzehnten bis zum zweiundzwanzigsten Lebensjahr war für mich zweifellos eine ganz hervorragende Erziehung, aber auch recht ermüdend.«

»Sie waren sehr unglücklich in diesem Krieg?«

»Nicht besonders. Ich war aufgeregt und dem Selbstmord nah, verängstigt, tollkühn und zuweilen rasend vor Wut – ganz wie ein paar Millionen andere auch. Ich betrank mich manchmal bis zur Sinnlosigkeit und tötete und hurte in großem Stil. Es war der Mißbrauch aller Gefühle, derer man fähig war, und man überstand ihn, wenn überhaupt, mit einer Empfindung von allmächtiger Langeweile und Ruhelosigkeit. Das war es, was die Jahre danach so schwierig machte. Glauben Sie nicht, daß ich mich als allzu tragisch hinstelle – im großen und ganzen habe ich seitdem ziemlich viel Glück gehabt. Aber es war fast, wie in einer Schule zu sein, die einen sehr schlechten Direktor hat – man kann Spaß genug haben, wenn man dazu aufgelegt ist, aber es wird manchmal etwas nervenaufreibend und nie wirklich sehr befriedigend. Ich glaube, ich fand das eher heraus als die meisten anderen Menschen.«

»Und so setzte sich Ihre Erziehung fort?«

Conway zuckte die Achseln. »Vielleicht ist ja die Erschöpfung der Leidenschaften der Weisheit Anfang, wenn Sie den Psalm so umformulieren wollen.«

»Das, mein Sohn, ist auch die Lehre von Shangri-La.«

»Ich weiß. Darum fühle ich mich hier auch ganz zu Hause.«

Er hatte nur die Wahrheit gesagt. Als die Tage und Wochen vergingen, fühlte er eine fast schmerzhafte Zufriedenheit Geist und Körper vereinen. Wie Perrault und Henschell und die anderen verfiel auch er dem Zauber. Der Blaue Mond hatte ihn in seinen Bann geschlagen, und es gab kein Entrinnen. Die Berge schimmerten ringsumher, eine Mauer von unzugänglicher Reinheit, von der sein Blick geblendet zu den grünen Tiefen des Tals zurücksank. Das ganze Bild war unvergleichlich, und wenn er die silbrige Monotonie des Spinetts über den Lotusteich herüberklingen hörte, fühlte er, daß sie das makellose Muster aus Klang und Farbe wie ein schmückender Faden durchzog.

Er war – und wußte das – auf eine sehr stille Weise in die kleine Mandschu verliebt. Seine Liebe forderte nichts, nicht einmal eine Antwort; sie war eine Huldigung des Geistes, der seine Sinne nur eine leichte Würze verliehen. Sie stellte für ihn ein Sinnbild alles Zarten und Zerbrechlichen dar; ihre stilisierten Höflichkeiten und der Anschlag ihrer Finger auf den Tasten gewährten ihm eine völlig befriedigende Vertraulichkeit. Manchmal sprach er sie auf eine Weise an, die, wenn sie gewollt hätte, zu einem weniger förmlichen Gespräch hätte führen können, aber ihre Antworten durchbrachen nie die wundersame Heimlichkeit ihrer Gedanken, und in gewissem Sinn wünschte er das auch nicht. Es war ihm plötzlich eine Facette des verheißenen Juwels deutlich geworden: Er hatte Zeit, Zeit für alles, dessen Verwirklichung er wünschte, so viel Zeit, daß das Verlangen schon durch die Gewißheit der Erfüllung gestillt wurde. In einem Jahr, in zehn Jahren würde auch noch Zeit sein. Die Vorstellung davon ergriff ihn immer mehr, und er war glücklich in ihr.

Zwischendurch trat er dann immer wieder in das andere Leben, wo er Mallinsons Ungeduld, Barnards Herzlichkeit und Miss Brinklows robuster Zielbewußtheit begegnete. Er fühlte, daß er froh sein würde, wenn sie erst alle soviel wüßten wie er, und wie Tschang konnte er sich vorstellen, daß weder der Amerikaner noch die Missionarin sich als schwierige Fälle erweisen würden. Es amüsierte ihn sogar, als Barnard einmal sagte: »Wissen Sie, Conway, ich bin gar nicht so sicher, daß das hier kein nettes Plätzchen wäre, wo man sich niederlassen könnte. Ich dachte anfangs, ich würde die Zeitungen und die Kinos vermissen, aber ich schätze, man kann sich an alles gewöhnen.«

»Das schätze ich auch«, pflichtete ihm Conway bei.

Er erfuhr später, daß Tschang Barnard auf dessen eigenen Wunsch ins Tal hinunter mitgenommen hatte, um alles zu genießen, was der Ort jemandem zu bieten hatten, der »einen draufmachen« wollte. Mallinson äußerte sich, als er davon hörte, ziemlich verachtungsvoll: »Er hat sich vermutlich vollaufen lassen«, bemerkte er zu Conway. Und zu Barnard selbst sagte er: »Es geht mich natürlich nichts an, aber für die Reise sollten Sie sich halbwegs in Form halten, wissen Sie. Die Träger sollen in vierzehn Tagen hier sein, und nach allem, was ich höre, wird der Rückmarsch nicht gerade eine Spritztour werden.«

Barnard nickte gleichmütig. »Das habe ich mir auch nie eingebildet. Und was das Fitbleiben anbelangt, so glaube ich, daß ich seit Jahren nicht so gut in Form war. Ich hab jeden Tag 'ne Menge Bewegung, und ich habe keinerlei Sorgen. Und in den Kneipen da unten im Tal passen sie schon auf, daß man's nicht übertreibt. Mäßigung, wissen Sie – der Wahlspruch der Firma.«

»Ja, ich zweifle gar nicht, daß Sie es geschafft haben, sich mäßig gut zu unterhalten«, sagte Mallinson bissig.

»Gewiß. Dieses Etablissement sorgt für jeden Geschmack – manche Leute haben eine Vorliebe für kleine Chinesenmädchen, die Klavier spielen. Etwa nicht? Man kann keinem Menschen seine Vorlieben zum Vorwurf machen.«

Conway war über diese Anspielung keineswegs verärgert, aber Mallinson errötete wie ein Schuljunge. »Man kann allerdings einen Menschen ins Zuchthaus schikken, wenn er eine Vorliebe für das Eigentum anderer Leute hat«, sagte er aufgebracht, zu einer Wut gereizt, die seinen Verstand benebelte.

»Sicher, wenn man sie erwischen kann.« Der Amerikaner grinste gutmütig. »Und das bringt mich auf etwas, das ich euch Leutchen genausogut jetzt gleich sagen kann, wo wir nun mal auf das Thema gekommen sind. Ich habe nämlich beschlossen, diese Träger zu verpassen. Ich schätze, die kommen ziemlich regelmäßig hierher. Und ich werde eben bis zum nächstenmal warten oder vielleicht bis zum übernächsten, das heißt, falls die Mönche mir glauben, daß ich noch für meine Hotelrechnung aufkommen kann.«

»Sie wollen sagen, daß Sie nicht mit uns kommen?«

»Genau. Ich habe beschlossen, noch eine Weile hierzubleiben. Für Sie ist das natürlich kein Problem. Wenn *Sie* nach Hause kommen, wird die Musikkapelle spielen, aber ich werde höchstens von einer Reihe von Cops empfangen. Und je mehr ich darüber nachdenke, desto klarer wird mir, daß mir das nicht reicht.«

»Mit anderen Worten, Sie sind einfach zu feige, die Suppe auszulöffeln.«

»Ich habe sowieso nie was für Suppen übrig gehabt.«

»Ich schätze, es ist Ihre Sache, und niemand kann Sie hindern, Ihr Leben lang hierzubleiben, wenn Sie dazu Lust haben«, sagte Mallinson mit kalter Verachtung, aber gleichzeitig sah er sich wie nach Hilfe um. »Es ist vielleicht nicht jedermanns Geschmack, aber jeder hat eben seine eigenen Vorstellungen. Was meinen Sie dazu, Conway?«

»Ich stimme Ihnen vollkommen zu. Jeder hat seine eigenen Vorstellungen.«

Mallinson wandte sich an Miss Brinklow, die plötzlich ihr Buch hinlegte und bemerkte: »Übrigens glaube ich, daß ich auch hierbleiben werde.«

*»Was?«* riefen die anderen wie aus einem Mund.

Mit einem hellen Lächeln, das mehr wie ein Anhängsel ihres Gesichts als wie eine Aufhellung ihrer Züge aussah, fuhr sie fort: »Also sehen Sie, ich habe darüber nachgedacht, wie es geschehen konnte, daß wir hierhergerieten, und ich kann nur zu einem einzigen Schluß kommen: Es muß eine geheimnisvolle Macht geben, die hinter den Kulissen waltet. Glauben Sie nicht auch, Mr. Conway?«

Conway wäre es schwergefallen, darauf zu antworten, aber Miss Brinklow fuhr immer hastiger fort: »Wer bin ich, daß ich die Befehle der Vorsehung in Frage stellen dürfte? Ich wurde zu einem bestimmten Zweck hierhergesandt. Und ich werde bleiben.«

»Heißt das, Sie hoffen, hier eine Missionsstation zu eröffnen?« fragte Mallinson.

»Ich hoffe es nicht nur, es ist meine feste Absicht. Ich weiß ganz genau, wie man mit diesen Leuten umzugehen hat – ich werde meinen Willen durchsetzen, seien Sie unbesorgt. Die haben hier alle keinen richtigen Mumm.«

»Und Sie haben die Absicht, ihnen welchen zu geben?«

»Ja, die habe ich, Mr. Mallinson. Ich bin ganz entschieden gegen diese Idee der Mäßigung, von der wir hier so viel hören. Sie mögen das Weitherzigkeit nennen, wenn Sie wollen, aber nach meiner Ansicht führt es nur zu der schlimmsten Form von Nachlässigkeit. Der ganze Fehler an diesen Leuten hier ist ihre sogenannte Weitherzigkeit, und ich gedenke diese mit allen meinen Kräften zu bekämpfen.«

»Und die Leute sind so weitherzig, daß sie Sie das auch noch tun lassen werden?« sagte Conway lächelnd.

»Oder Miss Brinklow ist so löwenherzig, daß sie sie nicht daran hindern können«, warf Barnard ein und fügte lachend hinzu: »Es ist so, wie ich sagte – dieses Etablissement sorgt für jeden Geschmack.«

»Möglich, wenn Sie zufällig eine Vorliebe für Gefängnisse haben«, versetzte Mallinson.

»Na ja, sogar das kann man von zwei Seiten betrachten. Du meine Güte, wenn Sie an all die Leute in der Welt denken, die ihr ganzes Hab und Gut dafür geben würden, um aus der Tretmühle herauszukommen und an einem Ort wie diesem zu sein! Nur daß sie nicht heraus können. Sind *wir* also im Gefängnis oder sind *die* es?«

»Eine sehr tröstliche Überlegung für einen Affen im Käfig«, gab Mallinson zurück. Er war noch immer voller Wut.

Später sprach er mit Conway allein. »Der Mensch geht mir noch immer auf die Nerven«, sagte er, im Hof auf und ab gehend. »Es tut mir gar nicht leid, daß wir ihn auf dem Rückweg nicht dabeihaben werden. Sie können mich für empfindlich halten, aber mich wegen dieses Chinesenmädchens aufzuziehen, fand ich überhaupt nicht witzig.«

Conway ergriff Mallinson am Arm. Es wurde ihm immer klarer, daß er den Jungen sehr gern hatte und daß die letzten, gemeinsam verbrachten Wochen dieses Gefühl trotz gelegentlicher Verstimmungen noch verstärkt hatten. »Ich dachte«, sagte er nun, »daß ich aufgezogen wurde und nicht Sie.«

»Nein, es war auf mich gemünzt. Er weiß, daß ich mich für sie interessiere. Ja, das tue ich, Conway. Ich kann mir nicht erklären, warum sie hier ist und ob sie wirklich gern hier ist. Mein Gott, wenn ich ihre Sprache so spräche wie Sie, Conway, dann wäre ich bald im reinen mit ihr.«

»Davon bin ich nicht so überzeugt. Sie spricht auch mit anderen nicht viel mehr, wissen Sie.«

»Es ist mir ein Rätsel, warum Sie ihr nicht mit allen möglichen Fragen zusetzen.«

»Ich wüßte nicht, daß ich Leuten überhaupt gern zusetze.«

Er wünschte, er hätte mehr sagen können, und plötzlich überkam ihn ein dumpfes Gefühl von Mitleid und Ironie. Dieser junge Mensch voller Tatkraft und Feuer würde die Sache sehr schwer nehmen. »Ich würde mich an Ihrer Stelle nicht um Lo-Tsen sorgen«, fügte er hinzu, »sie ist vollkommen glücklich.«

Barnards und Miss Brinklows Entschluß, im Lamakloster zu bleiben, schien Conway sehr hilfreich zu sein, obgleich er und Mallinson dadurch scheinbar in ein feindliches Lager gerieten, zumindest vorläufig. Es war eine ganz sonderbare Situation, und er hatte keinen bestimmten Plan, wie er mit ihr fertig werden sollte.

Zum Glück bestand offenbar keine Notwendigkeit, überhaupt damit fertig zu werden. Solange die zwei Monate nicht um waren, konnte nicht viel geschehen, und danach würde eine Krise kommen, die auch dadurch nicht weniger heftig ausfallen würde, daß er vorher versucht hatte, sich darauf vorzubereiten. Aus diesen und anderen Gründen war er nicht geneigt, sich um das Unvermeidliche Sorgen zu machen, aber einmal sagte er doch zu Tschang: »Wissen Sie, ich mache mir Sorgen um den jungen Mallinson. Ich fürchte, er wird es sehr übel aufnehmen, wenn er dahinterkommt.«

Tschang nickte mit einiger Anteilnahme: »Ja, es wird nicht leicht sein, ihn davon zu überzeugen, wie gut es das Schicksal mit ihm gemeint hat. Aber die Schwierigkeit ist schließlich nur eine vorübergehende. In zwanzig Jahren wird unser Freund ganz damit ausgesöhnt sein.«

Conway fand diese Art, die Sache zu betrachten, fast ein wenig zu philosophisch. »Ich möchte nur wissen«, sagte er, »wie man ihm die Wahrheit eröffnen wird. Er zählt die Tage bis zur Ankunft der Träger, und wenn sie nicht kommen –«

»Aber sie *werden* kommen.«

»Aha? Ich hatte mir irgendwie eingebildet, daß Ihr ganzes Gerede über sie nur ein nettes Märchen war, um uns die Sache zu erleichtern.«

»Keineswegs. Obwohl wir darin nicht dogmatisch sind, ist es doch unsere Gewohnheit in Shangri-La, mäßig wahrheitsliebend zu sein, und ich kann Ihnen versichern, daß meine Mitteilungen über die Träger fast ganz zutreffend waren. Jedenfalls erwarten wir die Männer etwa um die Zeit, die ich Ihnen genannt habe.«

»Dann werden Sie Mallinson nur schwer davon abhalten können, sich ihnen anzuschließen.«

»Aber wir würden das auch nie versuchen. Er wird nur – zweifellos durch persönliche Erfahrung – entdecken, daß die Träger leider nicht in der Lage sind, irgend jemanden mit zurückzunehmen.«

»Ach so. Das ist also die Methode. Und was, denken Sie, wird dann geschehen?«

»Dann, mein werter Herr, nach einer Zeit der Enttäuschung, wird er – da er jung und optimistisch ist – zu hoffen beginnen, daß die nächste, neun oder zehn Monate später fällige Trägerkolonne sich seinen Vorschlägen als zugänglicher erweisen werde. Und diese Hoffnung werden wir ihm, wenn wir klug sind, am Anfang auch nicht ausreden.«

Conway sagte scharf: »Ich bin gar nicht so sicher, daß er das hoffen wird. Ich glaube, er wird viel eher versuchen, auf eigene Faust zu fliehen.«

»*Fliehen?* Sollte man wirklich dieses Wort hier gebrauchen? Schließlich steht der Paß doch jedermann jederzeit offen. Wir haben keine Gefängniswärter. Außer denen, für die die Natur selbst gesorgt hat.«

Conway lächelte. »Nun, Sie müssen doch zugeben, daß sie in dem Fall ganze Arbeit geleistet hat. Aber ich nehme nicht an, daß Sie sich stets auf die Natur verlassen. Wie war das zum Beispiel mit den verschiedenen Forschungsexpeditionen, die hierherkamen? Stand der Paß ihnen ebenso offen, wenn sie wegwollten?«

Nun war die Reihe zu lächeln an Tschang. »Besondere Umstände, mein werter Herr, erforderten manchmal besondere Maßnahmen.«

»Ausgezeichnet. Also geben Sie den Leuten nur dann die Möglichkeit zur Flucht, wenn Sie wissen, daß sie Narren sein müßten, um davon Gebrauch zu machen. Trotzdem, glaube ich, werden es manche versuchen.«

»Nun ja. In einigen sehr seltenen Fällen kam es vor. Aber in der Regel sind die Ausreißer bereits nach der Erfahrung einer einzigen Nacht auf der Hochebene froh, zurückkehren zu können.«

»Ohne Schutz vor dem Wetter und geeignete Kleidung? Da kann ich ganz gut verstehen, daß eure milden Methoden ebenso wirksam sind, wie strenge es wären. Aber was ist mit den ungewöhnlichen Fällen? Den Leuten, die nicht zurückkehren?«

»Sie haben die Frage schon selbst beantwortet«, erwiderte Tschang. »Sie kehren *nicht* zurück.« Aber er beeilte sich hinzuzufügen: »Ich kann Ihnen jedoch versichern, daß nur wenige dieses Pech hatten, und ich hoffe, Ihr Freund wird nicht so unbesonnen sein, ihre Zahl zu vergrößern.«

Conway fand diese Antworten nicht besonders beruhigend, und Mallinsons Zukunft beschäftigte weiter seine Gedanken. Er wünschte, der junge Mann könnte mit der Zustimmung der Lamas heimkehren, und das wäre schließlich noch nicht einmal der erste Fall, denn da war die Geschichte mit Talu, dem Flieger. Tschang gab zu, daß die Leiter des Klosters ermächtigt seien, alles zu tun, was sie für klug hielten. »Aber *wären* wir klug, mein werter Herr, wenn wir uns und unsere Zukunft ganz in die Hände Ihres Freundes und sein Gefühl von Dankbarkeit legten?«

Conway fand die Frage berechtigt, denn Mallinsons Haltung ließ wenig Zweifel darüber, was er tun würde, sobald er nach Indien gelangte. Das war sein Lieblingsthema und er hatte sich oft darüber ausgelassen.

Doch all das gehörte der äußeren Welt an, die allmählich von der reichen, alles durchdringenden Welt von Shangri-La aus seinen Gedanken verdrängt wurde. Wenn er nicht gerade an Mallinson dachte, war er außerordentlich zufrieden; das sich ihm allmählich enthüllende Wesen seiner neuen Umgebung setzte ihn auch weiterhin dadurch in Erstaunen, wie sehr es seinen eigenen Bedürfnissen und Vorlieben entgegenkam.

Einmal sagte er zu Tschang: »Wie schafft ihr es übrigens, daß sich die Liebe in das Leben, wie ihr es eingerichtet habt, einfügt? Es kommt doch vermutlich manchmal vor, daß diejenigen, die hierhergeraten, Zuneigungen entwickeln.«

»Recht oft sogar«, erwiderte Tschang mit einem breiten Lächeln. »Die Lamas sind natürlich immun, ebenso die meisten von uns, sobald sie in die reiferen Jahre kommen. Aber bis dahin sind wir wie andere Männer auch, nur glaube ich behaupten zu können, daß wir uns vernünftiger benehmen. Und das gibt mir Gelegenheit, Mr. Conway, Ihnen zu versichern, daß die Gastfreundschaft Shangri-Las in jeder Beziehung umfassend ist. Ihr Freund Mr. Barnard hat sich ihrer bereits bedient.«

Conway erwiderte das Lächeln. »Danke«, antwortete er trocken. »Ich zweifle nicht daran, daß er das getan hat, aber meine eigenen Bedürfnisse sind – im Moment – nicht so drängend. Es war mehr die seelische als die physische Seite, über die ich Näheres wissen wollte.«

»Sie finden es leicht, die beiden zu trennen? Wäre es möglich, daß Sie dabei sind, sich in Lo-Tsen zu verlieben?«

Conway war ein wenig überrascht, hoffte aber, daß er es sich nicht anmerken ließ. »Wie kommen Sie darauf?«

»Weil es, mein werter Herr, durchaus passend wäre, wenn Sie das täten – natürlich immer mit Mäßigung. LoTsen würde darauf nicht mit der geringsten Leidenschaft eingehen – das wäre mehr, als Sie erwarten könnten –, aber das Erlebnis wäre ein sehr köstliches, dessen kann ich Sie versichern, und ich spreche da mit einiger Berechtigung, denn auch ich selbst war in sie verliebt, als ich noch viel jünger war.«

»Wirklich? Und ging sie darauf ein?«

»Nur durch die bezauberndste Kenntnisnahme des Kompliments, das ich ihr zollte, und durch eine Freundschaft, die mit den Jahren immer kostbarer wurde.«

»Mit anderen Worten, sie ging nicht darauf ein?«

»Wenn Sie es vorziehen, es so auszudrücken.« Und ein wenig salbungsvoll fügte Tschang hinzu: »Es war immer ihre Art, ihren Liebhabern den Augenblick der Sättigung zu ersparen, der mit jeder vollkommenen Erfüllung verbunden ist.«

Conway lachte. »Das ist alles ganz schön und gut in Ihrem Fall und vielleicht auch in meinem. Aber wie würde wohl ein junger Hitzkopf wie Mallinson darauf reagieren?«

»Mein werter Herr, das wäre das Allerbeste, was geschehen könnte. Nicht zum erstenmal, dessen versichere ich Sie, würde Lo-Tsen einen traurigen Verbannten trösten, wenn er erfährt, daß es keine Rückkehr gibt.«

*»Trösten?«*

»Ja, aber Sie dürfen meine Verwendung des Wortes nicht mißverstehen. Lo-Tsen schenkt keine Liebkosungen, außer solchen, die das verwundete Herz allein schon bei ihrer Anwesenheit empfindet. Wie sagt euer Shakespeare über Kleopatra? ›Sie macht hungrig, je reichlicher sie schenkt.‹ Zweifellos ein beliebter Frauentyp bei Völkern, die von Leidenschaft getrieben werden, aber eine solche Frau wäre in Shangri-La ganz und gar fehl am Platz. Lo-Tsen, wenn ich das Zitat verbessern darf, *stillt* den Hunger, wo sie am wenigsten sättigt. Es ist eine köstlichere und eine fortdauernde Leistung.«

»Und wie ich annehme, besitzt sie darin große Geschicklichkeit?«

»Oh, ganz entschieden – wir haben viele Beispiele dafür gesehen. Es ist ihre Art, das Keuchen der Begierde zu einem Flüstern zu beschwichtigen, das nicht weniger angenehm ist, wenn es unbeantwortet bleibt.«

»In diesem Sinn also könnte man sie als einen Teil der Trainingsausrüstung dieser Einrichtung betrachten?«

»*Sie* könnten Sie vielleicht als solchen betrachten, wenn Sie wollten«, erwiderte Tschang mit offener Geringschätzigkeit. »Aber es wäre anmutiger und ebenso wahr, sie dem in einer Glasschale gespiegelten Regenbogen zu vergleichen oder dem Tautropfen an der Blüte des Obstbaums.«

»Ich bin durchaus Ihrer Meinung, Tschang. Das wäre bei *weitem* anmutiger.« Conway erfreute sich an der gemessenen und doch lebhaften Schlagfertigkeit, die seine gutmütige Neckerei bei dem Chinesen sehr häufig hervorrief.

Als er aber das nächste Mal mit der kleinen Mandschu allein war, fühlte er, daß Tschangs Bemerkungen sehr scharfsinnig gewesen waren. Es umgab sie ein Hauch, der sich seinen eigenen Gefühlen mitteilte und die glimmende Asche zu einer Glut entfachte, die nicht brannte, sondern nur wärmte. Und da erkannte er plötzlich, daß Shangri-La und Lo-Tsen in ihrer Art ganz vollkommen waren und daß er nicht mehr begehrte, als dieser ganzen Stille vielleicht einmal eine leise Erwiderung zu entlocken. Seit Jahren waren seine Leidenschaften wie ein Nerv gewesen, an dem die Welt zerrte; nun war der Schmerz endlich gestillt, und er konnte sich einer Liebe hingeben, die weder quälend noch langweilig war. Wenn er nachts an dem Lotusteich vorbeikam, konnte er sie sich manchmal in seinen Armen vorstellen, aber das Gefühl der Zeit flutete über die Vision hinweg und beruhigte ihn zu einem endlosen, zärtlichen Zögern.

Er glaubte, noch nie so glücklich gewesen zu sein, nicht einmal in den Jahren vor dem großen Einschnitt des Krieges. Er liebte die abgeklärte Welt, die Shangri-La ihm bot, diese von einer einzigen gewaltigen Idee mehr befriedete als beherrschte Welt. Er liebte diese Stimmung, in der Gefühle in Gedanken gekleidet waren und Gedanken durch ihre Umformung in Worte zu einem Glücksgefühl beschwichtigt wurden. Conway, den die Erfahrung gelehrt hatte, daß Grobheit keineswegs eine Gewähr für Aufrichtigkeit ist, neigte noch weniger dazu, eine wohlgedrechselte Phrase für einen Beweis von Unaufrichtigkeit zu halten. Er liebte diese von guten Sitten und Muße durchdrungene Atmosphäre, in der ein Gespräch eine Kunstfertigkeit und nicht nur eine bloße Gewohnheit war; und er freute sich an der Erkenntnis, daß nun die müßigsten Dinge vom Fluch der Zeitvergeudung befreit und die zartesten Träume vom Geist willkommen geheißen werden konnten. In Shangri-La herrschte immer Stille, und doch war es ein Bienenstock gemächlicher Geschäftigkeit. Die Lamas lebten tatsächlich, als lastete die Zeit auf ihnen, aber sie wog kaum so schwer wie eine Flaumfeder. Conway lernte keinen weiteren von ihnen kennen, aber er erfaßte allmählich den Umfang und die Mannigfaltigkeit ihrer Beschäftigungen. Abgesehen von ihren Sprachkenntnissen steuerten manche durch das Meer der Gelehrsamkeit auf eine Weise, die in der westlichen Welt großes Erstaunen verursacht hätte. Viele waren damit beschäftigt, handschriftlich Werke verschiedener Art zu schreiben; ein Lama, so sagte Tschang, hatte wertvolle Untersuchungen über die reine Mathematik vorgenommen; ein anderer verarbeitete Gibbon und Spengler zu einer gewaltigen Abhandlung über die Geschichte der europäischen Kultur. Aber nicht alle beschäftigten sich mit derartigen Dingen, und keiner von ihnen beschäftigte sich ausschließlich damit. Es gab viele gezeitenlose Meeresarme, in die sie ganz nach Laune tauchten, um wie Briac Bruchstücke alter Melodien heraufzuholen oder wie der ehemalige englische Kurat eine neue Theorie über Emily Brontës *Sturmhöhe*. Es gab sogar noch ungreifbarere, jedes praktischen Zwecks entbehrende Beschäftigungen. Als Conway einmal eine Bemerkung in dieser Richtung machte, antwortete der Hohe Lama mit der Geschichte eines chinesischen Künstlers aus dem dritten vorchristlichen Jahrhundert, der viele Jahre darauf verwendet hatte, Drachen, Vögel und Pferde in einen Kirschkern zu schnitzen, und sein vollendetes Werk einem kaiserlichen Prinzen anbot. Der Prinz konnte anfänglich nichts darin sehen als einen einfachen Kirschkern, aber der Künstler forderte ihn auf, »eine Mauer erbauen zu lassen, ein Fenster darin einzusetzen und den Kern in der Pracht des Sonnenaufgangs durch das Fenster zu betrachten«. Der Prinz tat das und stellte fest, daß der Kern wahrhaftig sehr schön war. »Ist das nicht eine bezaubernde Geschichte, mein lieber Conway? Und glauben Sie nicht auch, daß sie eine wertvolle Lehre für uns enthält?«

Conway bejahte. Es freute ihn zu erkennen, daß die abgeklärte Zielbewußtheit Shangri-Las eine unendliche

Zahl wunderlicher und anscheinend nebensächlicher Beschäftigungen umfassen konnte, denn er hatte selber schon immer an solchen Dingen Geschmack gefunden. Ja, wenn er auf seine Vergangenheit zurückblickte, sah er sie übersät mit Aufgaben, die zu ziellos oder zu anstrengend gewesen waren, um sie jemals zu bewältigen. Nun aber waren sie alle möglich, sogar in einer Stimmung des Müßiggangs. Das war ein wunderbarer Ausblick, und er war weit davon entfernt zu spotten, als Barnard ihm anvertraute, daß auch er in Shangri-La eine interessante Zukunft für sich voraussehe.

Es schien, daß Barnards Ausflüge ins Tal, die in letzter Zeit häufiger geworden waren, nicht ausschließlich Wein, Weib und Gesang galten. »Sehen Sie, Conway, ich erzähle Ihnen das, weil Sie anders sind als Mallinson. Der hat mich gefressen, wie Sie vielleicht bemerkt haben werden. Aber ich habe das Gefühl, daß Sie meine Lage besser verstehen können. Es ist eine komische Sache – ihr britischen Beamten seid am Anfang immer so verdammt steif und förmlich, aber ihr seid die Art von Kerlen, denen man am Ende doch am meisten vertrauen kann.«

»Ich wäre da nicht so sicher«, erwiderte Conway lächelnd, »und in jedem Fall ist Mallinson genauso ein britischer Beamter wie ich.«

»Ja, aber er ist ja kaum mehr als ein Kind. Er sieht die Dinge nicht vernünftig. Sie und ich, wir sind Männer von Welt – wir nehmen die Dinge, wie wir sie vorfinden. Dieser Laden hier zum Beispiel – wir können noch immer nicht genau verstehen, was für eine Bewandtnis es damit hat und warum wir hier gelandet sind, aber ist das nicht immer so im Leben? Wissen wir denn zum Beispiel, warum wir überhaupt auf der Welt sind?«

»Vielleicht wissen es manche von uns nicht, aber worauf wollen Sie eigentlich hinaus?«

Barnard dämpfte seine Stimme zu einem ziemlich heiseren Flüstern: »Gold, mein Junge«, antwortete er mit einer gewissen Verzückung, »nicht mehr und nicht weniger. Im Tal unten gibt es buchstäblich Tonnen davon. In meiner Jugend war ich Bergwerksingenieur, und ich habe nicht vergessen, wie eine Goldader aussieht. Glauben Sie mir, die ist so ergiebig wie der ganze Witwatersrand und zehnmal leichter abzubauen. Sie dachten sicher, ich würde jedesmal einen draufmachen, wenn ich mich in meinem kleinen Lehnstuhl hinuntertragen ließ. Keine Spur, ich wußte genau, was ich tat. Ich hatte es mir längst ausgerechnet, daß diese Burschen hier sich nicht ihr ganzes Zeug von draußen herschicken lassen könnten, ohne dafür tief in die Tasche zu greifen. Und womit sonst könnten sie zahlen als mit Gold oder Silber oder Diamanten. Das ist schließlich nur logisch. Und als ich anfing, ein bißchen umherzuspüren, brauchte ich nicht lange, um den ganzen Hokuspokus zu entdecken.«

»Sie haben das ganz allein herausgefunden?« fragte Conway.

»Na ja, das möchte ich nicht sagen, aber ich hatte meine Vermutungen, und dann habe ich Tschang darauf angesprochen – geradeheraus, wissen Sie, von Mann zu Mann, und glauben Sie mir, Conway, dieses Schlitzauge ist gar kein so übler Bursche, wie wir vielleicht dachten.«

»Ich persönlich habe ihn nie für einen üblen Burschen gehalten.«

»Natürlich, ich weiß, daß Sie immer etwas für ihn übrig hatten. Also werden Sie nicht überrascht sein, daß auch ich gut mit ihm klarkam. Wir vertragen uns jetzt jedenfalls großartig. Er hat mir alle Abbaustätten gezeigt, und es wird Sie vielleicht interessieren, daß ich volle Erlaubnis von der Leitung habe, in dem Tal Schürfproben zu nehmen, soviel ich will, und einen umfassenden Bericht zu schreiben. Was sagen Sie dazu, mein Junge? Die Leute schienen ganz froh, die Unterstützung eines Fachmanns zu bekommen, besonders, als ich ihnen sagte, ich könnte ihnen wahrscheinlich Ratschläge zur Erhöhung der Ausbeute geben.«

»Ich sehe schon, daß Sie sich hier ganz wie zu Hause fühlen werden«, sagte Conway.

»Tja, ich muß sagen, ich habe eine Beschäftigung gefunden, und das ist immerhin etwas. Und man kann nie wissen, was am Ende aus einer Sache wird. Vielleicht werden die Leute daheim gar nicht mehr so scharf drauf sein, mich ins Kittchen zu stecken, wenn sie erfahren, daß ich ihnen den Weg zu einer neuen Goldmine zeigen kann. Die einzige Schwierigkeit dabei ist – ob sie mir auf mein bloßes Wort hin glauben werden.«

»Vielleicht. Es ist ganz außerordentlich, *was* Leute alles glauben.«

Barnard nickte begeistert. »Ich freue mich, daß Sie sehen, worauf ich hinaus will. Und deshalb will ich Ihnen ein Geschäft vorschlagen. Wir werden selbstverständlich bei allem fifty-fifty machen. Sie haben nichts anderes zu tun, als Ihren Namen unter meinen Bericht zu setzen – britischer Konsul, wissen Sie, und so weiter. Das hat den nötigen Nachdruck.«

Conway lachte. »Darüber können wir ja noch sprechen. Schreiben Sie nur erst Ihren Bericht.«

Es amüsierte ihn, eine Möglichkeit ins Auge zu fassen, deren Verwirklichung so unwahrscheinlich war. Zugleich aber war er froh, daß Barnard etwas gefunden hatte, was ihm so rasch Trost brachte.

Auch der Hohe Lama, den er immer häufiger zu sehen bekam, war froh darüber. Conway besuchte ihn oft am späten Abend und blieb viele Stunden, noch lange, nachdem die Diener die letzten Teeschalen abgeräumt hatten und zur Nachtruhe entlassen worden waren. Der Hohe Lama unterließ es nie, ihn über die Fortschritte und das Wohlbefinden seiner drei Gefährten zu befragen, und einmal erkundigte er sich eigens, welche Art von Laufbahn durch ihre Ankunft in Shangri-La so unvermeidlich unterbrochen worden sei.

Conway antwortete nachdenklich: »Mallinson hätte es auf seinem Weg unter Umständen weit gebracht – er ist energisch und besitzt Ehrgeiz. Die beiden anderen ...«, er zuckte die Achseln. »Zufällig paßt es beiden offenbar recht gut hierzubleiben – für eine Weile jedenfalls.«

Er gewahrte ein Zucken von Licht hinter dem verhängten Fenster. Er hatte fernes Donnergrollen gehört, als er auf dem Weg zu den nun vertrauten Räumen die Höfe durchschritten hatte. Kein Laut war hier zu hören, und die schweren Behänge dämpften die Blitze zu einem blassen Flackern.

»Ja«, kam die Antwort, »wir haben unser möglichstes getan, damit sich beide hier heimisch fühlen. Miss Brinklow wünscht uns zu bekehren, und Mr. Barnard möchte uns umwandeln – in eine Gesellschaft mit beschränkter Haftung. Harmlose Projekte – sie werden ihnen die Zeit ganz angenehm vertreiben. Aber Ihr junger Freund, dem weder Gold noch Religion Trost zu bieten vermag, wie steht es mit *ihm*?«

»Ja, er wird wohl ein Problem werden.«

»Ich fürchte, er wird für *Sie* ein Problem werden.«

»Warum für mich?«

Es erfolgte nicht sogleich eine Antwort, denn in diesem Augenblick wurden die Teeschalen gebracht, und bei ihrem Anblick sammelte sich der Hohe Lama zu einer kraftlosen und förmlichen Gastfreundlichkeit. »Karakal sendet uns um diese Jahreszeit Stürme«, bemerkte er, das Gespräch dem Ritual gemäß auf leichtere Gegenstände lenkend. »Die Leute im Tal des Blauen Monds glauben, diese Stürme würden von Dämonen verursacht, die in dem weiten Land jenseits des Passes toben. ›Draußen‹, so nennen sie es. Vielleicht haben Sie schon gehört, daß in ihrem *Patois* dieses Wort für die ganze übrige Welt gebraucht wird. Sie wissen natürlich nichts von Frankreich, England oder auch nur Indien und stellen sich vor, daß sich die schauerliche Hochebene ins Unendliche erstreckt, was ja auch wirklich fast der Fall ist. Diesen Menschen, die es in ihrem warmen, windstillen Winkel so behaglich haben, erscheint es undenkbar, daß jemand, der sich in ihrem Tal befindet, je wünschen könnte, es zu verlassen. Ja, sie bilden sich ein, daß die unglückseligen Leute von ›draußen‹ alle leidenschaftlich danach verlangen, hier Zugang zu finden. Es ist einfach eine Frage der Perspektive, finden Sie nicht?«

Conway wurde durch diese Worte an Barnards ganz ähnliche Bemerkungen erinnert und wiederholte sie. »Wie ungemein vernünftig«, bemerkte der Hohe Lama dazu, »und zudem ist er noch unser erster Amerikaner – wir können uns wirklich glücklich schätzen.«

Conway fand es reizvoll, sich zu vergegenwärtigen, daß das Glück des Klosters darin bestand, einen Mann für sich gewonnen zu haben, nach dem die Polizei in einem Dutzend Ländern eifrig fahndete, und er hätte seinen Genuß an diesem Gedanken gern mit dem Hohen Lama geteilt. Er spürte jedoch, daß er es wohl besser Barnard selbst überlassen sollte, seine Geschichte bei Gelegenheit zu erzählen. Er sagte: »Zweifellos hat er ganz recht. Und es gibt heute viele Leute auf der Erde, die froh genug wären, hier zu sein.«

»*Zu* viele, mein lieber Conway. Wir sind ein Rettungsboot, das sich ganz allein in einem Sturm über Wasser hält. Wir können ein paar zufällig Überlebende aufnehmen, aber wenn alle Schiffbrüchigen uns erreichen und an Bord klettern würden, gingen wir selbst unter ... Doch daran wollen wir im Augenblick nicht denken. Ich höre, daß Sie unserem vortrefflichen Briac Gesellschaft leisten. Ein reizender Landsmann von mir, obgleich ich seine Meinung, daß Chopin der größte aller Komponisten war, nicht teile. Ich ziehe, wie Sie wissen, Mozart vor ...«

Erst als die Teeschalen weggeräumt waren und der Diener für diesen Abend entlassen war, wagte Conway die unbeantwortet gebliebene Frage zu wiederholen: »Wir sprachen über Mallinson, und Sie sagten, daß er für *mich* ein Problem sein werde. Warum gerade für mich?«

Da antwortete der Hohe Lama sehr schlicht »Weil ich, mein Sohn, sterben werde.«

Das war eine ganz außerordentliche Eröffnung, und für einige Zeit blieb Conway sprachlos. Endlich fuhr der Hohe Lama fort: »Sie sind überrascht? Aber mein Freund, wir sind doch alle sterblich, sogar in Shangri-La. Und es ist immerhin möglich, daß ich noch ein paar Monate zu leben habe – oder sogar ein paar Jahre. Ich teile Ihnen nur die einfache Wahrheit mit, daß ich das Ende schon vor mir sehe. Es ist sehr liebenswürdig von Ihnen, so betroffen zu erscheinen, und ich will nicht leugnen, daß sogar in meinem Alter die Betrachtung des Todes einen Zug von Schwermut hat. Zum Glück ist nur wenig von mir übrig, was körperlich sterben kann, und was das übrige betrifft, so zeigen unsere Religionen eine erfreuliche Übereinstimmung in ihrem Optimismus. Ich bin ganz zufrieden, aber ich muß mich während der Stunden, die mir noch vergönnt sind, an ein mir fremdes Gefühl gewöhnen: Ich muß mir klarmachen, daß mir nur noch für eine einzige Sache Zeit bleibt. Können Sie sich vorstellen, was das ist?«

Conway schwieg.

»Es betrifft Sie, mein Sohn.«

»Sie erweisen mir eine große Ehre.«

»Ich beabsichtige noch viel mehr zu tun.«

Conway verneigte sich leicht, sprach aber nicht, und der Hohe Lama fuhr nach einer Weile fort: »Sie wissen vielleicht, daß die Häufigkeit unserer Unterredungen hier ganz ungewöhnlich war. Aber es ist unsere Tradition, daß wir, wenn ich mir das Paradoxon gestatten darf, niemals Sklaven der Tradition sind. Wir haben keine starren Richtlinien, keine unerbittlichen Regeln. Wir handeln, wie wir es für angemessen halten, ein wenig durch das Beispiel der Vergangenheit geleitet, aber noch mehr durch unsere gegenwärtige Weisheit und durch unseren hellseherischen Blick in die Zukunft. Und so kommt es, daß ich mich dazu ermutigt fühle, dieses letzte zu tun.«

Conway schwieg noch immer.

»Ich lege in Ihre Hände, mein Sohn, das Erbe und das Schicksal von Shangri-La.«

Die Spannung war endlich gebrochen, und Conway spürte dahinter die Macht einer milden, wohlwollenden Überredung. Das Echo der Worte tauchte in eine Stille ein, bis nichts mehr übrig war als sein eigener Herzschlag, der widerhallte wie ein Gong. Und dann, den Rhythmus unterbrechend, kamen die Worte:

»Ich habe schon recht lange Zeit auf Sie gewartet, mein Sohn. Ich habe in diesem Zimmer gesessen und die Gesichter der Neuankömmlinge gesehen. Ich blickte in ihre Augen, hörte ihre Stimmen und hoffte immer, eines Tages Sie zu finden. Meine Gefährten sind alt und weise geworden, aber Sie, der Sie noch jung an Jahren sind, sind schon ebenso weise. Mein Freund, es ist keine mühsame Aufgabe, die ich Ihnen hinterlasse, denn unser Orden kennt nur seidene Fesseln. Gütig und geduldig zu sein, für die Schätze des Geistes zu sorgen, mit Weisheit und Verschwiegenheit alles zu leiten, während draußen der Sturm tobt – das wird alles sehr angenehm einfach für Sie sein, und Sie werden zweifellos eine große Glückseligkeit darin finden.«

Wieder versuchte Conway zu antworten, vermochte es aber nicht, bis endlich ein heftiger Blitz die Schatten erblassen ließ und ihn zu dem Ausruf bewegte: »Der Sturm ... dieser Sturm, von dem Sie sprachen ...«

»Es wird ein Sturm sein, mein Sohn, wie ihn die Welt noch nie gesehen hat. Es wird keine Sicherheit durch Waffen geben, keine Hilfe von Herrschern, keine Antwort von der Wissenschaft. Er wird toben, bis jede Blume der Kultur zertrampelt und alles Menschliche in einem ungeheuren Chaos zugrunde gegangen ist. Das war meine Vision, als Napoleon noch ein unbekannter Name war. Und ich sehe sie jetzt mit jeder Stunde deutlicher. Können Sie behaupten, daß ich mich täusche?«

»Nein«, antwortete Conway, »ich glaube, Sie könnten recht haben. Ein ähnlicher Zusammenbruch erfolgte schon einmal, und dann kam die Finsternis des frühen Mittelalters und dauerte fünfhundert Jahre.«

»Die Parallele ist nicht ganz zutreffend, denn dieses finstere Mittelalter war in Wirklichkeit nicht gar so finster, es war voll flackernder Laternen, und auch wenn das Licht in Europa ganz erloschen wäre, gab es da noch andere Strahlen, buchstäblich von China bis nach Peru, an denen es wieder hätte entzündet werden können. Aber das finstere Zeitalter, das kommen wird, wird die ganze Welt in ein einziges Leichentuch hüllen. Es wird weder Flucht noch Asyl geben, außer solchen, die zu geheim sind, um gefunden, oder zu bescheiden, um bemerkt zu werden. Und Shangri-La darf hoffen, beides zu sein. Der Pilot, der seine todbringenden Ladungen über den großen Städte abwirft, wird nicht hier vorbeikommen. Und wenn es durch Zufall doch geschehen sollte, werden wir ihm vielleicht keine Bomben wert sein.«

»Und Sie meinen, das alles wird sich während meiner Zeit ereignen?«

»Ich glaube, daß Sie das Unwetter überleben werden. Und nachher, während des langen Zeitalters der Verheerung, leben Sie vielleicht noch immer und werden älter und weiser und geduldiger. Sie werden das Wesentliche unserer Geschichte aufbewahren und um das Besondere Ihres eigenen Geistes vermehren. Sie werden den Fremden willkommen heißen und ihm die Lehren des Alters und der Weisheit vermitteln. Und einer dieser Fremden wird vielleicht, wenn Sie selbst sehr alt sind, Ihr Nachfolger werden. Darüber hinaus verblaßt meine Vision, aber ich sehe in großer Ferne eine neue Welt sich inmitten der Ruinen erheben, sich ungelenk, aber hoffnungsvoll regen und nach ihren verlorenen, sagenhaften Schätzen suchen. Und die werden alle hier sein, mein Sohn, verborgen hinter den Bergen, im Tal des Blauen Mondes, wie durch ein Wunder für eine neue Renaissance aufbewahrt …«

Die Worte verstummten, und Conway sah das Antlitz vor sich erleuchtet von einer fernen, überströmenden Schönheit. Dann verblaßte der Glanz, und es blieb nichts übrig als eine Maske, mit dunklen Schatten überzogen und mürbe wie altes Holz. Die Züge waren völlig regungslos, die Augen geschlossen. Er betrachtete dieses Gesicht eine Weile, und dann, wie im Traum, wurde ihm bewußt, daß der Hohe Lama tot war.

Es schien notwendig, die Situation mit irgendeiner Art von Wirklichkeit zu verbinden, damit sie nicht zu seltsam wurde, um noch glaubwürdig zu sein, und so warf Conway in einer instinktgesteuerten Bewegung von Hand und Auge einen Blick auf seine Armbanduhr. Es war eine Viertelstunde nach Mitternacht. Plötzlich, auf dem Weg zur Tür, fiel ihm ein, daß er ganz und gar nicht wußte, wie oder woher er Hilfe herbeirufen sollte. Die Tibetaner waren, wie er sich erinnerte, für die Nacht weggeschickt worden, und er hatte keine Ahnung, wo er Tschang oder irgendwen anders finden könnte. Er stand unschlüssig auf der Schwelle zu dem dunklen Flur. Durch ein Fenster konnte er sehen, daß der Himmel klar war, obgleich die Berge noch immer wie ein silberner Fries im Licht der Blitze aufleuchteten. Und dann, inmitten des Traumes, der ihn noch immer umfangen hielt, fühlte er sich Herr von Shangri-La. Hier war er umgeben von all den Dingen, die er aus tiefstem Herzen liebte, von den Dingen jenes inneren Geistes, in dem er immer mehr lebte, fern der Hast und dem Getriebe der Welt. Sein Blick wanderte in die Schatten und fing sich in goldenen Lichtpunkten, die in satten, gewölbten Lackflächen flimmerten. Und der Duft von Tuberosen, so schwach, daß er schon auf der Schwelle der Wahrnehmung verflog, lockte ihn von Raum zu Raum. Endlich erreichte er taumelnd den Hof und kam am Rand des Lotusteichs vorbei. Der Vollmond stand wie ein Segel hinter dem Karakal. Es war zwanzig Minuten vor zwei.

Später merkte er, daß Mallinson neben ihm war, ihn am Arm gepackt hielt und ihn in großer Hast wegführte. Er begriff nicht, was das alles sollte, aber er konnte hören, daß der Junge aufgeregt auf ihn einredete.

# Elftes Kapitel

Sie gelangten in das Balkonzimmer, wo sie ihre Mahlzeiten einzunehmen pflegten. Mallinson hielt ihn noch immer am Arm fest und zerrte ihn fast mit Gewalt weiter. »Kommen Sie, Conway. Wir haben nur bis Tagesanbruch Zeit, einzupacken, was wir können, und uns davonzumachen. Mann, es gibt großartige Neuigkeiten! Ich möchte wissen, was Barnard und Miss Brinklow sagen werden, wenn sie morgen sehen, daß wir weg sind ... Aber es war ja ihre eigene Entscheidung zu bleiben, und wir werden ohne sie wahrscheinlich viel besser vorankommen ... Die Träger sind ungefähr acht Kilometer jenseits des Passes – sie kamen gestern, mit einem Haufen Büchern und anderen Dingen ... Morgen machen sie sich auf den Rückweg ... Das beweist doch, daß diese Kerle hier vorhatten, uns reinzulegen – sie haben uns kein Wort davon gesagt – wir wären hier noch, weiß Gott, wie lange hängengeblieben ... Sagen Sie, was ist los mit Ihnen? Sind Sie krank?«

Conway hatte sich auf einen Stuhl sinken lassen und die Ellbogen auf den Tisch gestützt. Er fuhr sich mit der Hand über die Augen. »Krank? Nein, ich glaube nicht. Nur – sehr – müde.«

»Wahrscheinlich das Gewitter. Wo waren Sie die ganze Zeit? Ich hatte schon stundenlang auf Sie gewartet.«

»Ich – war beim Hohen Lama.«

»Ach, bei *dem*! Na, das war jedenfalls das letzte Mal, Gott sei Dank.«

»Ja, Mallinson, es war das letzte Mal.«

Irgend etwas in Conways Stimme und noch mehr in seinem anschließenden Schweigen machte Mallinson zornig. »Mein Gott, wenn Sie nur das Ganze nicht so verdammt gelassen nähmen – wir müssen uns doch beeilen!«

Conway versuchte sich zu einem klareren Bewußtsein aufzuraffen. »Entschuldigen Sie«, sagte er. Teils um seine Nerven auf die Probe zu stellen, teils um sich zu vergewissern, daß, was auf ihn einstürmte, wirklich war, zündete er sich eine Zigarette an und fand, daß Hände und Lippen zitterten. »Ich fürchte, ich kann Ihnen nicht ganz folgen … Sie sagen, die Träger …«

»Ja, die Träger, Mann – reißen Sie sich doch bitte zusammen!«

»Sie denken daran, zu ihnen hinauszugehen?«

»Ich *denke* daran? Ich bin verdammt noch mal sicher! Sie sind gleich hinter dem Kamm, und wir müssen sofort aufbrechen.«

*»Sofort?«*

»Ja natürlich – warum nicht?«

Conway machte einen zweiten Versuch, sich aus der einen Welt in die andere zu versetzen. Als ihm das endlich zum Teil gelungen war, sagte er: »Ihnen ist doch sicher bewußt, daß das unter Umständen nicht so einfach sein wird, wie es klingt?«

Mallinson schnürte ein paar kniehohe tibetanische Bergstiefel, während er stockend antwortete: »Mir ist alles bewußt, aber das ist eben etwas, das wir tun müssen, und wir werden es mit etwas Glück auch schaffen, wenn wir sofort aufbrechen.«

»Ich begreife nicht, wie –«

»Herrgott noch einmal, Conway, müssen Sie immer allem ausweichen? Haben Sie denn gar keinen Mumm mehr in den Knochen?«

Dieser halb leidenschaftliche, halb höhnische Appell half Conway, sich zu sammeln. »Darauf kommt es nicht an. Aber wenn Sie eine Erklärung wollen, werde ich sie Ihnen geben. Es handelt sich um ein paar ziemlich wichtige Einzelheiten. Nehmen Sie an, Sie schaffen es wirklich über den Paß und finden die Träger dort. Woher wissen Sie, daß die Sie auch mitnehmen werden? Was können Sie ihnen denn bieten? Ist Ihnen nie die Idee gekommen, daß sie vielleicht nicht ganz so willig sein könnten, wie Sie es gern hätten? Sie können sich nicht einfach vor sie hinstellen und verlangen, eskortiert zu werden. Das alles braucht Vorbereitungen, und es muß erst darüber verhandelt werden.«

»Oder irgendwas anderes, was die Sache hinausschiebt!« rief Mallinson erbittert. »Mein Gott, was sind Sie für ein Mensch! Glücklicherweise brauche ich mich wegen der Vorbereitungen nicht auf Sie zu verlassen, denn es ist schon alles vorbereitet worden – die Träger sind im voraus bezahlt und haben eingewilligt, uns mitzunehmen. Und hier sind Kleidung und Ausrüstung für die Reise, alles schon fix und fertig. Also ist auch Ihre letzte Ausrede hinfällig. Kommen Sie, es wird Zeit, etwas zu *tun.*«

»Aber – ich verstehe nicht …«

»Das kann ich mir vorstellen, aber das macht nichts.«

»Wer hat das alles organisiert?«

Mallinson antwortete schroff: »Lo-Tsen, wenn Sie es wirklich wissen müssen. Sie ist jetzt bei den Trägern. Sie wartet.«

*»Wartet?«*

»Ja. Sie kommt mit uns. Ich nehme an, Sie haben nichts dagegen.«

Bei der Erwähnung Lo-Tsens berührten sich die beiden Welten in Conways Geist und verschmolzen miteinander. Er rief heftig, fast verachtungsvoll: »Das ist Unsinn. Es ist unmöglich.«

Mallinson war ebenso gereizt: »Warum unmöglich?«

»Weil ... Es ist eben unmöglich. Es gibt alle möglichen Gründe. Glauben Sie mir einfach – es geht nicht. Es ist schon unglaublich genug, daß sie jetzt wirklich dort draußen sein soll – ich bin mehr als erstaunt über alles, was, wie Sie sagen, geschehen ist –, aber der Gedanke, daß sie noch weitergeht, ist einfach lächerlich.«

»Ich sehe gar nicht ein, warum es lächerlich ist. Hier wegzuwollen ist für sie genauso natürlich wie für mich.«

»Aber sie will gar nicht weg. Da liegt der Fehler in Ihrem Denken.«

Mallinson lächelte gezwungen. »Sie glauben wohl, daß Sie viel mehr über sie wissen als ich, nicht wahr? Aber vielleicht ist es am Ende doch nicht so.«

»Wie meinen Sie das?«

»Man kann sich mit Leuten auch anders verständigen; ohne einen Haufen Sprachen zu lernen.«

»Um Himmels willen, was wollen Sie damit sagen?« Dann fügte Conway etwas ruhiger hinzu: »Das ist doch lächerlich. Wir sollten uns nicht streiten. Sagen Sie mir, Mallinson, was bedeutet das alles? Ich verstehe noch immer nicht.«

»Warum regen Sie sich dann so auf?«

»Sagen Sie mir die Wahrheit, *bitte*, sagen Sie mir die Wahrheit!«

»Na ja, die ist einfach genug. Ein Kind in ihrem Alter, hier eingeschlossen mit einer Menge verschrobener Tattergreise – natürlich haut die ab, wenn man ihr die Möglichkeit gibt. Bis jetzt hat sie noch keine gehabt.«

»Glauben Sie nicht, daß Sie da versuchen, Ihre eigene

Haltung auf Lo-Tsen zu übertragen? Wie ich Ihnen schon immer sagte, ist sie vollkommen glücklich.«

»Warum sagte sie dann, sie wolle mitkommen?«

»Das hat sie gesagt? Wie konnte sie das? Sie spricht kein Englisch.«

»Ich habe sie gefragt – auf tibetanisch –, Miss Brinklow hat mir die Worte zusammengesetzt. Es war keine sehr flüssige Unterhaltung, aber es genügte vollkommen, um – um zu einem Einverständnis zu führen.« Mallinson errötete ein wenig. »Verdammt noch mal, Conway, starren Sie mich nicht so an! – Jeder Mensch würde glauben, ich hätte auf *Ihrem* Jagdgrund gewildert.«

»Kein Mensch würde das glauben, hoffe ich. Aber diese Bemerkung sagt mir mehr, als Sie mich vielleicht wissen lassen wollten. Ich kann nur sagen, daß es mir sehr leid tut.«

»Und warum, zum Teufel, sollte es das?«

Conway ließ die Zigarette fallen. Er fühlte sich erschöpft, verärgert und voll tiefer, sich gegenseitig widersprechender Gefühle, die er lieber hätte ruhen lassen wollen. Er sagte sanft: »Ich wollte, wir würden nicht immer aneinandergeraten. Lo-Tsen ist sehr reizend, ich weiß, aber warum sollten wir deswegen streiten?«

*»Reizend?«* wiederholte Mallinson verächtlich. »Sie ist viel mehr als das. Sie dürfen nicht glauben, daß alle in dieser Beziehung so unterkühlt sind wie Sie selbst. Lo-Tsen zu bewundern wie ein Ausstellungsstück in einem Museum, das entspricht vielleicht Ihrer Auffassung dessen, was sie verdient, aber meine ist praktischer. Wenn ich jemanden, den ich gernhabe, in einer elenden Lage sehe, dann versuche ich eben, etwas dagegen zu *tun.*«

»Aber sicherlich kann man so etwas auch manchmal überstürzen. Wohin wird sie denn Ihrer Meinung nach gehen, falls sie Shangri-La verläßt?«

»Ich nehme an, daß sie in China oder irgendwo sonst Freunde hat. Jedenfalls wird sie besser dran sein als hier.«

»Wie können Sie davon nur so überzeugt sein?«

»Dann werde ich mich selbst darum kümmern, daß sie versorgt ist, wenn niemand sonst es tun will. Wenn man Menschen aus einer einigermaßen höllischen Lage errettet, dann hält man sich schließlich normalerweise nicht erst lange bei der Frage auf, ob sie auch wissen, wohin sie danach gehen sollen.«

»Und Sie finden Shangri-La also höllisch?«

»Unbedingt! Es liegt etwas Finsteres und Böses über dem Ort. Und so war die ganze Geschichte von Anfang an – die Art, wie wir hierhergebracht wurden, ohne jeden Grund und von irgendeinem Verrückten, und wie man uns hier unter allen möglichen Vorwänden festhielt. Aber das Entsetzlichste daran ist für mich die Wirkung, die es auf Sie hatte.«

»Auf *mich*?«

»Ja, auf Sie. Sie sind einfach hier herumgeschlendert, als wäre alles egal und als wären Sie's zufrieden, ewig hierzubleiben. Sie haben sogar zugegeben, daß es Ihnen hier gefällt ... Conway, was *ist* denn nur mit Ihnen geschehen? Können Sie denn nicht wieder der alte sein? In Baskul kamen wir so gut miteinander aus – Sie waren damals ganz anders.«

»Mein *lieber* Junge!«

Conway streckte ihm die Hand hin, und Mallinsons Händedruck antwortete heiß und voll lebhafter Zuneigung. Der junge Mann fuhr fort: »Ich nehme nicht an, daß Sie es bemerkt haben, aber ich war schrecklich allein in diesen letzten Wochen. Niemand schien sich einen Dreck für das einzige zu interessieren, was wirklich wichtig war – Barnard und Miss Brinklow hatten ja wenigstens so etwas wie einen Grund, aber es war schon ziemlich furchtbar, als ich sah, daß auch *Sie* gegen mich waren.«

»Es tut mir leid.«

»Sie sagen das andauernd, aber es hilft niemandem.«

Conway erwiderte, einem plötzlichen Antrieb folgend: »Dann lassen Sie mich vielleicht dadurch helfen, daß ich Ihnen etwas erzähle. Wenn Sie es gehört haben, werden Sie hoffentlich vieles von dem verstehen, was Ihnen jetzt sonderbar und schwierig vorkommt. Jedenfalls werden Sie dann einsehen, warum Lo-Tsen unmöglich mit Ihnen zurückgehen kann.«

»Ich glaube nicht, daß irgend etwas mich zu dieser Einsicht bringen könnte. Und machen Sie's bitte so kurz wie möglich, denn wir haben wirklich keine Zeit zu verlieren!«

Da erzählte ihm Conway, so knapp er konnte, die ganze Geschichte von Shangri-La, wie sie der Hohe Lama erzählt hatte und sie im Gespräch mit diesem und Tschang ergänzt worden war. Nicht im entferntesten hatte er je beabsichtigt, diese Dinge mitzuteilen, aber er fühlte, daß es unter diesen Umständen berechtigt, ja unerläßlich war. Mallinson *war* ein Problem für ihn, das stimmte, und er mußte es so lösen, wie er es für richtig hielt. Er berichtete schnell und fließend, und während er sprach, geriet er von neuem in den Bann dieser seltsamen, zeitlosen Welt; ihre Schönheit übermannte ihn, während er sprach, und mehr als einmal war es ihm, als läse er in seinem Gedächtnis wie in einem Buch, so klar hatten sich ihm gewisse Gedanken und Ausdrücke eingeprägt. Nur eines verschwieg er, und das vor allem, um sich ein Gefühl vom Leib zu halten, dem er noch nicht gewachsen war: den Tod des Hohen Lamas in dieser Nacht und seine eigene Nachfolge.

Als er sich dem Ende seiner Geschichte näherte, fühlte er sich erleichtert und froh, sie erzählt zu haben; es war die einzig mögliche Lösung gewesen. Ruhig blickte er nach seinen letzten Worten auf, überzeugt, richtig gehandelt zu haben.

Aber Mallinson trommelte nur mit den Fingern auf die Tischplatte und sagte nach einer langen Pause: »Ich weiß wirklich nicht, was ich sagen soll, Conway ... außer, daß sie völlig verrückt sein müssen ...«

Es folgte ein langes Schweigen, während dessen die beiden Männer einander mit sehr unterschiedlichen Gefühlen anstarrten: Conway in sich gekehrt und enttäuscht, Mallinson in hitziger und ungeduldiger Verlegenheit. »Sie halten mich also für verrückt?« fragte Conway endlich.

Mallinson lachte nervös auf. »Na ja, nach einer solchen Geschichte muß ich das wohl sagen. Ich meine ... wissen Sie, wirklich ... so ein vollkommener Stuß... mir scheint, daß man darüber gar nicht weiterzureden braucht.«

Conway antwortete mit einem Blick und in einem Ton unendlicher Überraschung: »Für Stuß halten Sie es?«

»Tja ... wofür sollte ich es denn sonst halten? Seien Sie mir nicht böse, Conway, es klingt vielleicht ziemlich hart, wenn ich das sage – aber kein Mensch mit gesundem Verstand könnte wohl darüber im Zweifel sein.«

»Sie glauben also noch immer, daß uns der blinde Zufall hierherbrachte, durch einen Wahnsinnigen, der ganz sorgfältig plante, mit einem Flugzeug durchzubrennen und damit fünfzehnhundert Kilometer zu fliegen – einfach so zum Spaß?«

Conway bot Mallinson eine Zigarette an, und der nahm sie. Beide waren dankbar für die dadurch entstandene Pause. Schließlich erwiderte Mallinson: »Hören Sie, es hat doch keinen Zweck, das Ganze Punkt für Punkt durchzugehen. Ihre Theorie, daß die Leute hier jemanden irgendwohin in die Welt entsandten, um Fremde in die Falle zu locken, und daß der Kerl extra fliegen lernte und wartete, bis es sich traf, daß ein geeignetes Flugzeug Baskul mit vier Passagieren verlassen sollte ... Also ich will nicht sagen, daß das schlichtweg unmöglich ist, obwohl es mir lächerlich an den Haaren herbeigezogen erscheint. Für sich allein genommen könnte man diese Geschichte vielleicht in Erwägung ziehen, aber wenn Sie sie an alle möglichen anderen Dinge ankoppeln, die ganz und gar unmöglich sind – dieses Gerede, die Lamas seien Hunderte von Jahren alt und hätten ein Jugendelixier, oder wie Sie das auch nennen wollen, entdeckt – nun, dann kann ich mich nur fragen, von was für einem Bazillus Sie gebissen worden sind, sonst nichts!«

Conway lächelte. »Ja, ich kann mir gut vorstellen, daß Sie das nur schwer glauben können. Vielleicht hatte ich anfangs selber Zweifel – ich erinnere mich kaum noch daran. Gewiß, es ist wirklich eine außergewöhnliche Geschichte, aber ich sollte doch meinen, daß Sie mit eigenen Augen Beweise genug gesehen haben, daß dies hier ein außergewöhnlicher Ort ist. Denken Sie doch an alles, was wir gesehen haben, Sie und ich: ein weltabgeschiedenes blühendes Tal inmitten unerforschter, öder Gebirgsketten, ein Kloster mit einer ganzen Bibliothek europäischer Bücher –«

»Ja, ja, und Zentralheizung und modernen Badezimmern und Nachmittagstee und allem anderen – das alles ist ein großes Wunder, ich weiß.«

»Nun, und wie erklären Sie sich das?«

»Gar nicht, das gebe ich zu. Es ist ein vollkommenes Rätsel. Aber das ist noch kein Grund, Geschichten zu glauben, die nach den Naturgesetzen einfach unmöglich sind. An heiße Bäder zu glauben, weil man sie wirklich genommen hat, ist etwas anderes, als Leuten zu glauben, daß sie ein paar hundert Jahren alt sind, nur weil sie es einem erzählt haben.« Er lachte abermals auf, noch immer unsicher. »Hören Sie doch, Conway, dieser Ort hat Ihre Nerven angegriffen, und das wundert mich auch gar nicht. Packen Sie Ihre Sachen und verschwinden wir! Wir können diese Diskussion in ein paar Monaten nach einem netten kleinen Abendessen im Kolonialclub fortsetzen.«

Conway erwiderte ruhig: »Ich habe nicht den Wunsch, in jenes Leben überhaupt zurückzukehren.«

»Welches Leben?«

»Jenes, an das Sie denken ... Dinner ... Tanzvergnügungen ... Polo ... all das ...«

»Ich habe doch kein Wort von Tanz und Polo gesagt! Und außerdem, was soll daran nicht in Ordnung sein? Heißt das, Sie kommen nicht mit mir? Sie bleiben hier wie die beiden anderen? Aber *mich* werden Sie wenigstens nicht davon abhalten, von hier abzuhauen!« Mallinson warf seine Zigarette weg und war mit einem Satz an der Tür; seine Augen funkelten. »Sie haben den Verstand verloren!« schrie er wild. »Sie sind wahnsinnig, Conway, das ist es! Ich weiß, Sie sind immer gelassen und ich bin immer gleich auf der Palme, aber ich bin jedenfalls bei Verstand und Sie sind es nicht! Man hat mich davor gewarnt, bevor ich mich Ihnen in Baskul anschloß, aber ich dachte, daß man Sie falsch einschätzte, und jetzt sehe ich, daß es richtig –«

»Wovor hat man Sie gewarnt?«

»Daß Sie im Krieg verschüttet worden sind und seitdem manchmal etwas sonderbar sein können. Ich mache Ihnen keinen Vorwurf – Sie können nichts dafür, das sehe ich ein –, und Gott weiß, daß ich es hasse, so zu reden ... Ach, ich geh jetzt. Das Ganze ist so schrecklich und widerlich, aber ich muß gehen. Ich habe mein Wort gegeben.«

»Wem? Lo-Tsen?«

»Wenn Sie es wissen wollen – ja.«

Conway stand auf und streckte ihm die Hand hin. »Leben Sie wohl, Mallinson!«

»Zum letztenmal: Sie kommen nicht mit?«

»Ich kann nicht.«

»Dann – leben Sie wohl!«

Sie drückten einander die Hand, und Mallinson ging.

Conway blieb im Laternenschimmer sitzen. Ganz wie in dem Wort, das fest in sein Gedächtnis eingeprägt war, schienen ihm jetzt die schönsten Dinge flüchtig und vergänglich zu sein. Eine Versöhnung zwischen den beiden Welten schien endgültig unmöglich, und eine von beiden hing immer noch an einem seidenen Faden. Er grübelte eine Weile, dann sah er auf die Uhr; es war zehn Minuten vor drei.

Er saß noch immer am Tisch und rauchte seine letzte Zigarette, als Mallinson zurückkam. Der junge Mann trat ziemlich verstört ein, und als er Conway erblickte, blieb er im Schatten stehen, wie um seine Gedanken zu sammeln. Er sprach kein Wort, und nach einem Moment des Wartens sprach Conway ihn an: »Hallo, was ist los? Warum sind Sie wieder da?«

Die völlige Natürlichkeit der Frage ließ Mallinson näher kommen; er schälte sich aus seinem schweren Schafpelz und ließ sich auf einen Stuhl sinken, das Gesicht aschfahl und am ganzen Körper zitternd. »Ich hatte nicht den Mut«, brachte er halb schluchzend hervor. »Diese Stelle, wo wir alle angeseilt wurden – erinnern Sie sich? So weit kam ich … Ich brachte es nicht fertig. Ich bin nicht schwindelfrei, und im Mondschein sah es furchtbar aus. Lächerlich, oder?« Er brach völlig zusammen und wurde schließlich hysterisch, bis Conway ihn beruhigte. Dann fuhr er fort: »Die Typen hier brauchen keine Angst zu haben – niemand wird sie je zu Land bedrohen. Aber, mein Gott, ich gäbe viel drum, wenn ich hier mit einer Ladung Bomben drüberfliegen könnte!«

»Warum würden Sie das tun wollen, Mallinson?«

»Weil dieser Ort, was immer er auch ist, dem Erdboden gleichgemacht gehört. Er ist ungesund und unrein – und übrigens, wenn Ihr Lügenmärchen wirklich wahr wäre, würde ihn das nur um so hassenswerter machen! Eine Schar von Hutzelgreisen, die hier wie Spinnen auf jeden lauern, der in die Nähe kommt ... Es ist schmutzig ... Wer wollte schon überhaupt so alt werden, he? Und Ihr gepriesener Hoher Lama, wenn der auch nur halb so alt ist, wie Sie sagten, dann ist es höchste Zeit, daß jemand ihn von seinem Leiden erlöst ... Oh, Conway, warum, warum *wollen* Sie nicht mit mir weg? Ich hasse es, Sie um meinetwillen zu beschwören, aber verflucht noch mal, ich bin jung, und wir waren doch gute Freunde – bedeutet Ihnen mein ganzes Leben gar nichts im Vergleich zu den Lügen dieser grauenhaften Kreaturen? Und Lo-Tsen – auch sie ist *jung* –, zählt *sie* gar nicht?«

»Lo-Tsen ist nicht jung«, sagte Conway.

Mallinson blickte auf und begann hysterisch zu kichern. »O nein, nicht jung – überhaupt nicht jung; selbstverständlich. Sie sieht aus wie siebzehn, aber Sie werden mir wahrscheinlich verraten wollen, daß sie eine gut erhaltene Neunzigerin ist.«

»Mallinson, sie kam im Jahre 1884 hierher!«

»Sie phantasieren, Mann!«

»Lo-Tsens Schönheit, Mallinson, ist, wie alle Schönheit auf Erden, schutzlos vor denen, die sie nicht zu schätzen wissen. Sie ist ein zerbrechliches Ding, das nur leben kann, wo man zerbrechliche Dinge liebt. Nehmen Sie sie aus diesem Tal hier, und Sie werden sehen, wie sie wie eine Echo verhallt!«

Mallinson lachte rauh, als gäben ihm seine eigenen Gedanken Selbstvertrauen. »Davor hab ich keine Angst. Wenn überhaupt, dann ist sie hier nur ein Echo.« Nach einer Pause fügte er hinzu: »Aber mit solchem Gerede kommen wir nicht weiter. Wir sollten vielmehr mit dem ganzen poetischen Gefasel aufhören und zu den Tatsachen zurückkehren. Conway, ich will Ihnen helfen – ich weiß, es ist alles reiner Unsinn, aber ich bin bereit, das mit Ihnen auszudiskutieren, wenn es Ihnen was nützt. Schön, sagen wir, was Sie mir erzählt haben, ist nicht unmöglich und man müßte es wirklich genauer untersuchen. Und nun erklären Sie mir ganz ernsthaft, welche Beweise Sie für Ihre Geschichte haben.«

Conway schwieg.

»Lediglich die Tatsache, daß Ihnen jemand ein phantastisches Lügengewebe vorgesponnen hat! Nicht einmal von einem vollkommen vertrauenswürdigen Menschen, den Sie Ihr ganzes Leben lang kennen, würden Sie sich so was ohne Beweise einreden lassen. Und was für Beweise haben Sie in diesem Fall? Soweit ich sehen kann gar keine. Hat Lo-Tsen Ihnen je ihre Geschichte erzählt?«

»Nein, aber –«

»Warum glauben Sie sie dann aus einem anderen Mund? Und diese ganze Geschichte mit der Langlebigkeit – können Sie auch nur einen einzigen objektiven Beleg dafür vorweisen?«

Conway überlegte einen Augenblick und wies dann auf die unbekannten Chopinstücke hin, die Briac gespielt hatte.

»Also damit kann ich gar nichts anfangen – ich bin kein Musiker. Aber selbst wenn sie echt sind – kann er nicht irgendwie auf sie gestoßen sein, ohne daß seine Geschichte deshalb wahr sein muß?«

»Das ist gewiß möglich.«

»Und dann diese Methode, das Leben zu verlängern und so weiter – Sie sagen, es gibt sie. Worin besteht sie? Sie erklären, es handelt sich um ein Mittel – schön, *was* für ein Mittel, möchte ich wissen? Haben Sie es je gesehen oder versucht? Hat Ihnen überhaupt jemals irgendwer konkrete Angaben darüber gemacht?«

»Einzelheiten nicht, das gebe ich zu.«

»Und Sie haben auch nie nach Einzelheiten gefragt? Es fiel Ihnen nicht auf, daß eine solche Geschichte irgendwie bewiesen werden müßte? Sie schluckten sie, wie sie war?« Er erkannte seinen Vorteil und bohrte weiter: »Wie weit geht Ihre wirkliche Kenntnis dieses Ortes, abgesehen von dem, was man Ihnen erzählt hat? Sie haben ein paar alte Männer gesehen – weiter nichts. Darüber hinaus kann man nur sagen, daß hier alles gut eingerichtet ist und offenbar nach hübsch hochgeistigen Grundsätzen geleitet wird. Wie und warum das Ganze gegründet wurde, wissen wir einfach nicht, und warum man uns hierbehalten will – falls man tatsächlich diese Absicht hat –, ist gleichfalls ein Rätsel. Aber das alles ist noch lange kein Grund dafür, jede alte Legende zu glauben, die einem aufgetischt wird! Und Sie sind doch eigentlich ein kritischer Kopf, Mann – Sie würden sicher nicht einmal in einem englischen Kloster alles glauben, was man Ihnen erzählt –, ich verstehe einfach nicht, daß Sie alles glauben, nur weil Sie irgendwo in Tibet sind!«

Conway nickte; selbst wo er eine tiefere Einsicht hatte, konnte er einer gelungenen Beweisführung seinen Beifall nicht versagen. »Das war eine scharfsinnige Bemerkung, Mallinson. Ich glaube, die Wahrheit ist die: Wenn es darum geht, Dinge zu glauben, für die es keine augenfälligen Beweise gibt, neigen wir alle dazu, das zu glauben, was uns am meisten anzieht.«

»Also ich kann verflixt noch mal nichts Anziehendes daran finden, so lange zu leben, bis man eine halbe Leiche ist. Wenn ich die Wahl habe, dann lieber ein kurzes und frohes Leben! Und dieses Gefasel von einem Krieg in der Zukunft kommt mir ziemlich weit hergeholt vor. Woher soll jemand wissen, wann es wieder einen Krieg gibt und wie er sein wird? Haben sich nicht alle Propheten schon beim letzten Krieg geirrt?« Und als Conway nicht antwortete, fuhr er fort: »Wie dem auch sei, ich glaube nicht daran, daß das alles unvermeidlich sein soll. Und wenn es so wäre, braucht man sich deswegen noch nicht in die Hosen zu machen. Gott weiß, daß ich wahrscheinlich vor Angst sterben würde, wenn ich in einem Krieg mitkämpfen müßte, aber es wäre mir sicher noch lieber, als mich hier zu begraben!«

Conway lächelte. »Mallinson, Sie haben ein ungeheures Talent, mich mißzuverstehen. In Baskul dachten Sie, ich wäre ein Held, und hier halten Sie mich für einen Feigling. Tatsächlich bin ich weder das eine noch das andere, obwohl das natürlich auch keine Rolle spielt. Wenn Sie wieder in Indien sind, können Sie den Leuten von mir aus erzählen, daß ich in einem tibetanischen Kloster geblieben bin, weil ich Angst vor einem neuen Krieg habe. Das ist zwar keineswegs mein wahrer Grund, aber sicherlich werden ihn all die Leute glauben, die mich bereits für verrückt halten.«

Mallinson antwortete ziemlich bedrückt: »Wissen Sie, es ist doch dumm, so etwas zu behaupten. Egal, was passiert, ich würde nie ein Wort gegen Sie sagen, darauf können Sie sich verlassen. Ich verstehe Sie nicht – das gebe ich zu –, aber ich – ich wollte, ich könnte es. Oh, ich wollte wirklich, ich würde es! Conway, kann ich Ihnen denn gar nicht helfen? Gibt es nicht, was ich sagen oder tun könnte?«

Es folgte ein langes Schweigen, das Conway schließlich dadurch brach, daß er sagte: »Nur eine Frage hätte ich an Sie, wenn Sie es mir nicht übelnehmen, etwas sehr Persönliches wissen zu wollen.«

»Ja?«

»Lieben Sie Lo-Tsen?«

Die Blässe des jungen Mannes wechselte schnell in ein tiefes Erröten. »Ich denke ja. Ich weiß, Sie werden es absurd und unvorstellbar finden, was es ja vielleicht auch ist, aber ich kann nicht gegen meine Gefühle an.«

»Ich halte es keineswegs für absurd.«

Die aufbrausenden Wogen ihres Streits schienen sich geglättet zu haben; und Conway fügte hinzu: »Auch ich kann nicht gegen meine Gefühle an. Sie, Mallinson, und dieses Mädchen sind zufällig die zwei Menschen auf der Welt, an denen mir am meisten liegt ... Obwohl Sie das vielleicht komisch von mir finden werden.« Unvermittelt stand er auf und durchschritt das Zimmer. »Wir haben alles gesagt, was es zu sagen gab, oder?«

»Ja, ich glaube auch«, erwiderte Mallinson, fuhr aber mit plötzlich erwachter Lebhaftigkeit fort: »Gott, wie unsinnig das ist – daß sie nicht jung sein soll! Gemeiner, scheußlicher Unsinn! Conway, das können Sie doch nicht glauben. Es ist einfach lächerlich! Wie kann denn daran etwas Wahres sein?«

»Woher wollen Sie denn wirklich wissen, daß sie jung ist?«

Mallinson wandte sich halb ab, das Gesicht von einer schüchternen Ernsthaftigkeit erhellt. »Weil ich es eben *weiß* ... Vielleicht sinke ich dadurch in Ihrer Achtung, aber ich *weiß* es nun einmal. Ich fürchte, Conway, Sie haben sie niemals richtig verstanden. Äußerlich war sie kalt, aber das war nur die Folge ihres Lebens hier – es hatte ihre ganze Wärme in Frost verwandelt. Aber die Wärme war da.«

»Um aufgetaut zu werden?«

»Ja … so könnte man es sagen.«

»Und sie ist *jung*, Mallinson? Sie sind dessen wirklich so sicher?«

Mallinson entgegnete leise: »Mein Gott, ja, natürlich – sie ist nur ein Mädchen. Sie tat mir schrecklich leid, und es zog uns zueinander, denke ich. Dessen braucht man sich doch wohl nicht zu schämen. Ich glaube sogar, es war das Anständigste, was je an einem Ort wie diesem vorgekommen ist …«

Conway trat auf den Balkon und blickte auf die strahlende Schönheit des Karakal; der Mond darüber trieb in einem wellenlosen Ozean dahin. Ihm wurde klar, daß soeben ein Traum, so wie alle zu schönen Vorstellungen, bei der ersten Berührung mit der Wirklichkeit zerplatzt war und daß die Zukunft der ganzen Welt im Vergleich mit Jugend und Liebe nahezu kein Gewicht hatte. Und außerdem wußte er, daß sein Geist in einer eigenen Welt weilte, einem Shangri-La im kleinen, und daß auch diese Welt bedroht war. Denn selbst während er sich innerlich zu wappnen versuchte, sah er, wie sich die Korridore seiner Vorstellung unter dem Ansturm bogen und verdrehten; die Pavillons fielen in sich zusammen, und schließlich würde alles in Trümmern liegen. Er war nur zum Teil unglücklich, aber er war unendlich traurig und verwirrt. Er wußte nicht, ob er verrückt gewesen und nun wieder zur Vernunft gekommen oder aber eine Zeitlang bei Verstand gewesen und nun wieder verrückt geworden war.

Als er sich umwandte, schien er verändert zu sein; seine Stimme klang schärfer, fast barsch, und sein Gesicht zuckte ein wenig; er glich nun weit mehr dem Conway, der in Baskul ein Held gewesen war. Zum Handeln entschlossen, sah er Mallinson mit plötzlich erwachter Lebhaftigkeit an. »Glauben Sie, daß Sie am Seil über die schwierige Stelle kommen können, wenn ich mit Ihnen gehe?« fragte er.

Mallinson stürzte auf ihn zu. *»Conway!«* rief er mit halb erstickter Stimme. »Heißt das, Sie kommen mit? Sie haben sich endlich entschieden?«

Sie brachen auf, sobald Conway eilig seine Reisevorbereitungen getroffen hatte. Es ging überraschend einfach und war mehr eine Abreise als eine Flucht; es gab keinerlei Zwischenfälle, als sie das Netz aus Mondlicht und Schatten auf den Höfen überquerten. Man könnte meinen, es sei überhaupt kein Mensch da, dachte Conway, und der Gedanke an eine solche Leere verwandelte sich sofort in eine Leere in ihm selbst, während Mallinson, den er kaum wahrnahm, ununterbrochen von der bevorstehenden Reise schwatzte. Wie seltsam, daß ihr langer Streit so in Taten übergegangen war und daß ein Mensch diese geheime Zufluchtstätte verließ, der so viel Glück in ihr gefunden hatte! Denn tatsächlich hielten sie schon kaum eine Stunde später atemlos an einer Biegung des Pfads und erblickten Shangri-La zum letztenmal. Tief unter ihnen lag das »Tal des Blauen Mondes« wie eine Wolke, und Conway war es, als schwebten die verstreuten Dächer ihm durch den Dunst nach. Jetzt, in diesem Moment, hieß es Lebewohl. Mallinson, den der steile Anstieg für eine Zeit zum Schweigen gebracht hatte, stieß hervor: »Donnerwetter, es läuft hervorragend – kommen Sie weiter!«

Conway lächelte wortlos; er knotete schon das Seil für den schwindelnd schmalen Quergang. Der junge Mann hatte recht gehabt: Conway hatte sich entschieden, aber nur mit dem, was von seinem Verstand übriggeblieben war, und dieses kleine, regsame Bruchstück hatte nun die Oberhand; der übrige Teil aber verharrte in kaum erträglicher Abwesenheit. Er war ein Wanderer zwischen zwei Welten, der immer weiter wandern mußte, aber für den Augenblick fühlte er in der wachsenden inneren Leere nur, daß er Mallinson mochte und ihm helfen mußte. Wie Millionen andere war er dazu verdammt, vor der Weisheit zu fliehen und ein Held zu werden.

Vor dem Abgrund wurde Mallinson nervös, aber Conway schaffte ihn nach bewährter Bergsteigerweise hinüber, und als diese Prüfung bestanden war, beugten sie sich gemeinsam über Mallinsons Zigaretten. »Conway, es ist verflucht anständig von Ihnen, das muß ich sagen … Vielleicht können Sie sich vorstellen, was in mir vorgeht … Ich kann Ihnen gar nicht sagen, wie froh ich bin …«

»Dann würde ich es an Ihrer Stelle einfach nicht versuchen.«

Nach einem langen Schweigen und bevor sie sich wieder auf den Weg machten, sagte Mallinson doch: »Aber ich bin nun einmal froh – nicht nur meinetwegen, sondern auch um Ihretwillen … Es ist schön, daß Sie nun endlich einsehen, was für ein absoluter Unsinn das Ganze war … Es ist einfach wundervoll, daß Sie wieder der alte sind …«

»Keine Ursache«, antwortete Conway mit einem gequälten Lächeln, das ihm vor allem selbst Trost spenden sollte.

Im Morgengrauen überquerten sie den Paß, ohne von Wachen angerufen zu werden, wenn überhaupt welche aufgestellt waren; aber es fiel Conway ein, daß der Weg – ganz im Geist des Ortes – wohl nur mäßig bewacht war. Bald darauf erreichten sie die Hochebene, die von brüllenden Stürmen blankgenagt war wie ein Knochen, und nach einem stufenweisen Abstieg kam das Lager der Träger in Sicht. Dann verlief alles nach Mallinsons Vorhersage; die Männer, kräftige Burschen in Fellmützen und Schafpelzen, duckten sich vor dem Wind und erwarteten sie, eifrig bereit, sich auf den Weg nach Tatsien-Fu zu machen, das siebzehnhundert Kilometer ostwärts, an der chinesischen Grenze lag.

»Er kommt mit uns!« rief Mallinson aufgeregt, als sie auf Lo-Tsen trafen. Er vergaß, daß sie kein Englisch sprach, aber Conway übersetzte seine Worte.

Er fand, daß die kleine Mandschu noch nie so strahlend ausgesehen hatte. Sie grüßte ihn mit einem bezaubernden Lächeln, aber ihre Blicke galten nur dem jüngeren Mann.

# Epilog

In Delhi traf ich Rutherford wieder. Wir waren Gäste bei einem Bankett des Vizekönigs gewesen, aber die räumliche Entfernung und die Förmlichkeiten des Anlasses hatten uns den ganzen Abend über nicht zusammenkommen lassen, bis uns nachher die Diener mit ihren Turbanen unsere Hüte reichten. »Komm doch mit in mein Hotel. Laß uns etwas trinken«, lud er mich ein.

Wir teilten uns ein Taxi für die öde Strecke zwischen dem Stilleben im Stile Lutyens' und der heißen, pulsierenden Filmkulisse Alt-Delhis. Ich wußte aus den Zeitungen, daß er soeben aus Kaschgar zurückgekehrt war. Rutherford besaß diesen hervorragenden Ruf, der seinem Träger aus allem den größtmöglichen Nutzen einbringt; jede Urlaubsreise mit ungewöhnlichem Ziel wird zu einer Forschungsreise aufgebauscht, und obwohl der Forscher aufpaßt, ja nichts wirklich Originelles zu unternehmen, hat die Öffentlichkeit davon keine Ahnung und läßt ihn getrost das volle Kapital aus ihrem flüchtigen Eindruck schlagen. Mir zum Beispiel war Rutherfords Reise, im Gegensatz zu der Darstellung in der Presse, nicht besonders sensationell erschienen; die versunkenen Städte von Khotan waren altbekanntes Zeug, wenn man sich an Sir Aurel Stein und Sven Hedin erinnerte. Ich stand mit Rutherford auf genügend vertrautem Fuß, daß ich ihn damit aufziehen durfte, und er lachte. »Ja, aus der Wahrheit hätte sich eine bessere Geschichte machen lassen«, gab er geheimnisvoll zu.

Wir gingen in sein Hotelzimmer und tranken Whisky. »Also hast du tatsächlich Conway gesucht?« begann ich, als der Augenblick für diese Frage günstig schien.

»Suchen ist ein viel zu starkes Wort«, antwortete er. »Man kann in einem Land, das halb so groß wie Europa ist, nicht nach einem einzelnen Mann suchen. Ich kann lediglich sagen, daß ich Orte besucht habe, an denen ich meinte, ihm begegnen oder Nachricht über ihn bekommen zu können. Seine letzte Nachricht war, du erinnerst dich, daß er von Bangkok aus nach Nordwesten aufgebrochen war. Auf einer kurzen Strecke dieses Weges fanden sich auch Spuren von ihm; meiner Meinung nach hat er sich zu den Volksstämmen an der chinesischen Grenze aufgemacht. Ich glaube kaum, daß er Birma zu betreten beabsichtigte, denn dort hätte er britischen Beamten in die Arme laufen können. Jedenfalls verliert sich seine Spur irgendwo im oberen Siam, aber ich habe natürlich nie daran gedacht, sie dort viel weiter zu verfolgen.«

»Du hieltest es für leichter, das ›Tal des Blauen Mondes‹ zu suchen?«

»Das schien mir immerhin ein greifbareres Ziel. Du hast dir vermutlich mein Manuskript angesehen?«

»Weit mehr als das. Übrigens hätte ich es dir schon zurückgeschickt, aber du hattest keine Anschrift hinterlassen.«

Rutherford nickte. »Ich bin neugierig, welchen Eindruck es auf dich gemacht hat.«

»Ich fand es sehr bemerkenswert – vorausgesetzt natürlich, daß alles wirklich auf dem beruht, was Conway dir erzählt hat.«

»Darauf gebe ich dir mein feierliches Ehrenwort. Ich

habe nicht das geringste hinzuerfunden – ja, die Sprache darin ist sogar weit weniger die meine, als du vielleicht glaubst. Mein Gedächtnis ist gut, und Conway verstand sich auf Beschreibungen. Vergiß nicht, daß wir etwa vierundzwanzig Stunden lang fast ununterbrochen miteinander sprachen.«

»Also, wie gesagt, höchst bemerkenswert.«

Er lehnte sich lächelnd zurück. »Wenn das alles ist, was du darüber zu sagen hast, werde ich wohl selber reden müssen. Du hältst mich vermutlich für einen ziemlich leichtgläubigen Menschen. Ich glaube wirklich nicht, daß ich das bin. Man begeht im Leben oft Fehler, weil man zuviel glaubt, aber es ist auch verdammt langweilig, wenn man zuwenig glaubt. Ich war von Conways Geschichte in mehr als einer Hinsicht fasziniert, und darum war mein Interesse groß genug, ihr soweit als möglich nachzugehen, abgesehen von der Möglichkeit, ihm selbst zu begegnen.«

Er zündete sich eine Zigarre an und fuhr fort: »Das bedeutete eine Menge Reisen, kreuz und quer, aber ich mag so etwas ganz gerne, und mein Verleger kann nichts dagegen haben, wenn er ab und zu einen Reisebericht von mir bekommt. Alles in allem müssen es einige tausend Kilometer gewesen sein – Baskul, Bangkok, Tschung-Kiang, Kaschgar – die habe ich mir alle angesehen, und das Geheimnis liegt irgendwo in dem Gebiet dazwischen. Aber das ist ein ziemlich großes Gebiet, und meine ganzen Nachforschungen berührten wenig mehr als den Rand davon – oder auch von dem Geheimnis, was das angeht. Wenn du wissen willst, welche von Conways Abenteuern, soweit ich sie nachprüfen konnte, greifbare Tatsachen sind, kann ich dir nur sagen, daß er Baskul am 20. Mai verließ und in Tschung-Kiang am 5. Oktober eintraf. Und das letzte, was wir von ihm wissen, ist, daß er Bangkok am 3. Februar wieder verließ. Der Rest ist Wahrscheinlichkeit, Möglichkeit, Mutmaßung, Mythos, Legende oder wie du es auch nennen willst.«

»Du hast also gar nichts in Tibet gefunden?«

»Mein lieber Freund, ich kam gar nicht bis nach Tibet hinein. Die Leute von der Regierung wollten nichts davon hören; genausowenig würden sie je eine Everest-Expedition genehmigen, und als ich ihnen sagte, ich beabsichtige, das Kuen-Lun-Gebirge auf eigene Faust zu durchstreifen, sahen sie mich an, als hätte ich vorgeschlagen, eine Biographie Gandhis zu schreiben. Tatsächlich verstanden sie mehr davon als ich. Streifzüge durch Tibet sind nichts für einen einzelnen Mann; dazu gehört eine gut ausgerüstete Expedition, geleitet von jemandem, der wenigstens ein paar Wörter der Sprache kann. Ich erinnere mich, als Conway mir seine Geschichte erzählte, fragte ich mich immerzu, ob das ganze Getue wegen der Träger nötig war und warum sie nicht einfach alle weggingen? Ich brauchte nicht lange, um dahinterzukommen. Die Regierungsleute hatten ganz recht – sämtliche Reisepässe der Welt hätten mich nicht über die Pässe des Kuen-Lun-Gebirges bringen können. Ich kam gerade so weit, daß ich es in der Ferne sehen konnte – an einem sehr klaren Tag, vielleicht fünfundsiebzig Kilometer entfernt. Nicht viele Europäer können sich selbst dessen rühmen.«

»Ist es so unzugänglich?«

»Die Bergketten waren wie ein weißer Fries am Horizont, mehr sah ich nicht. In Jarkand und Kaschgar fragte ich alle Leute über sie aus, aber es war erstaunlich, wie wenig ich herausbekommen konnte; es muß der am wenigsten erforschte Gebirgszug der Welt sein. Ich hatte das Glück, einen Amerikaner zu treffen, der ihn einmal zu durchqueren versucht hatte; er hatte aber keinen Paß gefunden. Es gäbe Pässe, sagte er, aber die seien fürchterlich hoch gelegen und auf keiner Landkarte verzeichnet. Ich fragte ihn, ob seiner Meinung nach ein Tal, wie Conway es beschrieben hat, wirklich existieren könne, und er antwortete, es sei nicht ausgeschlossen, aber nicht sehr wahrscheinlich – wenigstens geologisch nicht. Dann fragte ich ihn, ob er je von einem kegelförmigen Berg gehört habe, fast so hoch wie der höchste Gipfel des Himalaya, und seine Antwort darauf gab einem zu denken. Es gebe eine Legende von einem solchen Berg, erklärte er, aber er für seinen Teil glaube nicht, daß sie auf Tatsachen beruhen könne. Es werde sogar von Bergen gemunkelt, die noch höher als der Everest seien, aber er messe dem keine Glaubwürdigkeit bei. ›Ich bezweifle, daß irgendeine Erhebung im Kuen-Lun-Gebirge höher als siebeneinhalbtausend Meter ist, wenn überhaupt so hoch‹, sagte er, gab aber zu, daß es nie korrekt vermessen worden ist.

Dann fragte ich ihn darüber aus, was er über tibetanische Lamaklöster wisse – er war wiederholt in Tibet gewesen –, und er gab mir die üblichen Schilderungen, die man in all den Büchern dazu lesen kann. Es seien keine schönen Orte, versicherte er mir, und die Mönche darin seien in der Regel verkommen und schmutzig. ›Leben sie lange?‹ fragte ich, und er sagte, ja, oft würden sie das, wenn sie nicht an irgendeiner scheußlichen Krankheit stürben. Nun kam ich kühn auf das Wesentliche zu sprechen und erkundigte mich, ob er je Legenden über außerordentlich lange Lebenszeiten unter den Lamas gehört habe. ›Haufenweise‹, erwiderte er, ›sie zählen zu den gängigsten Lügenmärchen, die man überall hören, aber nicht nachprüfen kann. Man erzählt dir, daß irgendein greulicher Patron schon hundert Jahre in seiner Zelle verbracht habe, und sein Aussehen ist auch ganz danach, aber man kann ihn natürlich nicht nach seiner Geburtsurkunde fragen.‹ Ich wollte weiter wissen, ob sie seiner Meinung nach irgendein okkultes oder medizinisches Mittel zur Lebensverlängerung und Jungerhaltung besäßen, und er sagte, man schreibe ihnen eine Menge höchst sonderbarer Kenntnisse dieser Art zu, aber er habe den Verdacht, daß das alles im Grunde auf dasselbe hinausliefe wie der indische Seiltrick – es sei immer etwas, das ein anderer gesehen hatte. Dagegen bestätigte er, daß die Lamas tatsächlich eine eigenartige Macht über den Körper zu haben schienen. ›Ich habe zugesehen‹, so sagte er, ›wie sie splitternackt am Rand eines zugefrorenen Teichs sitzen, bei unter Null Grad und beißendem Wind, während ihre Diener das Eis aufhakken und sie in Tücher wickeln, die sie vorher ins eiskalte Wasser getaucht haben. Das wiederholen sie ein dutzendmal oder öfter, und die Lamas trocknen die Tücher an ihren Körpern. Warmhalten durch Willenskraft, könnte man sagen, aber das ist irgendwie keine richtige Erklärung dafür.‹«

Rutherford schenkte sich nochmals ein. »Natürlich hatte das alles nicht sehr viel mit Langlebigkeit zu tun, wie auch mein amerikanischer Freund zugab. Es bewies lediglich, daß die Lamas irgendwie düstere Vorstellungen von Selbstbeherrschung hatten … Und das war alles. Du wirst mir zustimmen, daß das nicht gerade viel ist.«

Ich sagte, es sei in der Tat nicht sehr beweiskräftig, und fragte, ob die Namen »Karakal« und »Shangri-La« dem Amerikaner irgend etwas gesagt hätten.

»Gar nichts. Ich habe ihn danach gefragt. Nachdem ich ihn noch eine Weile interviewt hatte, erklärte er mir: ›Offen gesagt, mache ich mir nicht viel aus Klöstern, ich habe sogar einmal einem Mann, den ich in Tibet traf, erklärt, wenn ich jemals eine besondere Anstrengung machen würde, wäre es, um einen Bogen um die Klöster zu machen, und nicht, um sie zu besuchen.‹ Diese beiläufige Bemerkung brachte mich auf eine seltsame Idee, und ich fragte ihn, wann diese Begegnung in Tibet stattgefunden habe. ›Ach, das ist schon lange her‹, erwiderte mein Amerikaner. ›Vor dem Krieg, ich glaube 1911.‹ Ich drängte ihn, um weitere Einzelheiten zu erfahren, und er erzählte sie, soweit er sie noch im Gedächtnis hatte. Anscheinend war er damals im Auftrag einer amerikanischen geographischen Gesellschaft zusammen mit mehreren Mitarbeitern, Trägern und so weiter unterwegs – eine richtig erstklassige Expedition. Irgendwo im Kuen-Lun-Gebirge traf er diesen anderen, einen Chinesen, den Eingeborene in einer Sänfte trugen. Es zeigte sich, daß der Mann sehr gut Englisch sprach und den Teilnehmern der Expedition wärmstens empfahl, ein bestimmtes Lamakloster in der Nähe zu besuchen, ja sich sogar als Führer dorthin anbot. Der Amerikaner sagte, sie hätten keine Zeit und auch kein Interesse, und das war alles.«

Nach einer Weile fuhr Rutherford fort: »Ich will nicht behaupten, daß das Ganze viel bedeuten muß. Wenn sich jemand an ein nebensächliches Erlebnis vor zwanzig Jahren zu erinnern versucht, kann man dem unmöglich viel Bedeutung beimessen. Immerhin gibt es aber Stoff für eine Reihe verlockender Spekulationen.«

»So ist es, aber ich wüßte nicht, wie man eine gut ausgerüstete Expedition, die der Einladung gefolgt wäre, gegen ihren Willen in Shangri-La hätte zurückhalten können.«

»Gewiß. Und vielleicht war es ja nicht einmal Shangri-La.«

Wir dachten darüber nach, aber es schien uns zu unbestimmt zu sein, um es weiter zu erörtern, und ich stellte daher die Frage, ob in Baskul irgend etwas herauszufinden gewesen sei.

»In Baskul gab es nichts, und in Peshawar noch weniger. Niemand konnte mir irgendeine Auskunft geben, außer daß sich die Entführung des Flugzeugs tatsächlich ereignet hatte. Man gab nicht einmal das besonders gern zu, weil man auf diesen Vorfall dort nicht eben stolz ist.«

»Und von dem Flugzeug wurde nachher nichts mehr gehört?«

»Kein Wort, kein Gerücht, auch von den vier Insassen nicht. Ich ließ mir aber noch bestätigen, daß das Flugzeug hoch genug fliegen konnte, um die Gebirgsketten zu überqueren. Ich versuchte auch, diesem Barnard auf die Spur zu kommen, aber sein Vorleben erwies sich als so rätselhaft, daß es mich nicht überraschen würde, wenn er wirklich Chalmers Bryant gewesen wäre, wie Conway sagte. Jedenfalls war Bryants spurloses Verschwinden mitten in dem ganzen Wirbel und Geschrei sehr erstaunlich.«

»Hast du versucht, etwas über den Piloten herauszubekommen?«

»Ja, aber auch das war vergeblich. Der Air-Force-Pilot, den der Kerl niedergeschlagen hatte und dessen Rolle er dann spielte, ist später abgestürzt, also führte diese vielversprechende Spur zu einem toten Punkt. Ich schrieb sogar einem meiner Freunde in Amerika, der dort eine Fliegerschule leitet, ob er in letzter Zeit irgendwelche Schüler aus Tibet gehabt habe. Seine Antwort war prompt und enttäuschend; er sagte, er könne Tibetaner und Chinesen nicht auseinanderhalten und habe etwa fünfzig chinesische Schüler gehabt, die sich alle für den Kampf gegen die Japaner vorbereiteten. Wie du siehst, auch hier nicht viel Aussichtsreiches. Allerdings machte

ich dann doch noch eine recht merkwürdige Entdek
kung, die ich aber ebenso leicht auch daheim in Londo
hätte machen können. Um die Mitte des neunzehnte
Jahrhunderts gab es in Jena einen deutschen Professo
der auf Weltreisen ging und 1887 Tibet besuchte. E
kehrte niemals wieder, und es hieß, er sei beim Übe
queren eines Flusses ertrunken. Sein Name war Fried
rich Meister.«

»Du lieber Himmel! Einer der Namen, die Conwa
nannte!«

»Ja, obwohl es auch nur Zufall sein kann. Jedenfalls is
es kein Beweis für die ganze Geschichte, denn der Jenae
Professor wurde 1845 geboren. Keine sehr aufregend
Sache das.«

»Aber sonderbar«, antwortete ich.

»O ja, ziemlich sonderbar.«

»Hast du irgendeine Spur von den anderen gefun
den?«

»Nein. Leider hatte ich keine längere Liste zur Ve
fügung. Ich konnte keinen Hinweis auf einen Chopin
Schüler namens Briac entdecken, was allerdings nich
beweist, daß es ihn nicht gab. Conway machte recht spar
samen Gebrauch von Namen, wenn man's recht überleg
– von rund fünfzig Lamas, die dort gelebt haben sollen
nannte er nur einen oder zwei. Über Perrault und Hen
schell war übrigens ebenfalls nicht das geringste in E
fahrung zu bringen.«

»Und was ist mit Mallinson?« fragte ich. »Hast du ver
sucht herauszufinden, was aus ihm wurde? Und aus die
sem Mädchen – der Mandschu?«

»Lieber Freund, natürlich habe ich das versucht. Da
Dumme war, wie du aus dem Manuskript ersehen habe
wirst, daß Conways Geschichte damit endet, wie die dre
mit den Trägern das Tal verlassen. Was weiter geschah

konnte oder wollte er mir nicht erzählen; vielleicht hätte er es getan, wohlgemerkt, wenn mehr Zeit gewesen wäre. Mein Gefühl sagt mir, daß man eine Tragödie annehmen kann. Die Unbilden der Reise müssen geradezu grauenhaft gewesen sein, ganz abgesehen von der Gefahr von Überfällen durch Banditen oder gar von Verrat unter den eigenen Führern. Wir werden wohl kaum je genau erfahren, was wirklich geschehen ist, aber es scheint ziemlich sicher, daß Mallinson nie nach China gelangte. Ich habe alle möglichen Erkundigungen eingezogen, weißt du. Vor allem forschte ich nach, ob Bücher oder andere Dinge in umfangreichen Sendungen über die tibetanische Grenze gesandt wurden, aber in keiner der Städte, die dafür in Betracht kamen, Schanghai und Peking, fand ich auch nur den geringsten Hinweis darauf. Das beweist natürlich nicht viel, denn die Lamas würden sicher dafür sorgen, daß ihre Methoden der Einfuhr geheim blieben. Dann versuchte ich es in Tatsien-Fu. Das ist ein unheimlicher Ort, eine Art Jahrmarkt am Ende der Welt, verteufelt schwierig zu erreichen, wo die chinesischen Kulis ihre Teeladungen hinschaffen und die Tibetaner sie übernehmen. Du kannst das bald alles in meinem neuen Buch nachlesen. Europäer kommen nicht oft so weit. Ich fand die Bevölkerung recht höflich und entgegenkommend, aber es ergab sich nicht ein einziger Anhaltspunkt dafür, daß Conways Reisegesellschaft dort eingetroffen war.«

»Also ist es noch immer unerklärlich, wie Conway nach Tschung-Kiang kam?«

»Die einzige Schlußfolgerung ist die, daß er dorthin geriet, wie er eben auch anderswohin hätte geraten können. Jedenfalls kehren wir zurück ins Reich der Tatsachen, sobald wir nach Tschung-Kiang kommen, und das ist immerhin etwas. Die Klosterschwestern im Missionshospital waren durchaus echt, und das war auch Sievekings Aufregung auf dem Schiff, als Conway das angebliche Chopinstück spielte.« Rutherford schwieg eine Weile, dann setzte er nachdenklich hinzu: »Das Ganze ist wirklich eine Übung im Abwägen von Möglichkeiten, und ich muß sagen, die Waagschalen neigen sich weder besonders deutlich auf die eine noch auf die andere Seite. Wenn man Conways Geschichte ablehnt, bedeutet das, wenn wir ehrlich sind, doch, daß man entweder an seiner Ehrlichkeit oder an seinem Verstand zweifelt.«

Er schwieg abermals, als wollte er mir Zeit zu einer Bemerkung geben, und ich sagte: »Du weißt, daß ich ihn nach dem Krieg nicht noch einmal sah, aber die Leute sagten, der Krieg hätte ihn sehr verändert.«

Rutherford antwortete: »Ja, das war auf jeden Fall so, man kann es nicht leugnen. Man kann einen jungen Mann, der fast noch ein Kind ist, nicht drei Jahre lang körperlicher und seelischer Höchstspannung aussetzen, ohne daß etwas in ihm in Stücke geht. Die Leute würden allerdings wohl sagen, daß er es überstand, ohne eine Schramme davonzutragen. Aber die Schrammen waren da, und zwar innen.«

Wir sprachen noch kurze Zeit über den Krieg und seine Wirkungen auf verschiedene Menschen, bis Rutherford schließlich fortfuhr: »Aber eines muß ich noch erwähnen – in gewisser Hinsicht vielleicht das Allermerkwürdigste. Ich erfuhr es im Laufe meiner Nachforschungen in der Mission. Alle dort taten ihr möglichstes für mich, wie du dir denken kannst, aber sie konnten sich nur noch an wenig erinnern, besonders da sie zu jener Zeit durch eine Fieberepidemie voll in Anspruch genommen worden waren. Eine meiner Fragen ging dahin, wie Conway überhaupt ins Hospital gelangt war – ob er allein gewesen oder ob er krank aufgefunden und von jemandem hingebracht worden sei. Sie konnten sich nicht genau entsinnen, schließlich lag es ja auch schon lange zurück, aber plötzlich, als ich die Befragung schon abbrechen wollte, bemerkte eine der Nonnen: ›Ich glaube, der Arzt sagte, er sei von einer Frau hierhergebracht worden.‹ Mehr konnte sie mir nicht sagen, und da der Arzt die Mission verlassen hatte, war für den Augenblick keine Bestätigung zu erhalten.

Da ich nun aber schon so weit gelangt war, hatte ich keine Lust, die Sache verloren zu geben. Wie sich herausstellte, war der Arzt an ein größeres Hospital in Schanghai gekommen, und ich machte mir also die Mühe, mir seine Anschrift zu verschaffen und ihn aufzusuchen. Es war gleich nach dem Luftangriff der Japse, und die Lage war ziemlich düster. Ich hatte den Mann schon früher, bei meinem ersten Besuch in Tschung-Kiang, getroffen, und er war sehr höflich, aber schrecklich überarbeitet, jawohl, schrecklich ist das richtige Wort, denn glaub mir, die deutschen Luftangriffe auf London waren nichts gegen das, was die Japse in den Eingeborenenvierteln von Schanghai anrichteten. Ja, gewiß, sagte er sogleich, er erinnere sich an den Fall des Engländers, der sein Gedächtnis verloren hatte. Ob er wirklich von einer Frau ins Missionshospital gebracht worden sei, fragte ich. Ja, gewiß, von einer Frau, einer Chinesin. Ob er sich an sie erinnere? Nein, er wisse nur, daß sie selbst fieberkrank gewesen und fast unmittelbar darauf gestorben sei … Hier wurden wir unterbrochen – ein neuer Verwundetentransport war angekommen und wurde auf Tragbahren in die Hospitalgänge gepfercht, die Stationen waren alle überfüllt –, und ich wollte dem Mann nicht noch mehr Zeit rauben, besonders da der Kanonendonner von Wu-Sang mich daran erinnerte, daß der Doktor bald noch mehr zu tun bekommen würde. Als er zu mir zurückkehrte – er sah ganz munter aus inmitten all des Grauens –, stellte ich ihm noch die eine Frage. Du kannst dir wohl denken, welche das war. ›Diese Chinesin‹, sagte ich, ›war sie jung?‹«

Rutherford schnippte die Asche von seiner Zigarre, als hätte ihn sein Bericht genauso aufgeregt, wie er hoffte, mich damit aufgeregt zu haben. Dann fuhr er fort: »Der kleine Mann sah mich einen Augenblick lang feierlich an, dann sagte er in dem komisch abgehackten Englisch aller gebildeten Chinesen: ›O nein, sie war sehr, sehr alt – älter als alle, die ich je gesehen habe.‹«

Lange saßen wir da und schwiegen, und dann sprachen wir wieder von Conway, wie ich ihn gekannt hatte, jungenhaft und begabt und voller Charme, und vom Krieg, der ihn verändert hatte, und von den vielen Rätseln der Zeit und des Lebens und des Geistes und von der kleinen Mandschu, die »sehr, sehr alt« gewesen war, und vom »Tal des Blauen Mondes«, diesem seltsamen Traum, der über jeden Horizont hinausging. »Glaubst du, daß er jemals wieder dorthin finden wird?« fragte ich.

Woodford Green
April 1933

*James Hilton* (eigentlich: Glen Trevor), geboren am 9. September 1900 in Leigh (Lancashire), studierte an der Cambridge University. Er begann seine Karriere als Journalist bereits mit 17 Jahren und schrieb u. a. für den *Manchester Guardian* und die *Daily News*. Seit 1931 verfaßte er Unterhaltungsromane und Drehbücher, die mehrfach verfilmt und in viele Sprachen übersetzt wurden, u. a. *Lost Horizon* (1933; dt. 1951 bei Arche zuerst u. d. T. *Irgendwo in Tibet*), *Goodbye, Mr. Chips!* (1934; dt. 1951 bei Arche) und *We Are Not Alone* (1935; dt. 1953 bei Arche u. d. T. *Wir sind nicht allein*). Hilton lebte zunächst in London, ab 1937 in Hollywood. Er starb 1954 in Long Beach.

Maarten 't Hart im Arche Verlag

Das Wüten der ganzen Welt
Roman
Aus dem Niederländischen von
Marianne Holberg
416 Seiten. Gebunden

CD – Das Wüten der ganzen Welt
Musik und Texte, gelesen von
Maarten 't Hart
Spieldauer: 49:02 Minuten
Jewelbox, vierseitiges Booklet

Maarten 't Hart im Arche Verlag

Die Netzflickerin
oman
us dem Niederländischen von
Marianne Holberg
44 Seiten. Gebunden

D – Die Netzflickerin
Musik und Texte
precher: Matthias Fuchs
pieldauer: 66:37 Minuten
ewelbox, vierseitiges Booklet

Viel mehr als ein gesellschaftskritisches Pamphlet über lie verlorene Ehre des Simon Minderhout. Es ist eine legische Geschichte von Resignation und Vergeblicheit, vom Konflikt zwischen Neigung und Pflicht. Und s ist ein Roman über das Altern und die Angst, am Ende ıur eine schmale Lebenssumme aufweisen zu könıen …« Holger Schlodder, NDR 3